오버 더 센츄리

Over The Century

오버 더 센츄리 3

이영호 판타지 장편 소설

초판 1쇄 찍은 날 § 2002년 11월 27일
초판 1쇄 펴낸 날 § 2002년 12월 10일

지은이 § 이영호
펴낸이 § 서경석

편집장 § 문혜영
편집책임 § 권민정
편집 § 장상수 · 박영주 · 권민정 · 이종민
마케팅 § 정필 · 강양원 · 이선구 · 김규진

펴낸곳 § 도서출판 청어람
등록번호 § 제1081-1-89호
등록일자 § 1999. 5. 31
어람번호 § 제1-0321호

주소 § 경기도 부천시 원미구 심곡1동 350-1 남성B/D 3F (우) 420-011
전화 § 032-656-4452 팩스 § 032-656-4453
http://www.chungeoram.com
E-mail § eoram99@chol.net

ⓒ 이영호, 2002

값 7,500원

ISBN 89-5505-535-8 (SET)
ISBN 89-5505-538-2 04810

이영호 판타지 장편 소설

오버 더 센츄리

Over The Century

3 격류(激流)

도서출판 청어람

제1장 **감금**

"뭐야? 퍼쿵 일행이 이미 왕과 접견을 끝냈다고? 그럼 지금 어디 있어? 집으론 돌아오지 않았는데!"

접견실을 찾아온 카르티가 불같이 화를 내고 있었다. 왕은 이미 자리에 없었고 그의 앞에선 친위대장이 쩔쩔매고 있었다.

"전 잘 모르겠습니다. 분명히 접견을 끝내고 돌아가셨습니다."

"똑바로 말해! 거짓말하면 용서하지 않겠다!"

친위대장은 왕과 쿠르 장군으로부터 직접 보보의 일에 대해서 일체 불문에 붙이라는 명령을 받았기 때문에 아무런 말을 할 수가 없었다.

"모르겠습니다."

"정말이지?"

"예!"

"좋아, 그럼 내가 직접 찾아보지."

"그보다 장군님, 쿠르 장군께서……."

"뭐?"

"급히 오라는 명령을 내리셨습니다."

카르티는 대답도 없이 돌아서서 접견실을 나왔다.

'쿠르 장군이 나를 찾았다고? 그래, 쿠르 장군이라면 퍼쿵 일행이 어디로 사라졌는지 알고 있겠지.'

카르티는 서둘러 쿠르의 방으로 갔다.

"어서 오게, 카르티."

"장군님, 찾으셨습니까?"

"우선 좀 앉게."

카르티는 감정을 죽이며 자리에 앉았다. 쿠르가 마주 앉자 바로 질문을 던졌다.

"도대체 어떻게 된 겁니까? 퍼쿵과 아이들은 어디에 있습니까?"

"모두 무사하니 걱정하지 말게."

"장군님, 지금 잘못하시는 겁니다. 그러셔서는 안 됩니다."

"이미 왕의 명령이 떨어졌어. 이젠 어쩔 수 없네. 자네도 알고 있지 않은가?"

"왕이 그런 결정을 내린 것은 장군님과 다른 중신들이 그렇게 만든 것 아닙니까?"

"카르티, 내 말을 잘 듣게. 우린 지금 아주 중요한 순간을 맞은 거야. 비로소 적을 몰살시킬 기회를 얻은 거네. 그건 나와 중신들의 생각뿐 아니라 왕의 생각도 마찬가지야. 자네가 그걸 부인하는 것은 아니겠지?"

"저도 알고 있습니다. 하지만 이런 방법으로는 안 됩니다. 게다가 보보가 있다고 해서 우리가 반드시 들개족을 멸망시킬 수 있는 것도 아닙니다."

"가능하다고 보네, 난."

"그러나 이렇게 강제로 해서는 안 됩니다. 저들은 절대로 도와주지 않을 겁니다."

"도와주도록 해야지."

"만약 안 도와주면 어떡하실 겁니까?"

"그런 일은 없을 거야."

"설마……?"

카르티의 얼굴에 강한 의혹의 표정이 떠올랐다.

"설마… 다른 아이들을 인질로 삼아서 보보에게 일을 시키려는 것은 아니겠지요?"

"……."

쿠르는 대답하지 않았다.

"그건 안 됩니다! 저는 목숨을 걸고 이 일을 중지시키겠습니다!"

카르티는 의자를 박차고 일어났다. 그러자 쿠르가 말했다.

"앉게. 나는 자네를 우리 부족의 다음 왕으로 추대했어."

"왕이요? 그런 것 전혀 관심 없습니다. 저는 다만 부족을 위해서 일할 뿐입니다."

"그래서 더 자네가 우리 부족의 왕이 되어야 한다고 생각하네."

"만약 제가 왕이 되면 썩어 빠진 중신과 군 수뇌를 모조리 갈아치울 겁니다. 저들은 백성의 피를 빠는 흡혈귀에 불과해요."

"말이 심하군. 꼭 그렇지는 않아. 물론 저들이 좀 과하게 누리고 사는 것은 사실이지만."

카르티가 방문을 열다가 돌아서서 말했다.

"장군님까지 그러실 줄은 몰랐습니다. 저는 장군님이 신의가 있는 사람이라고 여태까지 믿어왔고 한 번도 의심하지 않았습니다. 그런데……."

"미안하네. 어쩔 수가 없었어. 이런 기회를 포기할 수는 없어. 그리고 난 자네도 포기하지 않아."

카르티는 쿠르 장군을 똑바로 바라보며 말했다.

"왕에게 직접 말하겠습니다. 그리고… 억!"

거기까지 말한 카르티는 갑자기 외마디 비명을 지르더니 앞으로 넘어졌다. 그의 뒤에는 한 병사가 몽둥이를 들고 서 있었다.

몇 명의 병사들이 기절한 카르티를 부축해서 데리고 가는 모습을 바라보며 쿠르가 중얼거렸다.

"정말 미안하네. 하지만 자네가 반역죄를 짓게 할 수는 없어. 상황은 곧 끝날 테니까 그동안 잠 좀 자두게."

유코는 왠지 낯선 곳에 와 있는 것 같았지만 좀 더 자야겠다는 생각이 들었다.

그런데 누군가가 걸어오고 있다는 기척이 느껴졌다. 그 기척이 자신의 옆으로 오더니 걸음을 멈추었다.

"누구?"

눈을 뜨지는 않았으나 일행 중 한 명일 거라는 생각에 눈을 감은 채 물었다. 그런데 상대는 대답하지 않았다.

유코는 너무 피곤했다. 그래서 서 있는 사람을 무시하고 다시 잠을 자려는데 낯선 여자의 목소리가 들렸다.

"은주야……."

"어?"

깜짝 놀라 눈을 뜨니 아직 어두운 방에 웬 여자가 서서 자신을 내려다보고 있었다.

"누구세요?"

유코는 벌떡 몸을 일으켰다.

"나야. 날 모르겠어?"

"예?"

몸을 일으킨 유코는 앞에 선 여자를 바라보았다. 유코보다 두어 살 정도 많아 보이는 젊은 여자가 머리를 길게 늘어뜨린 채 서 있었다.

"누구시죠?"

유코는 그 소녀의 얼굴을 자세히 들여다보았다.

길고 검은 머리에 검은 눈동자……. 동양인이었다.

"기억나지 않니? 나 요시코야."

유코는 기억을 더듬어보았다. 어디선가 본 적이 있는 듯 상대의 얼굴은 낯이 익었다.

"요… 시… 코 언니?"

"그래, 오랜만이구나."

"언니가 여긴 어떻게… 응?"

유코는 말하다 말고 멍하니 다시 소녀를 바라보았다.

가만히 생각하니 정확히 누군지 모르겠다는 것을 깨달은 것이었다. 눈에 익숙한 얼굴에 귀에 익은 목소리와 이름, 그리고 자연스럽게 요시코 언니라는 말이 입에서 나왔으나 정작 그녀가 누군지를 알 수가 없었던 것이다.

"그런데… 언니는 누구예요? 왜 저에게 '은주'라고 부르는 거죠?"

"내가 기억이 나지 않니? 쯧쯧."

그녀는 잠시 걱정하는 표정을 짓더니 말을 이었다.

"어서 '덕'을 찾아서 이곳을 나가거라. 늦으면 사람들이 너희들을 해칠지도 몰라."

"'덕'이요? 그게 누군데요?"

느닷없이 반대 편에서 남자의 목소리가 들렸다.

"저런, 은주가 기억을 잃은 모양이구나."

"꺄악!"

갑자기 뒤에서 불쑥 나타난 남자의 형체에 유코가 비명을 질렀다.

"놀라지 마. 나야, 부르노."

뒤에서 말한 남자는 스무 살이 좀 안 되어 보였다. 갈색 머리칼에 강한 인상을 주는 얼굴의 잘생긴 청년이었다.

"누구세요? 대체 절 어떻게 아시는 거죠?"

유코가 놀라서 바들바들 떨며 물었다.

"이런… 우리 은주가 이 부르노 오빠를 잊어버리다니. 어렸을 때는 나한테 시집을 온다고 했었으면서… 서운하구나."

요시코라는 소녀가 미소를 지으며 말했다.

"잊어버릴 만도 하지. 벌써 삼백 년이 지났으니……."

"…삼백 년이요? 그게 무슨……?"

요시코는 미소를 띤 채 말했다.

"곧 알게 될 거야. 곧 기억이 돌아오면……."

"저… 여기가 어디에요? 혹시 제 친구들 못 보셨어요? 퍼쿵이랑 보보랑 피코랑… 그리고 치요랑 우레랑… 그 애들과 같이 있어야 하는데……."

요시코와 부르노는 얼굴을 마주 보았다. 그리고 다시 유코에게 고개를 돌렸다.

"어서 덕을 찾아. 너와 그 아이가 다치면 안 돼. 너희는 씨앗이니까. 우리 다음의……"

"씨앗이라고요?"

유코의 물음에 그들이 고개를 끄덕이더니 갑자기 형체가 희미해졌다.

유코가 다급히 외쳤다.

"어? 어디 가요? 대답을 해주셔야죠? 여긴 어디예요? 당신들은 누구시죠?"

그들의 형체가 거의 사라져 갈 때 멀리서 희미한 목소리가 들려왔다.

"여긴 마르코의 집이야. 그 애는 우리의 아들이고… 그리고 너희들 곁에는 항상 우리가 있어. 언제든지 우리가 필요하다면……"

그 말을 끝으로 검은 머리의 소녀와 잘생긴 청년은 사라졌다.

"잠깐!"

소리를 버럭 지른 유코는 번쩍 눈을 떴다. 그리고 어두컴컴한 장막이 눈앞을 가리고 있다는 것을 알았다.

놀랍게도 자신은 아직도 누워 있었다. 방금 일어나 앉아 있었는데 눈을 떠보니 그게 아니었다. 눈앞을 가리고 있던 것은 폭신하고 얇은 이불이었다.

'…꿈을 꾸었나?'

낯선 방이었다.

'여기가 어디지?'

이불 위로 얼굴을 내민 유코가 천장을 바라보았다. 그리 높지 않은 천장에서부터 내려진 커튼처럼 생긴 휘장이 자신이 누운 폭신한 침대 주위를 빙 둘러 쳐져 있었다.

　주위를 살피며 조심스럽게 몸을 일으키려 했다.

　"엇!"

　그녀가 몸을 일으키려고 힘을 주다 말고 외마디 소리를 냈다. 뒷머리가 깨질 것같이 아팠다.

　'누가 때렸나?

　그러나 그건 아닌 듯했다. 상처가 나서 아픈 것이 아니라 무엇인가 이물질이 머리 속에 들어와 있는 것 같은 통증이 뇌를 콕콕 찌르고 있었다.

　깨어질 것 같은 뒷머리에 신경을 쓰며 곰곰이 생각해 보았다. 도대체 어떻게 된 일인지…….

　'그 엉큼한 늙은 왕과 만났었지. 그리고 말다툼을 하다가 빠져나가던 길이었는데……?

　"오빠, 퍼쿵 오빠, 보보, 치요… 모두들 어디 갔지?"

　도대체 알 수가 없었다. 모두와 같이 복도를 걸어가던 이후의 기억이 전혀 나지 않았다.

　'어떻게 된 거야? 여긴 어디지?

　그녀는 몸을 일으킬 수가 없었다. 어찌 된 일인지 정신은 말짱한데 몸이 말을 듣지 않았다. 전혀 힘이 들어가지 않아서 팔을 들 수도 없었던 것이다.

　'아… 이게 어떻게 된 거야? 몸이 움직이질 않네.'

　유코는 움직이는 것을 포기했다. 그리고 주위를 가만히 둘러보았다. 푹신한 침구가 깔려진 침대 위에 자신이 누워 있었다. 그리고 얇은 휘장이 둘러 쳐져 있어서 밖은 보이지 않았다. 천장만이 눈에 들어오고 있었다.

"보보? 퍼쿵 오빠?"

대답이 없었다.

'여긴 나 혼자만 있는 것 같은데……. 아까 꿈에 본 그곳이고… 그럼 꿈이 아니었나? 아까 보았던 그 언니와 오빠는 누구였지? 낯이 익었는데… 덕은 누구고 마르코는 또 누구야?'

유코는 움직이는 것을 포기하고 생각에 잠겼다. 왜 그런지 모르지만 아까 본 꿈이 꼭 개꿈은 아닐 것 같다는 생각이 들었다.

'요시코? 어디선가 들은 이름인데? 맞다! 왕이……!'

가만히 생각하니 요시코라는 이름… 인간족의 왕에게서 들었던 기억이 났다.

'그렇다면 부르노는? 마르코는? 부르노, 마르코…….'

그러나 오래 생각하지 못했다. 곧 피로가 엄습해 왔고 유코는 다시 잠이 들어버렸다.

보보는 가만히 몸을 움직여 보았다.

아까부터 깨어 있었지만 전혀 몸을 움직일 수가 없었다.

'이게 어떻게 된 거지? 지금 며칠이나 지난 거야?'

그는 곰곰이 생각에 잠겼다.

'갑자기 기억이 사라졌다. 그리고 깨어나니 낯선 방……. 아무도 없고 나 혼자라…….'

주위를 둘러보니 자신만 덩그러니 침상에 누워 있었다. 그 외에는 아무것도 없었다. 어둠침침한 방에는 온통 돌로 되어진 벽과 천장만 보일 뿐이었다.

'묶인 것도 아닌데 몸을 움직일 수 없다면… 왕이 우리의 음료수에 약을 탄 것이 틀림없군. 그렇다면 다른 사람들은 어디에?'

벽 한쪽에 문이 있었다. 그저 투박하게 생긴 나무 문이었다. 그리고 그 문의 위쪽에는 작은 창이 있고 쇠로 된 창살이 촘촘히 박혀 있었다. 그 창살로 희미한 불빛이 새어 들어오고 있었다. 횃불이 걸려 있는 모양이었다.

'이곳은… 무슨 감옥같이 생겼는데…….'

갑자기 밖에서 발자국 소리가 들려오자 보보는 다시 눈을 감았다. 잠시 후 굵직하게 쇠를 긁는 소리가 나더니 문이 열렸다.

'자물쇠로 채워져 있었군.'

몇 사람이 들어오는 것 같았지만 자는 척하며 동정을 살폈다.

'나를 해치지는 못할 거야. 이들에게는 내가 필요할 테니까.'

곧 그들의 목소리가 들렸다.

"아직 깨어나지 않았군."

"예, 경비병이 계속 살피고 있었는데 전혀 움직이지 않았답니다."

"혹, 죽은 것은 아닌가?"

"아닙니다. 그 약은 절대로 죽지 않습니다. 잠시 동안 몸을 마비시킬 뿐이죠."

"언제쯤 깨어날 수 있겠나?"

"하루 정도면 정신은 돌아오는데 어린아이라 그런지 여전히 자고 있습니다. 걱정하지 마십시오. 곧 깨어날 겁니다."

목소리가 귀에 익었다. 아마도 전투 준비를 할 때 같이 의논하던 장교들인 듯했다.

"그보다 다른 녀석들은 잘 감시하고 있겠지?"

"예, 걱정하지 마십시오. 무장은 전부 해제시켰고 각자 다른 방에 가두어놓았으니 함부로 난동을 부리지는 못할 겁니다."

"좋아, 잘 감시하게. 이 아이는 꼭 우리 편으로 만들어야 하니까. 다른 아이들을 인질로 삼아서라도……."

"예."

낮게 속삭이던 사람들이 나갔다. 그리고 다시 문이 닫히고 육중한 자물쇠 소리가 들려왔다.

보보는 눈을 감은 채 생각했다. 밖에서 들여다보는 경비병을 의식해서였다.

'역시 그랬군. 약을 먹인 거야. 그런데 다른 아이들을 인질로 삼는다니, 내가 말을 안 들으면 그들을 죽이기라도 하겠다는 것인가?'

살며시 눈을 뜨니 쇠창살 사이로 들여다보는 사람의 얼굴이 보였다.

'이곳이 더 어두우니 내가 눈을 떴다는 것이 보이지는 않겠지.'

오만 가지 생각이 다 떠올랐다. 두렵기도 하고 억울하기도 했다.

'나쁜 놈들, 은혜를 원수로 갚다니……. 절대로 이들에게 협조할 수 없어. 내가 계속 잠이 들어 있으면 지들이 어쩔 거야?'

가만히 그들이 한 얘기를 되짚어봤다.

'그나저나 퍼쿵과 피코와 치요가 다 따로 있다면 함부로 탈출할 수 없을 텐데……. 유코는 분명히 왕이 데리고 갔을 것이고… 우레는?'

생각이 우레에게까지 미치자 뭔가 방법이 있을 것도 같았다. 우레는 짐승이니까 저들이 감옥에 가두어두지 않을 것 같았다.

'하지만 짐승이라고 잡아먹었을 수도……. 나도 처음에는 잡아먹으려고 생각했으니까…….'

이내 생각을 고쳐 먹었다.

'약을 먹인 짐승을 잡아먹지는 않았겠지. 우리 안에 가두었다면 모를까……'

보보는 열심히 빠져나갈 궁리를 했다.

'방법은 치요와 유코밖에 없어. 그 애들의 마법이면 서로의 위치를 찾는 것은 일도 아닐 거야. 게다가 이곳을 불바다로 만들 수도 있으니까.'

보보는 당분간 계속 자는 척을 하며 동정을 살피기로 마음먹었다. 자고 있는 사람을 어떻게 할 수는 없을 것 같아서였다.

꼬르르르~

갑자기 뱃속에서 공기 빠지는 소리가 들려왔다.

'엇, 이거 큰일이군. 배가 고픈걸? 저들의 얘기를 들어보니 하루는 더 지난 것 같은데… 아무것도 먹지 못했으니 잠자는 척하기가 힘들 것 같은데……'

보보는 고픈 배를 참으며 한동안 누워 있었다.

그리고 두어 시간 정도 지났을까?

'어? 이런……'

정작 곤란한 일이 닥쳐 오고 있었다. 아랫배가 살살 아파오기 시작한 것이다. 뱃속의 그것이 나가게 해달라고 살살 노크를 하다가 시간이 지날수록 사정없이 벽을 두드려 대고 있었다.

'큰일이다. 참을 수가 없어. 누워서 일을 볼 수도 없고……'

보보는 얼른 쇠창살을 바라보았다. 사람의 그림자는 왔다 갔다 하며 서성이고 있었다.

'계속 안을 들여다보고 있지는 않겠지. 살짝 구석에 가서 볼일을 보고 와야겠다.'

결심한 보보는 슬쩍 고개를 돌려보았다. 아직 몸을 움직일 힘이 없어서 고개를 돌리는 것만도 힘이 들었다.

'이런, 자는 척하지 않아도 자는 것으로 보이겠군. 움직일 수가 없으니……'

그러나 생각만 하고 있을 여유가 없었다. 뱃속에서 두드려 대던 그것이 이제는 뒷문을 열고 나오겠다고 힘을 주기 시작한 것이었다.

'윽, 으윽… 제발……'

그것은 하루 종일 기다려 온지라 더 이상 참아줄 생각이 없는 것 같았다. 어서 밖으로 나가겠다고 용을 써대며 문을 밀고 있었다.

'제발… 조금만 더 참아줘. 아직 커버를 벗기지 못했단 말이야.'

설상가상으로 앞문에서도 노크 소리가 들려오기 시작했다. 앞의 그것은 몸이 유동적인만큼 더욱 빠른 속도로 앞문을 비집기 시작했다.

'아, 안 돼… 더 이상은 참을 수 없어……'

진땀을 흘리며 몸을 일으키려 했지만 몸은 꼼짝도 하지 않았고 괄약근으로 되어 있는 앞, 뒷문을 닫으려 버티는 것조차 마음먹은 대로 되지 않았다.

'아……'

돌연 보보는 얼굴의 힘을 풀더니 축 늘어져 버렸다.

그리고 움직이지도 않는 그의 몸이 뜨거운 열기와 짙은 쾌감을 동시에 느끼고 있었다.

보보는 그 쾌감을 느끼며 누군가의 이론을 생각했다. 아기는 배변과 동시에 쾌감을 느낀다는 그의 이론을 실감하는 순간이었다. 물론 프로이트라는 이름이 생각나지는 않았지만……

그러나 곧 제정신이 들자 엄청난 수치심과 함께 고민에 휩싸였다.

'이제 어쩌지? 경비병을 부를 수도 없고 가만히 있자니 뒤쪽의 뜨거운 덩이는 점점 식어가며 찐득거릴 것이고 앞쪽에서 나온 녀석은 바지를 적시며 다리를 타고 내려감과 동시에 일부는 등쪽으로 거슬러 올라오고 있었다.

'양이 엄청난 모양이군. 양쪽으로 물줄기를 내고도 아직 사그라들 기세가 없는 것을 보니……'

한동안 시간이 지났다. 죽은 듯 누워 있는 보보는 어느덧 한기가 느껴졌다. 이미 등짝은 축축하게 젖은 채 식어 있었고 엉덩이 밑에 뭉쳐 있는 그것도 차갑게 식은 채 몸을 움직일 때마다 조금씩 뭉개져 갔다.

그리고 여지없이 코끝을 파고드는 냄새…….

'아… 이것이 나의 최후이던가……'

보보는 굴욕감에 그냥 사라져 버리고 싶었다. 그 냄새에도 불구하고 점점 배가 고파오는 것이 그의 굴욕감을 더 배가시켜 주고 있었다.

'나도 어쩔 수 없는 짐승인가 보다. 이런 상황에서도 배가 고프다니…….'

그때였다

철커덕, 덜컹.

육중한 소리를 내며 문이 열렸다. 보보는 눈을 감은 채 움직이지 않았다.

"아직도 깨어나지 않았나?"

"예, 아직도 그대로 움직이지 않고 있습니다."

"웁! 이게 무슨 냄새지?"

"후읍! 똥을 싼 모양입니다."

배변을 했다는 말에 장교가 펄쩍 뛰었다.

"뭐? 저 애는 죽어선 안 돼! 어서 살펴봐. 죽었는지 모르잖아?"

"예!"

경비병은 코를 막고 다가오고 있음이 틀림없었다. 그의 목소리가 코맹맹이 소리인 것을 들어보면……

"아직 숨을 쉬고 있습니다. 그리고 몸도 따뜻합니다."

"그런데 왜 일어나지 않지?"

"아직 어린아이라서 그렇지 않을까요?"

"어서 이 아이를 의사에게 데리고 가!"

"예!"

경비병이 축 늘어진 채 자는 척하고 있는 보보를 업었다. 그리고 이내 혼잣말을 했다.

"휘유~ 냄새."

옆의 장교도 코를 막지는 않았지만 인상을 쓰고 고개를 돌렸다.

"그런데 어느 의원으로 갈까요? 폐하의 주치의에게 갈까요?"

"안 돼. 왕의 주치의는 폐하의 허락이 있어야 움직이잖아. 그러려면 너무 오래 걸려. 왕궁 밖의 삼산의원으로 가자. 실제로는 그분이 성안 제일의 의사니까. 좀 무섭긴 하지만… 어쨌든 무슨 일이 있어도 이 아이는 살려놓아야 해."

"예."

그들이 달리다시피 감옥을 빠져나가는 동안 보보는 실눈을 뜨고 주변을 살폈다. 감옥은 지하에 있는 것이 틀림없었다. 둥그런 나선식 계단이 감옥의 중앙에 위치해서 지하로 파 내려간 구조였다. 병사와 장교는 물을 뚝뚝 떨구는 보보를 업고 계속 돌계단을 밟으며 위로만 올라가고 있었다.

보보는 계단의 주위에 계속해서 문이 달려 있는 것을 보았다. 그 하나하나가 감옥인 것 같았다. 그리고 몇 군데 삼엄한 경비를 펼치고 있는 감옥을 발견했다.

'아마 저 중 몇 군데가 우리 일행이 갇혀 있는 곳이겠지.'

정확히는 알 수 없었지만 아주 오랫동안 계단을 오른 것처럼 느껴졌다. 이윽고 마지막 계단을 지나 문을 열자 평지와 밝은 빛이 보보의 눈으로 들어왔다.

잠시 눈이 부셔서 앞을 볼 수 없었지만 곧 그곳이 왕궁의 한 귀퉁이라는 것을 알았다. 보보는 감옥 입구를 똑똑히 기억해 두었다.

'몸을 움직일 수 있게 되면 꼭 구해줄게. 조금만 기다려, 모두……'

삼산의원이라는 곳은 허름하고 낡은 병원이었는데 의사는 뚱뚱한 몸에 날카로운 인상을 지닌 중년의 사나이였다. 성안 최고라는 그 의사가 엄숙한 표정으로 천천히 걸어나와 자는 척하는 보보를 살펴보았다.

"음… 거기 누이게. 이런, 똥을 쌌구나. 안 되겠다. 땅바닥에 눕혀라, 침대 버리겠다. 응, 거기 신문지 깔고."

더럽다고 땅바닥에 누여진 보보는 별 이상이 없다는 판정을 받았다. 의사가 내린 처방은 몸을 씻기라는 것뿐이었다.

"깨끗이 씻기고 뭘 좀 먹인 다음 침상에서 좀 쉬게 해. 그러면 돼."

장교가 안절부절못하며 말했다. 보보는 워낙 중요한 인물이라 그가 잘못되면 담당인 자신이 문책을 당할 것이 뻔해서 무척 걱정이 된 것이다.

"저… 선생님, 괜찮을까요? 약이라도 좀 쓰시는 게……"

그러자 그 중년 의사는 대뜸 인상을 쓰며 소리를 질렀다.

"당신이 의사야? 내가 의사지. 시키는 대로 해. 이것저것 묻지 말고!"

"그, 그래도… 아주 중요한 소년이라서요."

"시끄러워! 싫으면 데리고 나가! 당신이 치료해! 의사가 시키면 그대로 하면 되는 거야. 알지도 못하면서……."

"예……."

의사는 삿대질까지 하며 역정을 냈다. 그리고는 휙 돌아서 나가 버렸고 장교와 병사는 다시 이것저것 물어보며 그 뒤를 따라 나갔다.

그들이 나가자 계속 자는 척을 하며 가만히 땅바닥에 누운 보보는 생각했다.

'헉, 저 아저씨 되게 무섭다. 게다가 땅바닥이 추… 춥군. 이러다간 없던 병도 생기겠는데…….'

그러나 오래 생각하지는 못했다. 누워 있는 보보에게 몇 명의 젊은 여자가 달라붙었기 때문이다. 간호사로 일하는 처녀들인 것 같았다.

그들은 익숙한 솜씨로 보보의 옷을 벗기더니 물을 끼얹어가며 몸에 묻은 오물을 씻어냈다. 그렇게 한참을 씻어내더니 커다란 물통에 뜨거운 물을 가득 담아놓고 그 안에 보보를 집어넣었다.

'앗, 뜨거!'

보보는 하마터면 자는 척하는 것도 잊고 비명을 지를 뻔했다. 물이 어찌나 뜨겁던지…….

그들은 아랑곳하지 않고 보보를 구석구석 벅벅 씻어댔다. 특히 오물이 많이 묻었던 몇몇 주요 부위에 젊은 여자들의 손길이 집중적으로 닿아오자 보보의 몸이 조금씩 반응을 하려 했다.

'익! 이러면 안 돼! 제발 참아줘!'

안 그래도 똥을 싸 창피해 죽겠는데 그놈마저 일어서려 하다니, 보보는 너무나 창피해서 이 세상에서 사라지고 싶었다.

그러나 몸을 움직일 수 없는데도 불구하고 이상하게 그놈은 자꾸만 일어나려고 고개를 들었다.

보보는 힘겹고 외로운 싸움을 계속했다. 그러나 곧 자연의 섭리는 보보의 의지를 여지없이 무너뜨리고 승리의 깃발을 들어 올렸다.

"어머? 이것 좀 봐. 고추가 섰어. 호호호."

"어디어디? 어머! 너무 귀엽다."

"깔깔깔! 이 애 너무 귀엽지 않니? 한번 데리고 잤으면 좋겠다."

"나도!"

"내가 먼저야!"

인간족은 자유혼인지라 젊은 처녀들도 성을 얘기하는 데 있어서 거침이 없었다. 젊은이들에게 있어서는 그저 마음만 맞으면 잠자리를 같이해 아기를 낳는 것이 주요 임무이기 때문이었다. 그러니 어느 정도 성숙한 소녀들은 대부분 성 경험을 가지고 있었다.

"나 이런 금빛 머리는 첨 본다."

"나도. 정말 아름답지 않니?"

"이 애랑 아기를 가지면 무슨 머리 색이 나올까?"

"어머, 애, 순서를 지켜. 내가 먼저야."

"꺅꺅, 그런 게 어디 있어? 잡는 게 임자지."

처녀들은 깔깔거리며 계속 농담을 해댔다. 그리고 보보의 불쌍한 고추를 떡 주무르듯 주무르며 노는 것을 멈추지 않았다.

"어디 한 번!"

갑자기 한 처녀가 옷을 홀렁홀렁 벗더니 물속으로 뛰어들어 왔다.

풍더덩!

"쪼오옥!"

'오 마이 갓!'

보보는 속으로 비명을 질렀다. 알몸으로 들어온 처녀가 그의 젖꼭지를 입으로 빤 것이었다.

"오호호, 얘들아, 이것 좀 봐. 젖꼭지가 섰어!"

"까아앗, 정말 너무 귀여워. 깔깔깔."

"어디어디?"

"아유~ 쪼끄매~ 호호호."

보보는 자는 척하기가 너무나 힘겨웠다. 물속이라 확인할 수는 없지만 온몸에 진땀이 흐르고 있을 것이 틀림없었다. 옆에서 느껴지는 처녀의 살이 너무나 부드러웠고 그녀의 살 냄새는 숨이 막힐 지경이었다.

'누, 누님들… 제발… 저를 그냥 놔둬주세요…….'

보보는 일어나지도 못하고 자는 척하며 속으로 비명을 질러댔다. 뭐 꼭 싫어서 지른 것은 아니었지만 정말로 기절하고 싶도록 창피했다.

그녀들의 손장난이 끝없이 계속되는 가운데 갑자기 물속에 들어온 처녀의 얼굴이 보보의 아랫도리로 내려오기 시작했다. 다른 처녀들은 오밀조밀 모여서 그 모습을 흥분한 표정으로 지켜보고 있었다.

그녀의 입술이 제일 민감한 부위에 닿자 보보는 거의 온몸으로 경련을 일으켰다. 보보는 소리없는 절규를 부르짖고 있었다.

'오옷! 이, 이봐요! 지금 뭐하는 거예욧? 어서 얼굴을 들어욧!'

보보는 자꾸만 뒤틀리는 몸을 움직이지 않도록 버티느라 진땀이 다 났다.

그렇게 오랫동안 힘겨운 싸움을 하던 보보는 갑자기 하늘이 꺼지는 것 같은 떨림을 느꼈다. 온몸의 피가 아래쪽으로 쏠리는 것 같더니 수

천 개의 손가락이 온몸을 훑고 지나가는 듯 폭풍 같은 간지러움이 아랫도리로부터 시작해 전신을 훑었다.

"으… 으으윽! 끄으으~"

아무리 참으려 해도 입에서 나오는 신음 소리를 막을 수가 없었다. 보보는 제 몸이 저 처녀의 손과 입놀림에 따라 심하게 뒤틀리는 것을 느꼈다.

이윽고 물속의 처녀가 소리쳤다.

"어머, 얘들아! 이것 좀 봐! 나왔어."

"정말? 어디어디……?"

"까하하하! 너, 정말 대단하다."

"기절한 애를 싸게 하다니… 넌 정말 밤의 여왕이야."

"호홋, 뭘 이 정도 가지고. 이제 내가 젤 먼저 해야 하는 이유를 알겠지, 너희들?"

"까하하~ 졌다, 졌어. 그래, 네가 젤 먼저 먹어라."

그때 그 무서운 의사와 쿠르 장군이 문을 열고 들어왔다.

"이놈들! 장난은 그만 쳐라! 그분은 우리 부족의 멸망을 막은 중요한 분이다. 너희들 장난 상대가 아니야."

갑자기 들려온 쿠르 장군의 엄한 목소리에 처녀들은 찔끔 놀라며 물러섰다. 그러나 이미 보보의 몸은 생전 처음으로 경험한 타인에 의한 사정에 놀라서 녹초가 된 뒤였다.

보보를 초죽음시킨 처녀가 물에서 나와 서둘러 옷을 입었다.

의사가 보보의 모습을 한동안 살폈다.

"호오~ 거의 깨어난 것 같은데요?"

쿠르 장군이 물었다.

"그렇습니까? 그런데 왜 눈을 감고 있죠?"

의사가 웃으며 대답했다.

"하하, 아마 창피해서 그럴 겁니다."

쿠르도 웃었다.

"하하하, 그런 것 같군요."

보보는 죽고만 싶었다. 아직도 옆에는 처녀들이 둘러서서 올망졸망한 눈으로 신기한 듯 바라보고 있었던 것이다.

그 잠깐 사이에 보보는 세상에서 가장 창피한 일들을 다 겪었다. 우선 똥을 쌌다는 것, 그리고 그 많은 사람들 가운데서 혼자 알몸으로 있었고, 또 강제로 여러 처녀들에게 봉욕을 당했다. 그리고 무엇보다 그런 상황에서 자는 척하고 있었다는 것을 들키다니…….

'흑흑흑.'

쿠르가 말했다.

"이미 깨어 있는 것을 아니 그만 눈을 뜨게, 보보."

보보는 가만히 실눈을 떴다. 그러자 처녀들이 한꺼번에 속삭였다.

"어머! 깨어 있었어."

"까하하, 그럼 다 알고 있었겠네?"

"어휴, 남자들은 애나 어른이나 다 엉큼하다니까~"

"젤 엉큼한 건 너다."

"오호호호!"

보보와 제일 먼저 눈이 마주친 것은 물속에 들어와 보보를 아주 보내 버린 처녀였다. 그녀는 보보와 눈이 마주치자 아주 농염하게 윙크를 했다.

"윽!"

보보는 찔끔해서 황망히 눈을 돌렸다.

얼굴이 온통 벌게진 채 어디다 눈을 둬야 할지 모르고 허둥대는 보보에게 쿠르가 말했다.

"곧 몸을 움직일 수 있게 될 걸세. 아무 걱정하지 말고 푹 쉬면 돼. 자네의 시중은 여기 이 아가씨들이 잘 들어줄 거야."

그리고 처녀들에게 지시를 내렸다.

"이 소년을 잘 돌보아주게. 먹을 것을 잘 챙겨주고 불편한 점이 없도록 보살펴. 그리고 움직일 수 있게 되면 바로 내게 알릴 것. 알겠나?"

"예."

처녀들이 공손히 대답하자 쿠르는 몸을 돌렸다.

보보가 급히 소리쳤다.

"잠깐만요! 기다려요!"

"뭔가?"

"내 친구들은 어떻게 됐어요? 어디에 있죠, 모두들?"

쿠르는 잠시 보보를 바라보다가 대답했다.

"모두 무사하니 걱정하지 말게. 자네가 어떻게 하느냐에 따라서 더 무사할지 아닐지는 결정이 날 거야."

"이런 비열한! 그들을 인질로 삼다니……."

"꼭 인질로 하겠다는 뜻은 아니네."

"당신들은 비겁해요. 약속을 어기고 이젠 인질까지……. 난 절대 당신들을 돕지 않을 거예요."

쿠르는 대답하지 않았다. 그리고 그냥 돌아서서 나갔다.

옆에 서서 두 사람의 설전을 듣던 그 의사가 잠시 말없이 생각에 잠긴 듯 보였다. 이윽고 고개를 설레설레 젓더니 한마디 하고는 밖으로 나가 버렸다.

"너희들, 이 소년에게 더 이상 장난하지 말거라. 알겠지?"

"예."

식식거리는 보보를 두고 문이 닫혔다.

보보는 화가 많이 났지만 오래 화를 낼 수는 없었다. 곧 이어 몰려든
처녀들 때문이었다.

"안녕? 난 마코예요."

"반가워요. 보보라고 했죠? 난 렌코라고 해요."

그러자 아까 옷을 벗었던 처녀가 무리를 헤치고 다가왔다.

"비켜, 비켜. 똥물에도 파도가 있고 숭늉에도 위아래가 있다고 했다.
안녕, 보보? 난 당신을 뿅 가게 한 자리코예요. 만나서 반가워요."

그녀가 다가오며 보보에게 얼굴을 들이댔다. 그러자 아직도 그녀의
머리에서 떨어지고 있는 물이 보보의 이마 위를 적셨다.

"아, 안녕하세요, 누님들……."

보보는 떨리는 음성으로 인사를 했다.

"아까 기분 어땠어요?"

"당신 처음이었어요?"

"호호호, 야, 보면 몰라? 처음인 거 표나잖아?"

"호호호, 아깝다. 내가 했어야 하는 건데."

처녀들의 수다는 끝이 없었다. 그녀들은 계속 떠들면서 보보를 물에
서 건져 수건으로 몸을 닦았다. 그리고 새로 준비해 놓은 옷을 입혔다.
그 옷은 식물에서 뽑은 면직물로 만들어져 있어서 약하긴 했지만 무척
가볍고 부드러웠다. 인간족들은 비싼 가죽 옷보다 저렴한 이 옷을 주
로 입고 있었다.

보보는 아직 몸을 움직일 수 없어서 그냥 그녀들이 하는 대로 내버려 둘 수밖에 없었다.

곧 보보는 편안하고 푹신한 침대로 옮겨졌다.

"뭐 필요한 거 없어요? 어려워 말고 말해 봐요."

"저… 배가……."

"또 똥 마려워요?"

"킥킥킥, 이제 더 이상 옷에다 싸면 안 돼요."

"헉! 그, 그게 아니라……."

보보는 얼굴이 화끈 달아올랐다.

'이런, 이 사실을 피코나 다른 아이들이 알면 안 되는데……. 특히 유코가 알면 난 죽었다. 평생 똥싸개라고 놀림을 받을 거야.'

그녀들은 계속 놀리면서도 음식을 가져왔다.

아마 보보가 원하는 것이 음식이라는 것을 진작에 알고 있었던 모양이었다. 역시 간호사라 다른 듯했다. 처녀들이 떠먹여 주는 부드럽고 맛있는 죽을 받아 먹으며 보보가 물었다.

"저… 누님들……."

"왜요, 이쁜 총각?"

"뭐가 이쁜 총각이니? 맛있는 총각이지."

"호호호."

"깔깔깔."

보보가 마침내 짜증을 냈다.

"윽! 그만 좀 하세요. 누님들도 저 같은 상황이었으면 똥 쌌을걸요?"

그러자 한 처녀가 말했다.

"누가 똥 싼 거 말했나요? 바로 이게 맛있다는 거지."

"악~!"

보보가 비명을 질렀다. 그 처녀가 보보의 고추를 손으로 꽉 잡았기 때문이었다.

보보는 그 이후로 그 처녀들과 말싸움하는 것을 완전히 포기해 버렸다. 스무 살 남짓한 그녀들은 유코보다 더하면 더했지 결코 덜하지는 않는 여자들이었다.

'하긴, 그래도 유코는 아직 숫처녀일 테니까… 부끄러운 것은 알고 있으니까.'

하루가 지나자 보보는 어느 정도 몸을 움직여 살살 걸을 수 있게 되었다. 그는 이미 익숙해진 처녀들에게 아까부터 말을 시키고 있었다.

"그런데 왜 모두들 이름 끝에 '코' 자가 붙어 있죠?"

처녀들은 싱글싱글 웃으며 보보의 주위로 모여들었다.

"여자니까요."

"여자 이름에 왜 '코'가 붙냐구요?"

제일 나이가 많아 보이는 처녀가 대답해 주었다.

"그건 말이죠, 시조의 이름 때문이에요. 우리 부족의 시조는 남자와 여자 두 분이었는데 그중 여자 이름이 '요시코'였어요. 그래서 여자 이름에 코를 붙이는 것이 유행이 된 거예요."

보보가 고개를 끄덕였다.

"아아, 그렇군요. 그래서 피코, 유코도 '코' 자를……. 가만, 왕이 자기 어머니의 이름을 '요시코'라고 했었는데?"

"호호호, 맞아요. 왕의 어머니가 우리 시조예요."

"왕의 어머니가 검은 머리에 검은 눈이라는 것이 맞나요?"

"음… 아마 그럴걸요? 하지만 우린 보지 못했으니까 잘 모르지요. 왜요?"

"아, 아니에요. 제 동료 중에 그런 머리 색과 눈을 가진 사람이 한 명 있거든요."

"여자예요?"

"예."

"당신과 결혼했나요?"

보보가 펄쩍 뛰며 부정했다.

"아, 아뇨! 무슨 그런 말씀을……. 우린 아직 어리단 말이에요."

그러자 여자들이 까르르 웃어댔다.

"에이~ 어제 보니까 결혼해도 되겠던데요? 호호호."

"헉, 그, 그것은……."

보보는 할 말을 잃었다. 여자들은 계속 깔깔대고 있었고 보보는 얼굴이 새빨개져서 입을 다물었다.

한참 후 보보는 정말 궁금한 얘기를 슬쩍 꺼냈다.

"저… 누님들, 혹시 내 친구들에 대해서 들어본 얘기 없어요?"

"글쎄요. 저희는 아무 얘기도 못 들었는데요."

"그래요?"

보보는 생각에 잠겼다. 이미 자신이 걸어다닐 정도면 퍼쿵이나 피코는 벌써 뛰어다니고 있을 터였다. 그들은 상상도 못할 만큼 강한 체력을 가지고 있으니까 이미 몸이 완전히 회복되었을 것이다.

그러고 보니 몸이 아주 약한 치요가 걱정이었다. 유코도 그렇지만 유코는 왕이 특별히 생각을 하는 것 같으니 아마 자신보다 더 좋은 대접을 받고 있을 것이 틀림없었다.

그러나 치요는 정말 위험했다. 마족은 유달리 체력이 약하기 때문에 보통 사람이 기절할 정도의 약으로 죽을 수도 있다는 생각이 들었다.

그가 목소리를 낮추어 한 간호사를 부르며 손짓했다.

"저… 누님, 자리코 누님."

"왜요?"

자리코는 어제 물속에 들어왔던 여자였다. 보보가 제 이름을 부르자 그녀가 눈을 반짝이며 달려왔다.

"부탁이 하나 있는데요, 꼭 좀 들어주셔야 하거든요."

"뭔데요?"

그녀는 보보에게 유난히 관심을 보여왔던 여자였다. 아마 어제 있었던 보보와의 관계에 어떤 의미를 두고 있는 듯 계속 보보를 도맡아 간호하고 있었다.

보보는 애써 그녀의 관심을 모른 척하고 있었지만 역시 부탁을 하는 데는 그녀가 가장 적당하다고 생각하여 부른 것이었다.

"제 동료들의 소식을 좀 알 수 없을까요? 남자 둘에 여자 둘이에요."

"글쎄요……."

"그중에 치요라는 꼬마가 있는데 그 애는 몸이 아주 약하거든요. 제가 먹은 약 정도면 죽을 수도 있어요. 우선 그 애를 좀 찾아봐 주실 수 없나요? 부탁해요."

그녀는 무척 곤란해하고 있었다. 일개 간호사인 그녀로서는 왕과 군사들이 특별 관리하고 있는 사람을 찾는다는 것이 사실상 무리였다.

"제가 그런 일을 할 수 있을는지……."

"부탁이에요."

보보의 눈을 한참 동안 바라보던 자리코가 결심한 듯 고개를 끄덕였다.

"알겠어요. 한번 알아볼게요. 하지만 너무 기대는 하지 마세요. 전 그렇게 능력있는 사람이 아니에요."

"고마워요. 생사라도 알려주세요. 그리고 가능하다면 의사 선생님께 그 애의 치료도 부탁드려 주세요."

보보가 그녀의 손을 꼬옥 잡으며 부탁을 하자 그녀는 자신없는 눈빛이긴 했지만 미소를 지으며 고개를 끄덕여 주었다.

보보도 걱정이 되긴 그녀와 마찬가지였다. 만약 자신의 부탁 때문에 그녀가 화를 입게 될까 봐 무척 두려웠다. 그래서 보보는 제 손에 꼭 잡혀 있는 자리코의 손을 끌어다 입을 맞추어주었다.

자리코는 무척 기쁜 표정이었다. 보보는 아직 어린 소년이었지만 그녀는 그에게 몹시 끌리고 있었던 것이다.

"걱정 말고 쉬세요. 오늘 밤 제가 알아봐 줄게요. 왕궁의 돌격대 중에 저의 오빠가 있어요."

"너무 위험한 짓은 하지 마시고요."

"걱정 말아요. 우리 오빠는 이래 봬도 꽤 계급이 높아요. 바로 카르티 장군의 돌격대원이에요."

"카르티 장군의?"

"예. 카르티 장군을 알아요?"

"좀 알지요. 흠……."

보보는 한숨을 쉬었다. 지난번 헤어진 이후로 카르티 장군은 보이지 않았다. 퍼쿵과 절친한 사이로 알고 있는데 어찌 된 일인지 왕에게 속아 잡힐 때도 구해주러 나타나지 않았었다.

그의 생각을 모르는 자리코는 신이 나서 떠들었다.

"그랬군요. 카르티 장군은 다음 왕이 될지도 모르는 부족 최고 권력자 중 하나거든요. 우리 오빠는 굉장히 용감하기 때문에 그분 밑에서 분대장을 하고 있어요."

"어쨌든 조심해요. 오빠라는 분이나 자리코 누님을 위험에 빠지게 하고 싶지는 않으니까."

"후훗, 알았어요. 대신 저랑 한번 결혼해 줘야 해요."

아니나 다를까, 그녀는 보보에게 조건을 걸었다.

"옛! 결혼요? 그, 그것은……."

"왜요? 싫어요?"

그녀는 금세 실망하는 표정이 되었다.

"저, 저는 이미 사귀는 여자가 있어서… 좀……."

"아까 말한 그 검은 머리 여자애 말이에요?"

"아니, 그 애는 아니지만……."

그녀가 다시 웃었다.

"호호, 누구든 그게 무슨 상관이에요? 저도 남자 친구 많아요."

보보가 생각했다.

'참, 인간족은 한 번 잠자는 것을 결혼이라고 부른다고 했지? 역시 인간족은 자유혼 제도라서 자유분방하군.'

자리코는 휙 돌아서며 냉정한 표정을 지었다.

"결혼해 주지 않으면 부탁 들어주지 않을래요."

"아, 알았어요."

'미안해, 피코. 어쩔 수 없이 그렇게 대답했어. 모두를 구하기 위해서야.'

그렇게 자신을 위로하는 보보는 어쩐지 마음 한구석에서 고개를 드는 기대감을 애써 외면하고 있었다. 역시 남자들이란…….

슬쩍 보니 역시 자리코라는 여자는 꽤 예쁘게 생겼다.

'한번 사귄다……. 안 되는데… 그러면……. 어쩐다? 훗, 안 되는
데… 푸훗, 어쩌지? 히히히.'

보보는 자꾸만 웃음이 나오려는 것을 억지로 누르고 있었다.

한편 지하 감옥에서는 퍼쿵과 피코가 각각 다른 방에 갇혀 있었다.
그들은 무장을 모두 해제당한 채 제각기 잠들어 있었다.

가장 먼저 정신이 든 것은 역시 퍼쿵이었다. 깨어난 후에도 오랜 시
간을 누워 있은 후에야 겨우 몸이 움직일 만해졌다.

'도대체 여기가 어디지?'

주위를 둘러보았다.

'여긴 감옥이군. 게다가 이렇게 스며드는 한기는… 지하가 틀림없
어.'

그가 인상을 쓰며 몸을 일으켰다. 뒷머리가 깨지는 것처럼 아팠지만
퍼쿵은 어렵지 않게 일어서서 쇠창살을 통해 밖을 내다보았다.

밖에는 두 명의 경비병이 보초를 서고 있었다.

"어이, 이봐요. 왜 우릴 여기에 가두어둔 거요?"

"엇?"

갑작스레 들려오는 외침에 졸고 있던 경비병이 깜짝 놀라 돌아보았
다.

"벌써 깨어났군?"

"내 동생들은 어디에 있소?"

"몰라. 조용히 앉아 있어."

"어서 말해 봐요. 내 동생들 어디에 있어?"

"이 자식이……. 시끄러워! 감옥에 갇힌 주제에 소리를 질러?"

그러자 맞은편 감옥에서 피코의 목소리가 들렸다.

"퍼쿵? 퍼쿵이야?"

"그래, 피코! 괜찮아?"

"응, 머리 아파 죽겠어."

"다친 데는 없어?"

"별로 없는 것 같아. 다른 애들 못 봤어?"

"아니. 거기에도 없어?"

"응."

퍼쿵과 피코가 창살에 달라붙어 서로 소리를 질러대고 있었다.

경비병들이 고함을 쳐댔다.

"시끄러워! 조용히 못해?!"

피코가 욕을 해댔다.

"뭐야, 이 자식아? 너, 죽고 싶냐? 내가 나가면 너는 바로 죽음이야. 네놈들이 은혜를 원수로 갚아? 억!"

피코가 욕을 하다 말고 비명을 질렀다.

경비병이 창을 거꾸로 해서 쇠창살에 붙어 있는 피코의 얼굴을 찌른 것이었다.

피코는 다시 소리를 질렀다.

"눈 빠질 뻔했잖아, 이 새끼야!"

경비병들은 전혀 쫄지 않는 두 사람을 보고 잠시 어안이 벙벙해 있더니 드디어 화를 내기 시작했다.

"이놈들이 감히 여기가 어디라고!"

한 경비병이 피코가 들어 있는 감옥의 문에 열쇠를 꽂았다. 아마 들어가서 두들겨 패려는 것 같았다.

퍼쿵이 소리쳤다.

"피코! 잠깐만 참아. 아직 다른 애들이 어디 있는지 모르잖아. 우선 그것부터 알아봐야지."

"이 새끼들이 그걸 알려주겠어?"

피코는 여전히 기세등등했다.

그때 피코가 있던 방의 육중한 나무 문이 열렸다. 그리고 두 명의 경비병이 몽둥이를 들고 들어와 피코를 패기 시작했다.

피코는 맞서서 싸우려고 했지만 아직 약 기운에 취해 있어서 몸이 잘 움직여지지 않는 모양이었다.

"조용히 하랬잖아! 이놈이 좀 맞아야 정신을 차리겠어?"

퍽. 퍽. 쿠당탕.

피코의 비명이 들리지는 않았지만 경비병의 고함 소리와 둔탁한 소리들로 봐서 아마 몰매를 맞고 있는 듯싶었다.

퍼쿵이 고함을 질렀다.

"야, 너희들! 그만두지 못하겠어?!"

갑자기 퍼쿵이 두꺼운 나무로 되어 있는 문을 잡더니 힘을 썼다.

우지직.

"어어? 뭐야, 이거?"

"이봐, 여기 좀 도와줘!"

퍼쿵을 지키고 있던 경비병들이 혼비백산해서 소리를 질렀다. 무거운 문짝이 가볍게 퍼쿵의 손에 들린 채 떨어져 나갔다.

"그만두라고 했지!"

퍼쿵은 고함을 지르며 앞에서 창칼을 찔러대는 경비병들에게 문짝을 내던졌다.

"아아아아악!"

퍼쿵에게 달려들던 두 명의 병사가 문짝과 함께 까마득한 지하로 떨어져 버렸다.

피코를 두들겨 패던 두 병사가 달려나왔다.

"저, 저것! 이놈이!"

"으아악!"

그러나 그들도 창 한 번, 몽둥이 한 번 휘둘러 보지 못하고 퍼쿵에게 잡혀서 아래로 던져졌다.

퍼쿵은 얼른 피코를 안고 나왔다. 피코는 머리 여기저기가 터져서 피가 나고 있었다. 퍼쿵에게 안긴 채 피코가 씩 웃으며 말했다.

"에이, 쪽팔리게 그냥 두들겨 맞았네. 몸이 잘 움직이질 않아. 킥킥."

"괜찮아? 머리가 터졌어."

"그보다 어서 애들을 찾아보자."

"그래."

퍼쿵은 피코를 안은 채 주위를 둘러보았다. 가운데에는 나선형으로 된 계단이 있었고, 그 주변으로는 수십 개의 쇠창살이 달린 문이 있었다.

"여긴 없어."

퍼쿵이 말했다. 더 이상 경비병이 없었던 것이다.

"그럼?"

"아마 우리 둘만 여기에 가두어두었던 모양이다."

그랬다. 이곳에 가두어두었던 것은 퍼쿵과 피코, 보보뿐이었다. 유코는 왕의 별궁에 모셔져 있었고 치요와 우레는 너무 어린아이와 짐승이라서 아무 생각 없이 샤링의 집으로 다시 옮겨져 있었다. 게다가 보보는 의사에게 가 있으니 이곳에는 퍼쿵과 피코뿐이었다.

아직 밖에서는 감옥 안의 소동을 눈치 채지 못한 듯 조용했다.

"어쩌지? 아이들이 없으니 함부로 움직일 수 없는데."

"글쎄 말이야."

피코가 까마득히 뚫려 있는 아래쪽을 내려다보며 물었다.

"아까 그 병사들 죽었을까?"

"죽었겠지."

"어쩌자고 그놈들을 죽였어?"

"널 때리는 걸 보니 참을 수가 있어야지."

"별로 아프지도 않던 걸 뭐. 내려줘."

내려선 피코는 겨우 걸음을 옮겼다. 아직 그녀의 다리가 후들거리고 있었다. 피코는 병사가 떨어뜨린 검을 집어 들었다.

"제길, 도대체 뭘 먹었길래 힘이 하나도 없지?"

퍼쿵도 말했다.

"나도 지금 정상이 아니다. 도무지 힘을 쓸 수가 없어."

"어떡하지? 우리가 탈출한 것을 알면 다른 아이들이 위험해질 수 있는데……."

그러자 피코가 말했다.

"생각 좀 해보자. 그들이 필요로 하는 것은 보보와 유코였잖아? 그러니 우리가 없어져도 일단 그 애들은 안전해. 제일 먼저 찾아야 할 것은 치요와 우레인데……."

"맞아. 치요는 몸이 약해서 걱정이야."

두 사람은 계단을 올라가 문앞까지 왔다. 그곳에도 작은 창살이 있어서 밖을 내다볼 수 있었다. 밖은 컴컴한 한밤중이었다. 여기저기 횃불이 걸려 있었고 두 명의 경비병이 문앞에 서 있었다.

"됐어. 여기가 끝이야. 이제 나가기만 하면 되는데……."

퍼쿵이 말했다.

"일단 여기 숨어서 좀 기다리자. 네 몸도 회복이 되어야 하고 경비병도 교대를 할 테니까 곧 누군가 올 거야."

"좋아. 그놈들을 잡아서 애들의 행방을 찾자."

"기왕이면 높은 놈이 왔으면 좋겠군. 졸병들은 아는 게 별로 없을 테니까."

그들은 한구석에 쭈그리고 앉았다. 피코는 조용히 숨을 고르며 몸이 회복되길 기다리고 있었다. 퍼쿵은 굳어 있는 피코의 몸을 안마하기 시작했다.

그렇게 얼마의 시간이 지나자 피코의 몸이 회복되기 시작했다. 계속되는 퍼쿵의 안마로 근육이 풀리면서 곧 자유롭게 움직일 수 있게 되었다. 그때 그들이 기다리던 교대병이 다가오는 소리가 들렸고 피코와 퍼쿵은 문 양쪽으로 숨었다.

밖에서 보초를 서던 두 명도 교대를 해서 돌아가고 새로 교대한 두 명의 병사들이 안으로 들어올 네 명의 병사와 같이 문을 열기 위해 다가왔다.

철커덕철커덕.

끼이이~

문이 천천히 열리기 시작했다. 그 문은 아래쪽에 있는 감옥 문보다 더 크고 두꺼웠다.

여섯 명의 병사가 안쪽으로 들어오더니 이상하다는 듯이 말했다.

"어? 왜 이렇게 조용해? 이놈들 다 자는 거 아냐?"

"글쎄 말이야. 벌써부터 교대하자고 쫓아왔을 놈들이 웬일이지?"

"어이, 이봐! 교대할 시간이야!"

"……."

아무 대답이 없자 그들이 좀 당황하는 것 같았다.

"이상해. 전혀 대답이 없어."

서로 얼굴을 마주 보던 병사들이 이상한 낌새를 챘는지 급히 철문을 도로 닫으려 할 때였다.

쿠당탕!

"억! 이게, 읍……."

갑자기 튀어나온 퍼쿵과 피코에게 한 대씩 맞고 병사들이 쓰러졌다. 급히 밖으로 나가려던 병사들도 다 끌려 들어와 소리를 지를 새도 없이 고꾸라졌다.

퍼쿵과 피코는 열쇠를 뺏어 들고 병사들을 묶었다. 여섯 중에 넷이 기절했고 둘은 신음하고 있었다.

피코가 병사들의 무기를 전부 거둬서 장검 두 자루를 제 허리에 찼다. 퍼쿵은 장검 한 자루를 허리에 매고 도끼처럼 생긴 창은 한 손에 들었다. 나머지 무기는 모두 계단 아래로 던져 버린 후 물었다.

"자, 내가 묻는 말에 똑똑히 대답해라."

아직 깨어 있는 두 병사들은 졸지에 포로가 되어 황망히 두 사람을 바라보고 있었다.

"우리 일행이 어디에 있는지 말해."

"모, 모른다."

아무 말 없이 퍼쿵이 모른다고 대답한 병사를 번쩍 들어서 계단 아래쪽으로 내밀었다. 아래는 뻥 뚫린 공간이었다. 새까맣고 아무것도 보이지 않는 것이 거기에 던져지면 시체도 못 찾을 것 같았다.

"아악~ 살려줘. 제발 던지지 마세요."

"셋을 셀 동안 말하지 않으면 그냥 놔버린다. 아까 경비 서던 놈들 넷은 모두 내가 이 아래로 던져 버렸다. 묻는 말에 대답하지 않았기 때문이지."

병사들은 벌벌 떨고 있었다.

"마지막으로 묻겠다. 내 동료들은 어디에 있지? 금발 머리 소년과 검은 머리 소녀, 그리고 열 살 정도 된 어린 남자 아이다. 그리고 흰 털의 짐승도. 대답해. 하나, 둘……."

"잠깐! 말하겠습니다. 잠깐만요."

퍼쿵은 병사를 그대로 계단 쪽으로 내민 채 바라보았다. 병사는 손발이 뒤로 묶여서 퍼쿵이 쥐고 있는 멱살만 놓으면 그대로 떨어질 판이었다.

"보보라는 소년은 지금 의원으로 실려갔습니다. 그리고 검은 머리 소녀는 왕의 별궁에 있고요. 꼬마와 짐승은 카르티 장군의 사택으로 보내졌습니다."

"그래? 모두 무사하겠지?"

"예, 모두 무사합니다. 보보는 치료 중이고 소녀는 왕의 시녀들이 보살피고 있을 겁니다. 그리고 꼬마와 짐승은 잘 모르겠지만 무사할 겁니다."

피코와 퍼쿵은 잠시 마주 보았다. 피코가 고개를 끄덕이자 퍼쿵이 병사를 끌어당겨 바닥에 내려놓더니 손발을 풀었다.

"좋아. 저 아래 감옥 문 열어."

병사는 벌벌 떨며 한 층 아래에 있는 한 방을 열었다. 퍼쿵은 나머지 다섯 사람을 질질 끌어다 그 방 안에 넣고 아갈잡이를 시켰다.

"문을 잠가라"

병사는 문을 잠갔고 퍼쿵의 말이 이어졌다.

"우리 무기는 어디에 있지?"

"소녀가 있는 왕의 별궁에 진열해 두었습니다."

"좋아, 안내해라."

병사와 함께 감옥 탑을 나온 퍼쿵과 피코는 다시 문을 굳게 잠갔다. 퍼쿵이 피코에게 말했다.

"일단 나는 유코를 찾아서 집으로 돌아갈 테니까 넌 먼저 집으로 가."

"혼자서 괜찮겠어?"

"치요를 먼저 구해야 해. 우리가 탈출한 것을 알면 제일 먼저 치요를 인질로 삼을 거야. 어서."

"알았어. 하긴 놈들이 유코와 보보는 절대 해치지 않을 테니까. 그럼, 조심해."

"너도 몸조심해라."

퍼쿵과 피코는 간단히 인사를 하고 각기 어둠 속으로 사라졌다.

제2장 탈출 1

피코는 익숙한 걸음걸이로 어둠 속을 달렸다. 아직 몸이 정상으로 돌아온 것은 아니었지만 그런대로 회복이 되어가고 있었다.

피코는 기둥 옆에 몸을 숨겼다. 왕궁의 정문 앞에 두 명의 병사가 보초를 서고 있었다.

'이제 저 문만 통과하면 밖으로 나간다.'

하늘의 별을 보니 아직 날이 밝으려면 서너 시간쯤 남아 있었다.

좀 전의 감옥과 같은 시간에 보초가 교대했을 것이다. 그리고 그 보초의 바로 옆에는 커다란 징이 달려 있었다. 비상시에 징을 치게 되어 있는 모양이었다.

'에이, 저 징만 없어도 그냥 가서 패면 되는데……'

주위를 둘러보았다. 사방이 적막했다. 오면서 살핀 바로 다른 보초가 서 있는 곳은 꽤 멀리 떨어져 있었다.

'좋아, 당분간 주위에는 아무도 없다는 뜻이겠지?'

피코가 돌을 주워서 반대 편으로 던졌다. 병사들을 징으로부터 멀리 떨어지게 하려는 계획이었다.

딱!

"어? 무슨 소리지?"

"뭐지?"

두 병사는 동시에 소리나는 곳을 바라보며 말했다. 잠깐 바라보던 병사들이 다시 제자리로 고개를 돌렸다.

피코는 다시 돌을 던졌다.

딱!

"어? 분명히 무슨 소리 났지?"

"응, 분명히 들었어."

"이상한데?"

병사들이 잠시 고민하더니 한 병사가 걸어서 돌멩이가 구르는 곳으로 갔다.

'젠장, 둘이 한꺼번에 갈 일이지.'

피코는 몸을 숨기고 제 몸 뒤에 있는 기둥을 칼로 쳤다.

땅~

쇠가 울리는 소리가 작고 길게 울렸다.

"어? 저쪽이었나?"

병사는 방향을 바꾸어서 피코 쪽으로 걸어왔다. 그리고 피코가 내려 친 칼등에 맞아 소리 한번 지르지 못하고 엎어졌다.

"이봐, 뭐야? 무슨 소리였어?"

"……."

"이봐? 왜 그래?"

남은 병사는 좀 겁을 먹은 듯 머뭇거리고 있었다. 피코가 제 목을 꽉 쥐고 굵은 목소리를 흉내 내어 기침을 하고 말했다.

"콜록콜록, 어, 어이, 잠시 좀 도와줘. 넘어졌어."

"뭐야? 에이, 놀랐잖아. 사람이 왜 그리 싱거워?"

비로소 안심하고 다가오는 병사를 기다리며 피코가 기절한 병사의 투구를 벗겨 머리에 썼다.

"안 다쳤어?"

병사가 다가와 손을 내밀었다. 어둠 속에서 투구만 살짝 보이는 피코가 손을 내밀어 병사의 손을 잡았다.

"어엇?!"

병사는 피코를 끌어당기려다 말고 되려 어둠 속으로 끌려 들어갔다.

퍼! 픽!

쿵!

두 병사는 모두 어둠 속에서 꽁꽁 묶인 채 재갈이 물려졌다. 이미 기절해 있었지만 언제 깨어날지 모르는 일이라서 아주 단단히 묶었다.

"휴~ 됐다. 당분간은 일어날 수 없을 테니까 푹들 자두셔."

피코는 재빨리 왕궁의 정문을 열고 빠져나가려다 다시 들어오더니 징을 떼어가지고 나갔고, 마을로 뻗어난 길을 달리다가 개천이 나오자 그곳에 징을 버렸다.

한참을 달렸다. 곧 샤링의 집이 나올 것이다. 그의 식당은 장터의 중앙에 있었다. 피코는 식당으로 들어가지 않고 다시 몸을 숨겼다. 주위에 경비가 있을 것 같아서였다.

아니나 다를까, 샤링의 식당을 중심으로 골목길마다 화톳불을 피운 채 각 두 명씩의 보초가 지키고 있었다. 세 개의 골목에 사람이 총 여섯이었다.

'역시… 우리가 탈출하면 치요를 인질로 삼으려는 것이 틀림없군.'

피코는 허리에 차고 있는 두 자루의 칼을 만져 보았다.

'가능하면 사람은 해치지 않으려고 했는데…….'

피코는 한 골목을 역으로 돌아서 들어갔다. 골목 끝 부분에 화톳불과 두 명의 병사가 보였다. 그리고 그 맞은편에 샤링의 식당 정문이 보였다.

가만히 조심조심 다가갔다. 그런데 거의 다 가도록 그들은 반응이 없었다.

'풋, 이 녀석들 졸고 있군. 그래, 깨지 마라. 깨면 죽는다.'

다행스럽게도 두 녀석들은 피코가 다가가서 얼굴을 들여다보는 줄도 모르고 자고 있었다.

퍽!

두 사람의 머리를 잡아 박치기를 시켰더니 그들은 자던 그대로 기절해 버렸다. 그들을 서로 등을 기대게 하여 머리와 손과 발을 함께 묶어 버렸다.

밖을 내다보니 다른 두 곳도 마찬가지로 졸고 있는 것 같았다. 잠깐 고민하던 피코는 이내 샤링의 식당으로 걸어가서 조심스레 문을 두드렸다.

콩콩콩.

대답이 없었다.

콩콩콩콩.

문이 벌컥 열렸다.

"누구냐?!"

피코는 흠칫 놀랐다. 대답과 함께 문을 연 것은 샤링이 아니었다. 그는 군사회의 중에 낯이 익었던 한 장교였다.

"엇? 너는? 어떻게 여기까지? 이봐, 보초!"

놀라기는 상대 장교도 마찬가지였다. 장교가 소리를 질렀다.

그 장교와 피코가 동시에 검을 뽑아 들었고 골목에서 자던 병사들도 고함 소리에 깨어 달려왔다.

피코가 곁눈질로 달려오는 네 명의 병사를 살피며 중얼거렸다.

"이런 젠장, 이럴 줄 알았으면 골목의 놈들을 다 묶어두고 오는 건데."

문을 연 장교의 칼날이 피코의 머리를 향해 정통으로 내려 그어지고 있었다.

"홍! 그걸 칼질이라고 하는 거냐?"

피코는 전혀 당황하지 않았다. 빈정거리는 말과 동시에 피코의 오른손에 들려진 검이 장교의 검을 막았다.

챙!

그리고 뒤에서 육박해 들어오는 병사의 창날을 왼손으로 잡아채며 앞으로 쑥 내밀었다.

"아악!"

"앗, 이런, 대장님……."

다시 피코를 향해 검을 들어 올리던 장교가 제 부하의 창날에 배를 찔리며 비명을 질렀다.

"아예 울지 그래?"

피코는 빈정거리며 앞으로 구부러지는 장교의 머리채를 잡아 뒤로 던져 버렸다. 그러자 창을 찌른 병사와 찔린 대장이라는 자가 뒤엉켜서 나자빠졌다.

다시 세 명의 병사가 창을 피코에게 겨누었다.

피코가 그들을 향해 미소를 지으며 말했다.

"얌전히 창을 거두면 살려준다. 하지만 나랑 검을 맞대고 싶다면 죽음을 각오해야 할 거다."

병사들은 멈칫거리면서도 창을 거두지 않았다. 창에 찔린 장교와 병사도 뒤늦게 일어서서 다시 창검을 겨누었다.

"다섯 명이라… 재미있군."

피코는 왼손으로 나머지 하나의 검을 뽑았다. 두 손에 검을 들고 다섯 병사를 마주 보았다.

"원래 난 왼손으로는 단검을 쓰는데 지금은 어쩔 수 없이 장검을 쓴다구. 잘 봐."

말과 동시에 피코의 몸이 허공으로 떠올랐다.

앞선 세 명의 병사가 허공에 뜬 피코를 향해 창을 찔러 올렸고 그녀의 왼손이 허공을 갈랐다.

싸사삭.

바람 가르는 소리와 함께 세 병사의 창이 두 동강이 났다.

그리고 피코의 오른손에 든 검은 그 뒤에 서 있는 장교의 정수리로 정확히 찔러 들어가고 있었다.

"잠깐! 멈춰!"

소리를 지른 것은 치요였다.

가늘고 날카로운 외침에 피코가 검을 멈추었다. 거의 졸도 직전이었던 장교는 바로 눈앞에서 멎은 피코의 검을 바라보며 자리에 털썩 주저앉았다. 네 명의 병사도 소리나는 쪽으로 고개를 돌렸다.

피코가 급히 소리쳤다.

"치요, 괜찮아?"

우레를 어깨에 얹은 치요가 비틀거리며 말했다. 그 뒤로 샤링이 걱정스러운 눈으로 피코와 병사들을 바라보고 있었다.

"피코, 그 사람들 죽이지 마. 죽이면 우린 다신 인간족 마을에 올 수 없어."

피코는 두 자루의 검을 휘둘렀다. 전의를 완전히 상실한 다섯 인간들은 무기를 내려뜨린 채 피코의 검만 바라보고 있었다.

붕붕.

바람 가르는 소리가 밤하늘의 적막을 갈랐다.

"날 죽이려고 먼저 검을 휘두른 것은 이놈들이었다구. 내 손에 죽어도 이것들은 할 말이 없어. 안 그래, 아저씨?"

피코가 검을 뉘어서 장교의 머리를 탁탁 때렸다.

장교는 하얗게 질려서 부들부들 떨고 있었다.

"그래도 죽이지 마."

"좋아. 하지만 이놈들은 이제 내 포로다."

"뭐?"

"아직 보보와 유코가 왕궁에 있단 말야. 그리고 퍼쿵이 그들을 구하러 들어갔으니까 이놈들을 보내줄 수 없어. 난리를 부릴 게 뻔하거든."

"좋아. 이 사람들을 묶어. 하지만 이 집으로 들여선 안 돼."

"나도 그 정도는 알고 있어. 샤링 아저씨에게 피해가 가면 안 되니까."

피코는 병사들을 모두 묶었다. 장교도 함께 묶어서 먼저 묶여진 사람들이 있는 골목으로 끌고 갔다. 거기서 함께 뒷짐이 지어진 채 손발이 묶이고 뒷머리도 서로 묶였다. 입에 재갈까지 물리고 퍼쿵이 가져온 가죽으로 한꺼번에 뒤집어씌운 뒤에 말했다.

"너희들을 살려주는 것은 다 치요 덕분인 줄 알아라. 안 그랬으면 너흰 벌써 다 죽었어. 나중에 혹시 다시 만나면 고맙다고 인사나 해라."

피코가 하늘을 바라보았다.

"날이 새려면 두 시간은 걸릴 거야. 몸은 어때? 저놈들이 괴롭히진 않았어?"

"아니, 아저씨가 잘 돌봐주어서 거의 다 나았어. 넌 어때?"

"움직일 만해."

"비비빕."

우레는 제일 먼저 잠이 들었지만 역시 야생 동물이라 몸의 치유 능력이 강해서 이미 멀쩡해져 있었다.

샤링이 말했다.

"이제 어쩔 거냐?"

"다시 왕궁으로 가서 퍼쿵을 도와야 해요. 치요와 우레는 나와 함께 갈 거예요. 더 이상 아저씨와 함께 있을 수는 없어요."

"아직 약에 취해 있을 텐데 괜찮겠니?"

"이미 다 나았어요, 아저씨. 그동안 고마웠고요, 몸조심하세요."

"내가 도울 일은 없겠냐?"

피코가 고개를 저었다.

"필요없어요. 도움이 돼도 받지 않을 생각이에요. 우릴 도와주면 아저씨도 위험해질 거예요."

"그래도 너희들끼리는 힘들 텐데……."

치요가 빙긋 웃으며 대답했다.

"괜찮아요. 걱정하지 마세요. 저희들 이래 봬도 꽤 강해요. 많은 일을 겪어왔으니까요."

샤링이 한숨을 쉬더니 집 안으로 들어갔다가 다시 나왔다.

"이걸 좀 가지고 가거라. 앞으로 필요할 때가 있을 거다. 사람들과 상대하려면 조금씩은 지니고 있어야 해."

샤링이 내민 것은 은덩어리가 몇 개 담긴 주머니였다.

피코가 받아 들더니 말했다.

"꽤 묵직하군요. 고맙습니다."

"아니야. 이건 너희들의 것이야. 아직 네 궤짝이나 남아 있으니 언제든지 가지러 오렴. 일단 그 정도 양이면 당분간은 사냥을 하지 않아도 필요한 물건은 살 수 있을 거야."

"그렇겠군요. 아참, 그보다 카르티는 어디에 있어요? 좀 만났으면 좋겠는데……."

"모르겠다. 너희가 왕궁으로 들어간 후 한번 들렀는데 그 후로 보이지 않는다. 벌써 이틀이나 소식이 없어."

피코와 치요는 고개를 끄덕였다.

치요가 말했다.

"아저씨에게 화가 미칠지도 모르니까 부득이 아저씨도 묶어야겠어요. 안 그러면 우리와 한패로 취급해 큰일을 당할 거예요."

"알겠다. 어서 나를 묶어라."

"죄송해요."

피코는 샤링을 묶어서 집의 한구석에 잘 뉘어놓았다.

"죄송해요. 날이 밝으면 사람들이 와서 풀어줄 거예요. 조금만 참고 계세요."

샤링은 재갈이 물린 채 고개를 끄덕였다.

샤링의 집을 나선 피코는 치요와 우레를 등에 업고 왕궁으로 달려갔다. 등 뒤에서 치요가 말했다.

"궁에 들어가면 내가 방어진을 만들 테니까 퍼쿵과 아이들을 구해서 그리로 들어와. 여기 우레의 털이 있어. 이것을 하나씩 나누어 줘. 이걸 지니고 있으면 방어진을 볼 수 있으니까."

"알았어."

피코는 치요가 주는 우레의 깃털을 조심스레 품 안에 넣었다.

왕궁은 조용했다. 퍼쿵과 피코의 탈출이 아직 발각되지 않은 모양이었다.

"아직은 조용하군. 하지만 서둘러야 해. 곧 눈치를 챌 거야."

"알았어. 일단 방어진부터 만들고."

우레는 하늘로 날아올랐고 두 사람은 살며시 정문을 열고 들어섰다. 교대 시간이 되지 않은 듯 정문의 경비는 없었다. 저만치 기둥 구석 어둠 속에 기절한 채 묶인 두 병사의 모습이 어렴풋이 보였다.

서둘러 치요가 돌을 늘어놓으며 커다란 진을 만들기 시작했다. 그리고 그 돌 밑에 우레의 털을 하나씩 놓았다. 여러 가지 글자와 괴상한 문양을 적으니 방어진이 완성되었다.

두 아이는 완성된 방어진 안에서 잠시 의논을 했다.

치요가 말했다.

"퍼쿵이 어디로 간지 알아?"

"몰라. 저쪽에서 헤어졌거든. 왕의 별궁으로 간다고 했는데……."

"별궁? 왕궁과 따로 있는 곳인가?"

잠시 생각하던 피코가 치요에게 물었다.

"저기… 치요, 뭐 느껴지는 거 없어? 넌 우리 일행의 위험을 느낄 수 있잖아. 그 뭐였지? 구호 마법이던가?"

"글쎄… 별로 느껴지는 게 없는데……. 잠시만 기다려. 한번 느껴볼게."

치요가 땅바닥에 손바닥을 대고 정신을 집중하기 시작했다. 그렇게 잠시 동안 주문을 외우던 치요가 고개를 흔들며 일어섰다.

"아무것도 느껴지지 않아. 별로 위험한 상황이 아닌 모양이야. 생명이 위태롭지 않으면 파장이 발생하지 않으니까……."

피코가 말했다.

"그래? 그럼 할 수 없지. 직접 찾아보는 수밖에……. 그래도 다행이네, 위험하지는 않다니."

그러자 치요도 고개를 끄덕였다. 그리고 우레를 어깨에 올리며 말했다.

"좋아, 그럼 출발하자. 내가 위에서 엄호할게."

우레가 치요를 잡고 날아올랐다. 피코도 달리며 소리쳤다.

"화살 조심해."

한참을 달려 퍼쿵과 헤어졌던 장소에 거의 도착할 때였다.

"누구냐?"

"거기 서라!"

"침입자다!"

순찰을 돌던 한 무리의 병사가 피코를 발견하곤 소리치며 달려왔다.

"칫, 들켰다."

"조심해!"

피코는 검을 뽑아 들었고 치요는 우레에게 매달린 채 손에서 불을 일으키기 시작했다.

유코는 멍하니 앉아 있었다. 몸이 아직 완쾌되지 않아서 아직도 머리가 아팠다.

"도대체 다들 어디 간 거야?"

방 안을 이리저리 걸어보았다. 방 안에는 신기한 물건들이 많이 있었다. 무척 정성 들여 만든 제품들이란 것을 한눈에도 알 수 있었다.

"여기가 어디지?"

조각품들도 많았고 사람의 얼굴을 그려놓은 초상화도 여러 장 걸려 있었다.

"어? 이건?"

눈에 띄는 초상화가 있었다.

"꿈에서 만난 언니와 오빠잖아? 그럼 아까 본 것은 꿈이 아니었나?"

자세히 보니 비슷하긴 했는데 훨씬 나이가 먹어 보였다.

그리고 그 옆에는 다른 사람들의 얼굴도 몇 장 있었는데 왕과 비슷하게 생긴 초로의 남자도 눈에 띄었다.

"이건 엉큼한 왕이 지금보다 덜 늙었을 때의 그림인가 보네?"

한참 그림을 보던 유코는 방문을 열고 밖으로 나갔다. 온통 돌로 지어진 기다란 복도에 횃불이 죽 걸려 있는 것이 보였다. 그리고 한 발을 내미는 순간 갑자기 옆에서 누가 튀어나왔다.

"나가시면 안 됩니다."

"까얏! 놀랐잖아요?"

말을 건 사람은 병사였다. 문밖에서 지키고 있던 모양이었다.

"시녀장님, 아가씨가 일어나셨습니다."

병사가 외치자 옆의 문이 열리더니 중년의 여자가 나왔다.

"어머, 깨어나셨군요."

그 뒤로 대여섯 명의 여자들이 줄줄이 따라나오더니 다짜고짜 유코를 다시 안으로 밀고 들어갔다.

"왜 이래요? 이 아줌마들이 날 언제 봤다고?"

"아가씨, 밤 공기가 찹니다. 아직 몸이 완쾌되지 않으셨으니 어서 들어가세요."

"뭐예요? 아줌마들은 누구예요?"

그 여자들은 유코의 말은 들으려고도 하지 않았다. 거의 들다시피 해서 그녀를 다른 방으로 데리고 가더니 서둘러 옷을 벗기고 씻기고 난리를 부렸다.

"이거 놔요! 누가 목욕한다고 했어요? 엄마야~"

유코는 순식간에 옷이 다 벗겨지고 물에 넣어져 씻겨진 후에 다시 물이 닦아지고 깨끗하고 부드러운 새옷으로 갈아입혀졌다. 유코는 놀라서 정신이 하나도 없었다.

'우와, 이 아줌마들 대단하네. 완전히 전문가들이야.'

그리고 주위를 둘러보다가 언제 들어왔는지 문 앞에 서서 바라보고 있는 왕을 발견했다.

"꺅! 엉큼한 할아버지! 지금 뭘 쳐다보는 거죠? 언제부터 거기 있었어요?"

"유코, 잘 잤느냐?"

"가까이 오지 말아요. 나한테 손대면 큰일 날 줄 알아요!"

그러나 왕은 별로 망설이지도 않고 서서히 다가왔다.

유코는 몸을 움츠리며 뒷걸음질을 쳤다. 곧 벽까지 밀려간 유코가 되는대로 손을 뻗어 잡히는 것을 집어 들었다.

"더 가까이 오면 칠 거예요. 어? 이건?"

유코가 집어 든 것은 피코의 검이었다. 다시 옆을 살펴보았다. 거기에는 퍼쿵의 거대한 검도 있었고 보보가 가지고 있던 검과 단검들도 모두 진열되어 있었다.

"이것들이 왜 여기에 있는 거지? 피코! 보보! 어디 있어요? 퍼쿵 오빠! 근처에 있으면 대답해요!"

고함을 질렀지만 아무도 대답하지 않았다. 대신 왕이 천천히 다가오고 있었다.

"에잇, 거기서 멈춰 섯!"

스릉.

유코가 소리를 지르며 피코의 검을 검집에서 뽑아 들었다. 검날이 불빛을 반사해 눈부시게 번쩍이고 있었다.

"무엄하다. 감히 검을 뽑다니!"

언제 들어왔는지 친위대장이 소리치며 마주 검을 뽑아 들었다.

"가만. 이 아이는 내 손님이네. 자네는 검을 무르고 뒤로 물러서게."

"하오나 위험합니다, 폐하."

"괜찮다."

친위대장은 약간 뒤로 물러섰으나 아직도 검을 들고 있었다. 여차하면 유코를 내려칠 자세였다.

"유코야, 가까이 가지 않겠다. 검을 내려놓거라."

왕이 부드러운 목소리로 유코를 달랬다. 그러나 유코가 말을 들을 리 없었다.

"헹~ 누가 그 말을 믿을 줄 알아요? 변태 마마보이 말을 어떻게 믿죠? 내가 할아버지를 회춘해 줄까 봐요? 어림없어요."

유코는 검을 똑바로 왕의 얼굴로 겨누며 버텼다. 그리고 덧붙였다.

"참, 그리고 내 이름 부르지 말아요!"

"난 너에게 나쁜 목적을 가지고 있지 않다. 안심해라. 믿어도 좋다."

어느새 왕과 유코의 주위에는 친위대장 이외에도 병사들이 쫙 늘어서 있었다. 유코가 가만히 생각했다.

'이것 봐라? 저렇게 많은 사람이 있으면 내가 이길 확률이 없잖아? 저 뼈만 남은 늙은이도 벅찬데……. 그렇다면?'

유코가 재빨리 머리를 굴리기 시작했다. 일단 대화를 하는 척 시간을 벌다가 불이나 뭐 다른 정령을 부를 생각이었다.

"좋아요. 그럼 일단 내가 봐주기로 하겠어요. 내가 한번 칼을 뽑았다 하면 여기 모든 아저씨들은 다 죽은 거지만 일단 말이나 들어보기로 하죠."

유코는 칼을 내렸다. 그리고 다시 물었다.

"하고 싶은 얘기가 뭐예요?"

왕은 잠시 생각에 잠겼다. 단지 자기 곁에 남아달라고 말하고 싶었지만 아이가 저리도 이상한 오해를 하고 있으니 그 말을 하기가 무척 곤란했던 것이다. 왕이 빙빙 돌리며 얘기하기 시작했다.

"난 나쁜 사람이 아니란다. 제발 믿어주려무나. 그리고 네 이야기를 좀 듣고 싶다. 전에 말한 것처럼……."

"됐어요. 전 싫어요. 제가 엄마라는 얘기를 하려는 거죠? 그러면 뭐

젖이라도 물려줄 줄 알고요? 꿈도 꾸지 말아요!"

유코의 황당한 독설에 왕을 비롯한 병사들 모두 얼굴이 멍해졌다. 그리고 어이없이 웃을 수밖에 없었다.

"허허허, 무슨 그런 말도 안 되는……."

"이번에는 내가 말하겠어요. 퍼쿵 오빠와 피코, 보보와 치요, 그리고 우레, 다 어디에 있어요? 어서 말해 봐요. 그 사람들은 다 어디에 있죠?"

"그들은 모두 잘 있단다. 걱정하지 않아도 된다."

"내 눈으로 봐야 믿겠어요. 어서 그 사람들을 이리로 데려다 주세요!"

그 말에 왕과 친위대는 서로 눈길을 주고받으며 아무 말 못하고 있었다. 그때 뒤늦게 한 사람이 들어오며 말했다.

"그분들은 모두 떠났습니다. 당신과 보보라는 소년을 놔두고 떠났어요. 그러니 이곳에는 없습니다."

왕이 그 사람을 바라봤다. 그는 쿠르 장군이었다.

왕과 병사들은 모두 놀라고 있었다. 쿠르 장군이 거짓말을 할 줄은 아무도 몰랐던 것이다. 그는 워낙 정직하고 강직한 사람이었다. 그런데 그런 그가 거짓말을 하다니…….

왕이 생각했다.

'벼락 장군이 저런 말을 할 정도라면… 음… 그가 얼마나 보보라는 소년을 원하고 있는지 알 것 같구먼.'

왕은 굳이 거짓말까지 하고 싶지는 않았지만 이미 엎질러진 물이었다. 그 자리에서 정정을 해봐야 유코의 불신만 커질 것 같았다. 그래서 생각을 돌렸다.

'그래, 이제 유코가 다시는 일행을 만나지 못하도록 하는 수밖에…….'

유코는 쿠르의 말을 듣고 멍청한 표정이 되었다. 그녀가 칼을 바닥에 떨어뜨리며 중얼거렸다.

"그럴 리가… 말도 안 돼. 그럴 리가 없어요. 거짓말이에요. 어떻게 우릴 버리고……."

쿠르가 유코의 중얼거림에 대답이라도 하듯이 말을 이었다.

"우리가 그 보답으로 엄청난 금을 주었지요. 아마 그분들도 만족했을 겁니다."

유코는 귀를 막으며 소리를 질러댔다. 눈물이 그녀의 뺨으로 흘러내리고 있었다.

"아니야! 절대 그럴 리 없어! 거짓말이야!"

그때였다. 유코가 거의 바닥에 주저앉아 버릴 때쯤이었다.

뻐그작!

엄청나게 큰 소리가 울리며 별궁 현관이 통째로 떨어져 나갔다.

"엥? 뻐그작?"

쿠르와 병사들이 반사적으로 몸을 돌렸다. 그러나 그들 눈에 가장 먼저 들어온 것은 날아오는 거대한 문짝이었다.

"으아악~"

문짝은 바로 앞에 모여 있던 대여섯 명의 병사를 깔아뭉개며 바닥으로 떨어졌다. 자욱한 먼지가 일며 그 먼지 속에서 서서히 몸을 드러내는 거구가 있었다.

그는 퍼쿵이었다.

"오빠~! 퍼쿵 오빠~!"

이미 밖에서 한바탕 싸움을 벌인 후였는지 그의 발 밑에는 십여 명의 병사들이 뒹굴고 있었다.

"유코, 무사했구나!"

"오빠~ 살려줘요! 이 사람들이 날 해치려고 해요!"

그녀가 소리를 지르자 왕과 병사들이 황망히 유코를 바라봤다.

마치 '내가 언제?' 하는 표정이었다.

"지금 구해줄게. 기다려!"

퍼쿵은 큰 소리로 외치며 그대로 돌진해 들어왔다. 퍼쿵과 유코의 사이에는 왕이 있었다. 그 방향이 완전히 일직선인지라 마치 퍼쿵이 왕에게 달려드는 꼴이 되었다.

친위대장이 급히 소리치며 달려들었다.

"막아라!"

십여 명의 병사들이 퍼쿵을 향해 창을 찔러 넣었다. 그러나 퍼쿵은 손에 쥐고 있던 도끼처럼 생긴 창으로 병사들이 찔러 넣는 십여 개의 창을 향해 휘둘렀다. 병사들은 무지막지한 퍼쿵의 창을 막아내지 못하고 대부분 창을 놓치거나 쓰러졌다.

퍼쿵은 그대로 돌진해서 유코에게 달려갔다. 가까스로 쿠르 장군이 왕을 감싸고 옆으로 굴렀다. 그렇지 않았으면 노쇠한 왕이 거구의 퍼쿵에게 치어 죽을 것 같았다.

드디어 유코가 퍼쿵의 품으로 들어왔다. 그리고 나란히 선 두 사람은 쿠르와 왕과 병사들을 노려보았다. 친위대장은 퍼쿵을 막으려다가 치어 다리가 부러져 있었다.

쿠르가 별일 아니라는 듯이 왕을 부축하며 일어서더니 말했다.

"마치 들짐승 같군."

쿠르의 품에는 왕이 안겨 있었고 퍼쿵의 품에는 유코가 안겨 있었다.

퍼쿵이 조용히 옆을 바라보더니 진열되어 있는 자신의 거대한 검을 집어 들었다. 그리고 피코의 검도 집어서 허리띠에 꽂았다.

그사이를 놓치지 않고 쿠르가 살며시 왕을 자신의 망토 뒤로 숨겼고 뒤에서 병사들이 왕을 받아서 급히 별궁을 빠져나갔지만 퍼쿵과 유코는 눈치 채지 못했다.

유코도 보보의 장검과 단검들을 주워 들었다. 그리고 퍼쿵이 창문의 커튼을 뜯어 찢어내더니 아기를 업듯이 유코를 등에 업고 커튼으로 꽁꽁 묶었다.

그러는 동안 유코가 여지없이 종알거리며 고자질을 했다.

"저 뚱뚱한 아저씨가 거짓말을 했어요. 퍼쿵 오빠가 나와 보보를 버리고 그 대가로 금을 엄청나게 챙겨서 떠났다고 했어요."

쿠르가 좀 민망한 표정을 지었다. 그들은 아직 퍼쿵이 탈출했다는 것을 알지 못했었다. 한바탕 소란이 끝난 지금에서야 왕의 별궁 밖으로 병사들이 모여들고 있었다.

쿠르가 말했다.

"미안하네. 내가 본의 아니게 거짓말을 좀 했네. 소녀를 달래주려고……."

퍼쿵이 대답했다.

"단순한 거짓말 정도가 아니라 엄청난 모욕이고 사기군요. 내가 애들을 팔아버린 것처럼 말을 했으니."

퍼쿵과 쿠르는 마주 서서 팽팽한 긴장을 늦추지 않고 있었다. 이십 대와 사십 대인 두 사람의 덩치는 비슷했다. 키는 퍼쿵이 좀 더 컸고 옆으로는 쿠르가 좀 더 벌어져 있었다.

"검을 거두게. 이미 자네들은 완전히 포위되었네."

"이미 죽었던 목숨 아닙니까? 지하 감옥에다 가두어놓고 굶겨 죽이려고 했던 것으로 아는데요."

쿠르가 뒤를 쓱 돌아보았다. 그리고 다시 말했다.

"천만에. 우린 자네들을 죽일 생각이 전혀 없었다. 곧 풀어줄 계획이었어. 하지만 지금은 상황이 다르지. 소녀를 생각해서라도 검을 거두게. 자네가 섣불리 행동하면 소녀도 함께 죽게 되네."

"쉽지 않을 겁니다."

퍼쿵은 검을 높이 들었다. 이 미터가 넘는 퍼쿵의 검이 거의 천장에 닿을 듯 치켜 올려졌다.

쿠르도 손을 뻗쳐 자신의 검을 뽑았다. 쿠르의 검은 상당히 크긴 했지만 퍼쿵의 검의 삼 분의 일 정도였다.

"그걸로 내 검을 막아낼 순 없을 텐데요."

퍼쿵이 조용히, 그러나 힘이 들어간 음성으로 말했다.

"난 죽는 게 두렵지 않아. 자네도 그럴 테지? 하지만 저 소녀가 죽는 것은 내 검에 의한 것이 아니다."

퍼쿵이 주위를 둘러보았다. 벌써 주위에 궁수들이 쫙 깔려 있었다. 모두 활을 겨누고 있었다.

잠시 침묵이 흘렀다. 퍼쿵은 고민하고 있었다. 자신이 저 많은 화살을 다 막아줄 수 없다는 것은 확실했다.

그때 등 뒤에 매달려 있던 유코가 조그맣게 말했다.

"오빠, 걱정 마세요. 전 이미 준비가 다 되어 있어요."

그녀의 말에 퍼쿵은 문득 유코가 정령술사임이 생각났다.

"괜찮겠니? 자신있는 거야?"

"물론이죠. 이미 이 방 안은 제 정령 친구들로 꽉 차 있다구요. 킥킥."

"좋아. 표나게 하면 안 된다."

"걱정 마세요."

유코는 퍼쿵의 등에 달라붙은 채 여유있는 미소를 지어 보였다. 퍼쿵이 슬쩍 발을 옮겨보았다. 그러자 쿠르가 바로 칼을 내밀며 제지했다.

"그만. 움직이지 말게. 소녀만 내려놓으면 자네는 그냥 보내주겠네."

"풋, 한번 해보시지요."

말과 동시에 퍼쿵의 몸이 앞으로 돌진해 갔다. 노련한 쿠르는 즉각 검을 들어 받아칠 자세를 취했다.

쿠르에게는 다른 계산이 있었다. 엄청난 무게의 퍼쿵의 검은 무게만큼의 위력이 실려 있겠지만 그 대신 다시 다음 동작을 취하는 데 느릴 것이란 계산이었다. 그래서 퍼쿵의 검을 빗겨 흘려 버리고 다시 다음 동작을 취하기 전에 그의 팔이나 다리를 베어버린다는 것이 그의 계획이었다. 쿠르도 가능하다면 퍼쿵을 죽이고 싶지는 않았다.

카캉!

퍼쿵과 쿠르의 검이 부딪치며 파란 불꽃이 튀었다.

'어엇?'

단 한 번의 충돌로 쿠르의 검이 두 동강이 나버렸다. 쿠르는 부러진 검을 쥔 채 급히 몸을 굴려 계속 다가오는 퍼쿵의 검을 피했다.

그의 계산과는 달리 퍼쿵의 검은 머리 위에서 내려쳐 오다가 갑자기 방향을 바꾸어 왔던 것이다. 정확히 쿠르가 검을 빗기어내려던 순간에 같은 각도로 방향이 바뀌어 들어왔다. 그래서 쿠르의 검은 정면으로 날아온 그 충격을 이기지 못하고 부러져 버린 것이다.

쿠르는 너무나 놀라고 있었다.

'이럴 수가! 저 무거운 검을 저토록 빠르게 휘두를 수 있다니. 그것도 사람을 등에 업고서……'

재빨리 몸을 일으키던 쿠르는 퍼쿵이 검을 거두고 서서 똑바로 쳐다보는 시선을 느꼈다.

"제가 이겼군요."

그러나 쿠르 역시 수많은 실전을 경험한 고수인지라 상대가 마음만 먹었다면 죽일 수도 있었던 순간임에도 불구하고 전혀 동요한 모습을 보이지 않았다.

"그럼 이제 어떡할 텐가? 나에게는 이겼지만 저 궁수들의 화살은 피할 수 없을 텐데?"

대답을 한 것은 유코였다.

"이제 우린 나갈 거예요. 진 주제에 뭐라고 떠드는 거예요? 어서 가요, 오빠."

"그래."

퍼쿵은 유코를 등에 업은 채 유유히 궁수와 병사들을 헤치고 걸어가기 시작했다. 그러나 궁수를 지휘하던 장교가 그냥 보내줄 리 없었다.

"발사! 활을 쏴라!"

그러나 유코의 정령들이 더 빨랐다. 유코가 불의 정령에게 이 건물 안에 있는 모든 활의 줄을 태우라고 명령을 내렸던 것이다. 순식간에 활의 줄이 모두 재로 변했고 단 한 발의 화살도 날아가지 못했다.

"엇? 이게 어떻게 된 거지?"

궁수들은 줄 없는 활을 들고 모두 우왕좌왕하고 있었다.

퍼쿵이 그들 앞에 검을 휘두르며 소리쳤다.

붕붕.

"모두 비키시오! 내 앞을 가로막는 자는 죽을 각오를 해야 할 거요!"

궁수들은 모두 앞을 다투어 길을 열었다. 그리고 방문을 나서자 복도에는 창과 검을 든 무사들이 몇 겹으로 버티고 있었다.

유코가 퍼쿵에게 속삭였다.

"오빠, 저 아저씨들 살짝 구워줄까요?"

"아니, 이젠 내게 맡겨. 절대로 내 등에서 떨어지면 안 돼."

"알았어요."

"참, 보보가 어디에 있는지 찾아볼 수 있겠니?"

"한번 찾아볼게요."

유코가 퍼쿵의 목을 꽉 감싸 쥐고 매달렸다. 그러자 퍼쿵이 검을 비스듬히 들고 말했다.

"자, 간다!"

퍼쿵이 앞으로 달려나가기 시작했고 창과 검을 든 무사들이 한꺼번에 두 사람에게 몰려들었다.

"헉헉, 도대체 어디에 있는 거야?"

피코는 숨을 헐떡이며 달리고 있었고 머리 위에는 우레가 치요를 매단 채 날고 있었다.

피코와 치요는 뒤따라오는 수많은 병사들에게 쫓기느라 진땀을 빼고 있었다. 그러면서 퍼쿵과 아이들을 찾으려니 도무지 어디로 가야 할지 갈피를 잡을 수가 없었다.

공중에서 치요가 소리쳤다.

"피코, 조심해! 앞쪽에 병사들이 몰려오고 있어!"

"알았어!"

피코가 고개를 들어보니 앞에 있는 언덕에서 수십 명의 병사들이 창, 칼을 들고 달려오는 중이었다. 뒤쪽에서도 이미 수십 명의 병사가 쫓아오고 있었다.

피코가 몽둥이를 쥔 손에 힘을 주며 중얼거렸다.

"산 넘어 산이로군. 백 명도 넘겠다. 쳇!"

아직 방향을 잡지도 못하고 있는데 백여 명의 병사가 사방에서 달려드니 난감했다. 어디로 뛰어야 할지도 알 수가 없었다. 거리에 난 길이란 길에서는 모두 인간족 병사들이 우글거리고 있었다.

앞에서 달려오던 대여섯 명의 병사가 피코를 둘러쌌고 뒤쪽의 병사도 피코를 포위하기 시작했다.

"제기랄……. 언제 이렇게 몰려든 거야?"

그렇게 중얼거리며 몽둥이를 크게 휘둘러 포위한 채 창날을 들이미는 병사들을 떨어뜨렸다. 그들이 창날을 하도 가까이 들이밀어서 조금만 움직여도 찔릴 것 같았다.

고참으로 보이는 한 병사가 소리쳤다.

"얌전히 몽둥이를 내려라! 그렇지 않으면 죽는다!"

피코가 옆으로 이동하며 건물에 등을 붙였다. 등 뒤에라도 적이 없는 편이 유리하기 때문이었다.

그리고는 씨익 웃으며 말했다.

"아저씨들, 그냥 비켜주면 안 될까? 난 피 보기 싫은데?"

그러나 웃는 표정과는 달리 그녀는 심하게 숨을 헐떡이고 있었다. 여태까지 쫓겨다니느라 한 시간 가까이 뛰어다니는 중이었다.

그러는 사이 병사들이 세 겹, 네 겹으로 둘러싸고 있었다.

병사들이 다시 소리쳤다.

"어서 무기를 버려!"

그러자 피코가 말했다.

"헉헉, 난 아직 칼을 뽑지도 않았는데? 킥킥."

피코는 아직 검을 뽑지 않은 채였다. 가능하면 살인을 하지 말자는 치요의 말에 따라서 몽둥이를 들고 병사들을 상대하는 중이었다.

피코가 웃자 그 병사는 얼굴 표정이 험악하게 변했다. 비웃는다고 생각하는 모양이었다. 병사가 소리쳤다.

"쳐라! 가능하면 죽이지 말고 사로잡아라!"

그 외침과 함께 창날이 일제히 피코의 몸을 향해 찔러 들어왔다.

그러나 피코의 몸은 이미 그 자리에 없었다. 그녀는 병사들의 어깨가 움직이는 순간 높이 뛰어올라 맨 앞에 선 병사의 머리를 세게 밟으며 뒤로 넘어갔다.

"컥!"

피코에게 밟힌 병사가 비명을 지르며 고개를 앞으로 푹 숙이더니 바닥으로 엎어졌다.

"뒤쪽이다!"

병사들이 돌아서며 소리치자 뒤에서 포위하고 있던 다른 병사들이 창을 공중으로 찔러 올렸다.

퍼퍽!

그 순간 피코의 몽둥이가 자신에게 다가오는 창들을 한꺼번에 때리며 휘둘러졌다. 그 바람에 몇 명의 병사가 옆으로 넘어졌고 피코는 연신 몽둥이를 휘두르며 포위망을 헤쳐 나갔다.

"억, 어억."

병사들은 재빠른 피코의 몸을 따라가지 못하고 있었다. 더군다나 사람의 키를 뛰어넘어 자신들에게 날아오리라고는 전혀 예상을 못했기 때문에 당황해서 더욱 허둥대고 있었다.

피코는 이제 세 번째의 포위망을 무너뜨리며 빠져나가는 중이었다. 그러면서 주위를 재빨리 둘러보았다.

"쳇, 끝이 안 보이잖아 이거?"

그때 치요와 우레가 어두운 하늘에서 살며시 내려와 갑자기 병사들에게 불덩이를 던져 댔다.

"앗! 뭐야, 저건?"

"아악!"

"불이야! 불이 붙었어!"

병사들은 갑자기 하늘에서 떨어지는 불덩이에 놀라 잠시 우왕좌왕하기 시작했다.

병사들은 놀랄 수밖에 없었다. 사람이 하늘을 날아다니는 모습만 봐도 놀랄 판인데 불덩이까지 던져 대니 기겁하는 것이 당연했다.

옷에 불이 붙은 병사들은 비명을 질러댔고, 다른 병사들은 그 불을 꺼주느라 법석이었다.

그 틈에 피코는 포위망을 뚫고 빠져나갈 수가 있었다. 그런데 어디로 달리는지 통 알 수가 없었다. 전혀 방향을 고려할 여유가 없었다. 다만 성문의 반대쪽으로 달리는 중이었다.

등 뒤에서 다시 병사들의 추격이 시작되었다.

"저쪽이다! 저쪽으로 달아났다!"

"막아라! 별궁 쪽이다!"

따라오는 병사들이 외치고 있었다.

그 외침을 들은 피코의 입가에 살며시 미소가 떠올랐다.

'별궁 쪽이라고? 그럼 방향은 옳게 잡았군!'

"억!"

갑자기 피코가 펄쩍 뛰며 옆으로 굴렀다.

"피코, 왜 그래?"

치요가 외쳤다.

한 바퀴 구르고 다시 일어선 피코가 소리쳤다.

"조심해, 치요! 활이다! 궁수들이 나타났어!"

그렇게 소리친 피코의 어깨에는 화살이 하나 박혀 있었다.

"뇌전!"

치요가 손을 뻗어 불덩이를 줄줄이 뽑아내더니 활을 겨누는 궁수들에게 던졌다.

"악! 아아악!"

서너 명의 궁수들이 불덩이를 맞고 비명을 질러댔다.

치요가 피코에게 소리쳤다.

"괜찮아, 피코? 화살에 맞은 거야?"

"괜찮아. 별것 아냐."

피코는 손을 뒤로 돌려 어깨에 박힌 화살을 뽑아 던졌다. 그리고 다시 달리기 시작했다.

그러나 곧 걸음을 멈출 수밖에 없었다. 앞쪽에 또 한 무리의 병사들이 나타난 것이다.

정면에 꽤 근사하게 생긴 석조 건물이 있었는데 그 앞에 수백 명의 병사들이 모여 있었고 그중 일부가 피코 쪽으로 달려오는 중이었다.

피코가 중얼거렸다.

"뭐야, 또 막혔어?"

뒤를 바라봤다. 아까 포위했던 병사들이 바싹 따라와 있었다.

생각하고 자시고 할 여유도 없이 병사들이 칼을 휘두르며 달려들었다. 앞뒤에서 서너 명의 병사가 한꺼번에 달려들었고 피코는 재빨리 몸을 피하며 병사들의 머리며 어깨며 손목을 내려쳤다.

피코가 몽둥이를 한 번 휘두를 때마다 병사들이 쓰러졌다. 시간이 갈수록 쓰러진 병사들은 늘어나고 있었지만 좀처럼 줄어들 기색은 보이지 않았다.

하늘에서는 치요가 피코의 주위로 불덩이를 던지며 엄호하고 있었다. 그 덕에 병사들이 한꺼번에 달려드는 것은 피할 수 있었다. 하지만 시간이 갈수록 피코는 지쳐 가고 있었다.

지친 것은 하늘에 떠 있는 치요와 우레도 마찬가지였다. 치요는 약에 취한 데다가 계속 불을 뿜어내느라 체력이 한계에 다다르고 있었다.

그러나 멈출 수는 없었다. 피코가 죽을지도 모르기 때문이었다.

"피코! 뒤!"

치요의 외침에 피코가 급히 뒤를 살폈다. 어느새 궁수들이 도열해 활을 쏘는 참이었다.

피잉! 핑!

바람을 가르는 화살 소리가 귓전을 스쳤다. 피코는 급히 몸을 숙이며 자신에게 창을 찔러 넣던 병사의 멱살을 잡아 제 앞으로 당겼다.

"어억!"

그 바람에 피코에게 날아오던 화살 십여 개가 병사의 등에 고스란히 박혀 버렸고, 병사는 외마디 비명과 함께 잠시 몸을 떨더니 고개를 떨구었다.

"멈춰! 우리 편이 맞았다!"

한 궁수가 소리쳤다. 그러나 그들을 지휘하던 장교가 다시 소리쳤다.

"활을 쏴라! 어서 활을 쏴!"

그 말에 궁수들은 다시 화살을 줄에 걸면서 머뭇머뭇 서로 눈치를 보고 있었다.

"하, 하지만… 이대로는 우리 병사들이 맞습니다."

그러자 장교가 병사들에게 소리쳤다.

"바보들아, 하늘에 대고 쏘란 말이다! 날아다니는 저 아이에게 활을 쏘란 말이야!"

그러자 궁수들이 활을 하늘에 대고 겨누기 시작했다. 하지만 그보다 먼저 치요가 불덩이를 던졌다.

"악! 아악!"

궁수들을 지휘하던 장교가 불길에 휩싸이며 뒹굴었고 활을 겨누던 병사들도 불덩이를 피하느라 잠시 혼란에 빠졌다.

한편 피코는 화살이 멎은 틈을 타 앞을 가로막던 병사들을 좌충우돌 때려눕히며 별궁 쪽으로 전진하고 있었다.

피코가 소리쳤다.

"고마워, 치요!"

그때였다.

"멈춰라! 더 이상은 못 간다."

잠시 방향을 잡느라 멈춰 선 피코의 앞에 퍼쿵만큼이나 덩치가 큰 한 장교가 스무 명은 되어 보이는 병사들을 거느리고 막아섰다. 여태 쫓던 병사들과는 달리 화려한 갑옷을 입은 것을 보니 별궁에서 나온 왕의 친위대원들인 것 같았다.

장교는 들고 있던 거대한 철퇴로 다짜고짜 피코를 내려쳤다. 숨을 헐떡이던 피코가 급히 막았으나 그녀의 몽둥이가 세게 밀리며 부러지고 말았다.

"흐흐흐, 여기까지다."

장교는 득의양양한 표정을 지으며 다가섰다.

피코는 숨을 고르며 장교를 노려보았다. 치요는 아직도 주위에서 활을 겨누는 궁수들에게 불을 날리고 있었다.

"비켜! 내가 검을 뽑으면 넌 죽는다."

장교는 피코를 비웃었다.

"웃기는군. 그럼 여태까지는 장난이었나?"

그때 머리 위에서 비명 소리가 들렸다.

"악!"

"치요!"

아래의 두 사람을 바라보던 치요가 갑자기 날아드는 화살을 피하지 못하고 다리에 맞아버렸다. 수십 발의 화살 중 한 개가 치요의 다리에 명중했다. 다행히 우레가 급히 방향을 바꾸어 나머지 화살은 피할 수 있었다.

피코가 소리쳤다.

"우레, 어서 치요를 데리고 빠져나가! 엇!"

위를 향해 소리치던 피코가 급히 몸을 틀어 날아드는 철퇴를 피했다. 한눈을 파는 사이에 장교가 피코의 머리를 향해 철퇴를 내려친 것이다.

"네 상대는 나다."

"정말 화나게 하는군. 절대로 살인은 하지 않으려 했는데."

피코는 중얼거리며 천천히 두 자루의 검을 뽑아 들었다.

"덤벼봐라!"

숨을 헐떡이는 피코를 보고 자신감을 얻은 장교가 소리치며 달려들었다. 그러나 그것으로 끝이었다. 피코가 왼손의 검으로 장교의 철퇴를 막아 흘려내면서 오른손의 검으로 그의 목을 슥 그어버렸던 것이다. 한순간의 일이었다.

덩치 큰 장교는 목에서 울컥울컥 피를 뿜어내며 비명도 지르지 못한 채 고꾸라졌다.

병사들이 약간 당황하기 시작했다. 왜 지휘관이 쓰러졌는지 제대로 보지도 못했기 때문이었다. 병사들의 눈에는 장교가 그냥 달려나가다가 저 혼자 쓰러지는 것처럼 보였다. 바닥에는 장교의 경동맥에서 분출되는 피가 금세 흥건히 고이고 있었다.

"소, 소대장님!"

"저, 저놈이 소대장님을 죽였다!"

몇 명의 병사가 앞으로 달려나오며 피코를 몰아붙였다. 그들이 휘두르는 검을 막으며 피코가 두어 걸음 뒤로 물러서자 총기있어 보이는 한 병사가 이미 숨이 끊어진 채 경련하고 있는 장교를 급히 살펴보았고 곧 장교의 사망을 확인하더니 피코를 노려보았다.

피코가 숨을 몰아쉬며 말했다.

"날 원망하지 마라. 먼저 덤벼든 것은 멍청한 너희 소대장이야."

병사들이 소리쳤다.

"쳐라! 생포하지 못하면 사살해도 좋다!"

병사들이 한꺼번에 달려들자 피코가 사정없이 날아드는 칼날을 막으며 중얼거렸다.

"뭐야? 그럼 여태까지는 죽이려고 하지 않았다는 거냐? 말도 안 돼."

하늘 높이 화살이 닿지 않을 정도로 솟아오른 우레와 치요가 백여 명의 병사에게 둘러싸인 채 뛰어다니고 있는 피코를 걱정스레 바라보고 있었다.

한 번에 서너 명의 병사가 피코에게 창, 칼을 찔러댔고 그녀는 두 자루의 검을 휘두르며 그것을 막아내고 있었다.

피코가 다시 중얼거렸다.

"칫! 끝이 없군. 약에 취하지만 않았어도 이렇게 힘들지는 않을 텐데……."

치요가 할 수 있는 일은 멀리서 활을 겨누는 궁수로부터 피코를 엄호하는 일밖에 없었다. 그는 공중에서는 불의 정기를 잘 모아들이지 못했기 때문에 한꺼번에 많은 불을 쏘아 보내지 못했던 것이다.

"우레, 저 탑 꼭대기에 내려앉아!"

치요가 명령하자 우레는 가장 가까운 탑에 착륙했다. 치요는 우레를 등에 업은 채 급히 정기를 모으기 시작했다. 땅으로부터 오는 정기는 탑을 타고 약하게나마 치요에게 모아졌다. 화살이 박혀 있는 다리에서 피가 배어 나오고 있었다.

어느 정도 정기가 모아지자 그 정기는 우레에 의해 증폭되었고 평소 같지는 못해도 꽤 큰 불덩이가 치요의 손 주위를 둘러싸기 시작했다. 그 불덩이는 점점 부풀어 치요와 우레를 합친 것보다 몇 배로 커졌다.

치요가 아래를 향해 소리쳤다.

"피코, 엎드려!"

치요의 목소리는 아주 작게 들렸다. 탑 꼭대기에 있는데다가 쇠가 부딪치는 소리와 병사들이 지르는 고함 소리에 묻혀서 거의 들리지도 않았으나 피코의 청각은 보통 인간보다 백 배 이상 좋아서 그 소리를 구분해 낼 수 있었다.

피코는 그 소리를 듣자마자 한쪽에 서 있는 병사 대여섯 명을 베어 넘기고 그대로 쓰러지는 병사들 밑으로 몸을 날렸다. 피코에게 베어진 병사들이 그녀의 몸 위로 피를 뿌리며 엎어지는 순간이었다.

퍼엉!

굉음이 들리며 주위 전체가 불덩이에 휩싸였다.

"아아악!"

"으아아~"

비명 소리는 곧 멎어버렸다. 피코를 둘러싸고 있던 백여 명의 병사들이 바닥에 쓰러진 채 새까맣게 타 들어가다 못해 녹아내리고 있었다.

평소 치요가 사용하는 최강의 불은 돌도 녹이는 강력한 것이었지만 지금은 힘이 빠져 있는 상태라 돌까지 녹이지는 못했다. 그렇기는 해도 주변에 탈 수 있는 모든 것에 불이 붙어 있었다.

치요가 우레를 타고 급히 아래로 하강하며 주문을 외쳤다.

"부분 소화!"

치이이…….

치요의 주문에 따라 피코가 엎드려 있는 부분의 불이 누런 연기를 피워내며 급히 꺼졌다.

"피코, 어디 있어?"

잠시 반응이 없다가 시체 더미가 움찔움찔 움직이기 시작하더니 연기 속에서 새까맣게 그슬린 한 사람이 꿈틀거리며 일어났다.

"휴우… 굉장한데? 타 죽는 줄 알았어."

"피코, 괜찮아?"

땅에 내려선 치요가 절뚝거리며 피코에게 달려갔다. 우레는 치요를 내려놓은 뒤 다시 하늘 높이 날아 올라갔다. 우레는 깃털이 있어서 불 가까이 가면 타버리기 때문이었다.

피코는 피 범벅, 재 범벅이 되어 알아볼 수도 없는 모습이었다. 피코가 걸쭉하게 피를 뒤집어쓴 머리를 털어내며 말했다.

"응, 괜찮아. 피를 뒤집어쓰지 않았으면 머리털이 다 타버릴 뻔했어."

주위에서는 아직도 불길이 타오르며 나무며 시체, 가죽 등 가리지 않고 태워내고 있었다. 아직도 비명을 지르는 것은 멀리 있어서 불길을 정통으로 맞지 않은 사람들뿐이었다.

치요가 그 모습을 보다가 자조적으로 웃으며 말했다.

"그나저나 이 많은 사람을 다 죽여놓았으니 우린 다시 인간족과 거래하긴 틀린 거겠지?"

피코가 고개를 설레설레 흔들었다.

"거래하고 싶지도 않아. 그보다……."

피코가 급히 앞쪽을 바라보며 말했다.

"퍼쿵은 저기에 있는 것이 틀림없어. 놈들이 저쪽을 별궁이라고 했어. 게다가 저쪽에서 계속 싸우는 소리가 들려."

"좋아. 어서 가보자, 우레."

치요가 우레를 불러 다시 날아오르자 피코는 불타는 잿더미 사이를 이리저리 피하며 소리가 나는 곳으로 달리기 시작했다.

새벽이 가까워오자 자리코는 살짝 문을 열고 밖으로 나갔다. 보보의 부탁을 들어주기 위해서였다.

"어디 가는 거냐?"

"어맛!"

아직 어두워서 미처 보지 못했는데 자세히 보니 어둠 속에 십여 명의 병사들이 있었다. 의원을 중심으로 빙 둘러 포위를 하고 있었고 창문과 현관 앞에는 목책으로 바리케이드까지 만들어져 있었다.

"간호사인데요?"

"어디 가는 거냐고 물었다."

자리코는 문득 생각난 거짓말을 늘어놓았다.

"잠시… 음식이 떨어져서 가지러 가는 거예요."

"음… 왜 이렇게 이른 새벽에 가는 거지?"

"곧 환자들 아침 식사를 준비해야 하거든요."

"좋아, 얼른 갔다 와!"

"저… 무슨 일이 있어요?"

"넌 몰라도 돼. 그보다 보보라는 소년은 잘 있지?"

"예, 잠들어 있어요."

"좋아. 대신 절대 밖에서 본 일을 얘기해 주면 안 된다."

"알았습니다."

자리코는 얼른 그 자리를 벗어나 왕궁 쪽으로 달려갔다. 의원은 왕궁에서 좀 떨어진 곳에 있었다.

곧 날이 밝으려는지 동녘 하늘이 약간 푸르게 변해 있어서 그녀는 서둘러야겠다고 생각했다.

'무슨 일이 생긴 것이 틀림없어. 병사들이 의원을 둘러싸고 있다는 것은…….'

왕궁에 가까이 갈수록 그녀의 생각은 확신으로 굳어지고 있었다. 왕궁의 정문에 엄청나게 많은 병사들이 모여 있었던 것이다. 장교들이 뭐라고 소리치고 있었고 병사들은 바삐 움직여 대는 중이었다.

"누구야?"

소리친 자는 높은 계급의 장군이었다.

"예… 저는 저 아래 의원에서 온 간호사입니다."

"의원? 무슨 의원?"

장군의 목소리는 무척 날카롭고 엄했다.

"삼산의원입니다."

그러자 옆의 젊은 장교가 장군에게 귓속말을 했다.

"삼산의원이라면 보보라는 소년이 입원해 있는 곳입니다."

"응? 보보가?"

장군은 좀 누그러진 목소리로 물었다.

"그래? 이 시간에 왕궁에는 웬일이냐?"

"저희 오빠가 돌격대의 분대장으로 있는데 만나볼 수 없을까 해서요."

"지금은 안 돼. 나중에 다시 오너라."

"급한 일로 상의할 것이 있는데……."

그때 누군가 커다란 목소리로 그녀를 불렀다.

"자리코!"

장군과 장교, 그리고 자리코는 동시에 소리나는 곳을 돌아보았다.

"뭐냐, 넌?"

"예, 장군님. 전 이 아이의 오빠인 '자라목' 입니다."

"그런데? 누가 자리를 벗어나라고 했어?!"

장군의 말에 병사는 차렷 자세를 취하고 말했다.

"죄송합니다. 위치로 돌아가겠습니다."

그러자 장군이 몸을 돌려 걸으며 말했다.

"아냐, 잠시만 허락한다. 빨리 얘기하고 돌아가!"

"감사합니다."

장군과 장교는 다시 병사들을 지휘하느라 멀리 가버렸다.

그녀의 오빠인 자라목은 퍼쿵과 비슷한 스물대여섯 살쯤 되었다.

"웬일이냐, 이런 새벽에?"

"오빠, 무슨 일이야? 여기 무슨 난리라도 났어?"

"응, 죄수가 탈옥을 했어."

"죄수? 무슨 죄수?"

"몰라도 돼."

그러자 자리코는 입을 비쭉거리면서 삐치기 시작했다.

"알려줘. 나도 알고 싶단 말야."

"어휴, 군대 일을 어떻게 얘기해?"

"그래도 알려줘. 아무한테도 말하지 않을게."

자리코가 자꾸만 조르며 매달리자 자라목이라는 오빠는 곤란한 표정으로 한숨만 쉬다가 입을 열었다.

"알았어. 이거 비밀이니까… 절대 얘기하면 안 된다."

오빠는 목소리를 낮추며 자리코에게 얘기해 주었다.

"며칠 전 전쟁을 이기게 해준 사냥꾼들 얘기 알지?"

"응."

"그자들이 반란을 일으켜서 감옥에 가두어놓았거든. 그런데 몇 시간 전 탈옥을 해서 왕을 위협하다가 싸움이 벌어졌대. 그래서 여긴 아주 위험해. 어서 돌아가."

"탈옥한 사람이 누구누구야? 전부 다 탈옥했어?"

"글쎄, 잘 모르지만 네 명이라고 했어. 그중 하나는 하늘을 날아다닌 대."

"하늘을?"

"하늘에서 불을 막 던진다나 그래. 그것도 그 폭탄인가 그런 건가 봐. 신기하지?"

"정말 신기하네. 그런데, 오빠?"

"왜?"

"카르티 장군님은 어디 갔어? 오빠 그분 부하 아냐? 왜 저런 늙은 장 군이 지휘를 하고 있는 거야?"

"몰라, 그저께부터 안 보여서. 저 장군은 임시로 우리 돌격대의 지휘 를 맡은 사람이야. 아무튼 빨리 돌아가서 절대 나오지 마."

"알았어."

자리코가 그냥 순순히 돌아서자 오빠가 불러 세웠다.

"자리코!"

"응?"

"그런데 너 여긴 왜 온 거냐?"

"실은 뭘 좀 물어보려고 했는데 이젠 됐어."

"뭔데?"

"됐다니까. 어서 가, 오빠. 야단맞겠다."

오빠는 무척 궁금한 모양이었다. 여동생이 이런 시간에 자신을 찾아올 리가 없기 때문이었다.

"어서 말해 봐. 시간없어. 오빠가 오늘 싸우다가 죽으면 어떡할래? 그럼 누구한테 말할 거야? 이 세상에 너 혼자만 남는데."

자리코는 그 말에 눈물부터 글썽였다. 자라목과 자리코는 이 세상에 단둘밖에 없는 친혈육이었다. 그들은 다른 가족이 한 명도 없는 고아였던 것이다.

게다가 잦은 전투로 이 부족 남자들은 언제 죽을지도 몰랐고 그녀의 오빠도 예외가 될 수는 없었다.

"오빠, 절대 죽으면 안 돼. 나만 남겨놓고 먼저 죽으면 안 돼."

"알았어. 오빤 절대 안 죽어. 그러니까 어서 얘기해 봐."

"실은 나 오늘 굉장한 남자를 만났거든. 그래서 결혼할까 해."

"또? 넌 웬 결혼을 그렇게 자주 하냐?"

"아이, 원래 그런 거잖아? 그래도 나 아직 아기도 하나 못 낳았잖아."

"그래, 알았어. 그런데 지금 너랑 결혼할 젊은 남자가 있냐? 다 여기 모여 있을 텐데?"

오빠는 무척 의아해했다. 이 마을의 건강한 젊은 남자는 모두 군인이었다. 평소에는 생업에 종사하지만 전쟁이 벌어지거나 지금과 같은 비상 사태에는 단 한 명도 빠짐없이 모두 소집되기 때문에 파파 할아버지나 코흘리개 아이가 아니고는 남자란 있을 수가 없었다.

오빠의 질문에 자리코는 몸을 비비 꼬며 얼굴을 붉혔다.

"알면 놀랄 텐데… 말해 줄까 말까? 헤헤."

"뭐야? 우리 자리코가 이렇게 부끄러워할 때도 다 있었나? 꼭 너 처음 결혼할 때 표정과 비슷하다."

오빠는 제 여동생이 하도 좋아해서 덩달아 기분이 좋아 물었다.

"누구야? 오빠한테 소개해 주지 않을 거야?"

"그게 좀… 곤란한 일이 있어서……."

"좋아. 말 안 해주면 오빠 오늘 싸우다 죽어버릴 거야."

"안 돼! 말해 줄게!"

"그래, 누군데?"

"보보라고… 지금 탈옥을 했다는 사람들 동료야."

"뭐?"

오빠는 소리를 지르다 말고 급히 제 입을 막았다. 눈치를 보니 다른 병사들은 아무도 듣지 못한 듯 여전히 제 할 일에 바쁜 중이었다. 그가 애써 목소리를 낮추어가며 물었다.

"너, 지금 큰일 나려고 그래? 왕을 공격한 자들의 동료와 결혼을 한다니, 그러다 반역으로 몰리면 어쩌려고?"

"내 생각에 반역으로 몰리지는 않을 것 같은데? 듣자 하니 보보는 왕이 아주 중요하게 생각하는 사람이라던데. 어제 온 장교가 그렇게 말했단 말야. 그래서 그 애가 떠나지 못하게 잡아두려고 왕이 동료들을 감옥에 가두어놓았다던데?"

"나도 그 정도는 알아. 하지만 그래도 지금은 적이 되어 있잖아?"

"왜 그 사람들이 적이야? 그 사람들 덕에 우리가 들개족에게서 살아남았다는 거 모두가 알고 있는데?"

"나도 왜 적인지는 이해가 안 가. 하지만 우린 위에서 시키는 대로 해야 해. 그렇지 않으면 죽는단 말야!"

"그렇지만 그 사람들은 잘못이 없어."

자리코가 계속 고집을 부리자 자라목은 답답해서 미칠 것 같았다.

"어휴, 그걸 누가 모르니? 어쨌든 안 돼!"

"싫어, 싫어. 나 그 사람 너무 좋단 말야. 오빠도 보면 좋아할 거야. 나 그 사람 아기를 꼭 낳고 싶어."

"자리코야, 난 네가 걱정되어 죽겠구나."

"괜찮아, 오빠. 난 아무 일 없을 거야. 정말이야."

"휴우~"

자라목은 말없이 동생 자리코를 바라보았다. 자리코는 열여섯에 초경을 한 이후 수많은 남자와 결혼을 했다. 그러나 결코 사랑해서 한 것도 아니고 그저 남들이 하니까, 아기 하나 낳고 싶으니까 결혼을 해왔다.

어릴 적에 부모를 잃은 자리코는 자라면서 늘 엄마의 정을 그리워했고, 그래서 아기를 낳아 좋은 엄마가 되는 것이 무슨 소망같이 되었던 것이다.

그런 그녀가 이렇게 남자가 좋아서 결혼하겠다고 떼를 쓰는 것은 처음이었다. 측은하기도 하고 예쁘기도 하고 여러 가지 감정이 복받쳤다.

'불쌍한 것… 언제 저렇게 예뻐졌을까? 내 동생이 벌써 열아홉이나 되었네. 남들 같았으면 아기를 두셋은 낳았을 나인데 아직도 미산(未産)이니…….'

오빠가 제 동생의 얼굴을 두 손으로 감싸고 말했다.

"가엾은 것. 그래, 너 하고 싶은 대로 해라. 하지만 오빠하고 한 가지만 약속해 줘. 절대 누구에게도 이 얘길 하면 안 돼. 알았지? 그것만은 꼭 지켜줬으면 좋겠다.”

자리코는 금세 웃는 얼굴이 되어서 말했다.

“알았어. 절대 말 안 할게. 걱정하지 마, 오빠. 그럼 나 간다. 절대 죽으면 안 돼. 다음에 내 아기 오빠가 꼭 봐야 하니까.”

“너, 이번에는 정말 그 사람 좋아하는 모양이구나.”

“응, 나 아무래도 사랑에 빠졌나 봐. 후후.”

“그래, 축하한다. 진심으로.”

“고마워, 오빠. 나중에 봐!”

자리코는 손을 흔들며 오던 방향으로 돌아갔다.

자라목은 신이 나서 뛰어가는 자리코를 바라보다가 그녀가 시야에서 사라지고 나서야 제 위치로 달려갔다.

“으악! 저게 뭐야?”

“무슨 일이냐?”

“불이 났다! 어서 불을 꺼라!”

입구 쪽에서 커다란 폭음이 들린 후 갑자기 병사들의 수가 급격히 줄어들었다. 아니, 싸우다 말고 어디론가 달려가고 있었다.

불이 났다고 소리를 지르고 여기저기서 비명 소리가 터져 나왔다.

“치요다. 치요와 피코가 왔나 보다.”

퍼쿵이 유코에게 낮은 소리로 말했다. 아직도 유코는 퍼쿵의 등 뒤에 매미처럼 매달려 있었고 퍼쿵은 땀에 젖은 채 검을 휘두르는 중이었다.

“치요가 불을 쏘았나 봐요. 저도 불을 일으킬까요, 오빠?”

"아니, 그럴 필요 없어. 나 혼자도 버틸 수 있으니까."

"제가 도울 수 있어요. 오빠 너무 지쳤어요!"

"안 돼! 그냥 있어."

퍼쿵은 달려드는 병사들의 창과 칼을 막아내며 계속 말을 하고 있었다. 그는 등 뒤의 유코를 염려해 벽에 붙은 채로 계속 천천히 입구로 전진해 가고 있었다.

유코가 불의 정령들에게 방 안에 있는 활의 줄만 끊어놓도록 지시를 내렸기 때문에 화살은 전혀 날아오지 않았다. 그녀의 생각으로는 그냥 불의 정령을 이용해서 병사들을 홀랑 구워놓아도 될 것 같았지만 웬일인지 퍼쿵은 자꾸만 유코가 정령을 불러내지 못하도록 하고 있었다.

도와주려다 거절당한 유코가 생각했다.

'오빠는 참 이상해. 정령을 부른다고 내가 바로 죽는 것도 아닌데……. 더구나 이렇게 위험할 때는 조금 늦는다 해도 어쩔 수 없는 거 아닌가?'

퍼쿵은 달려드는 병사들을 칼등으로 쳐내며 계속해서 전진했다. 가능하면 베지 않으려고 조심했으나 이미 많은 사람이 그의 검에 맞아 머리가 터져 즉사해 있었다.

어느새 긴 복도에는 부상당한 병사들이 즐비하게 널려져 있었고 병사들은 피를 흘리며 신음하는 제 동료들을 보고 독이 오를 대로 올라 있었다.

한 무리가 입구 쪽에 붙은 불을 끄기 위해 빠져나가자 남은 병사들은 오십 명이 좀 안 되는 것 같았다. 그들을 지휘하던 장교가 소리쳤다.

"가능하면 사로잡아라. 만약 사살하더라도 뒤에 있는 소녀는 죽이지 마라. 왕의 명령이다!"

좁은 복도가 병사들로 북적거리고 있었다.

퍼쿵은 긴 복도의 중간 정도까지 전진해 있었는데 앞쪽에는 무장한 병사들이 잔뜩 몰려 있었고 뒤쪽에는 부상한 병사들이 신음하며 쓰러져 있었다.

뒤쪽 방의 입구에서 쿠르 장군이 퍼쿵의 싸우는 모습을 말없이 지켜보고 서 있었다.

'대단하군. 아직 약 기운이 다 가시지도 않았을 텐데……. 저런 인간은 처음이야. 들개족 장수와 싸울 때보다 더 위압적이군. 저 청년이 우리의 편에 선다면 엄청난 전력이 될 텐데…….'

그러나 더 이상 구경만 하고 있을 수는 없었다. 이미 퍼쿵에 의해 쓰러진 병사의 수는 육십 명이 넘었다. 인간족 군대의 머릿수가 총 오백이 좀 넘는 것을 감안하면 방금 생긴 부상자의 수는 일 할을 넘어서고 있었다. 총사령관으로서 더 이상의 피해를 바라보고 있을 수만은 없었다.

쿠르가 퍼쿵 쪽으로 걸어오기 시작했다. 그리고 쓰러져 있는 병사들 사이에서 적당히 맘에 드는 검을 집어 들었다. 자신의 검보다는 못하지만 주변에 있는 무기 중에서는 가장 큰 것이었다. 원래 쿠르는 인간족의 군대에서 철퇴를 제외하고는 가장 크고 무거운 검을 쓰고 있었다.

'일단 저 청년을 쓰러뜨려야 한다. 가능하면 죽이지 말고.'

신음하는 부상병들을 제치고 나가는 쿠르의 걸음걸이가 무거웠다.

'내가 저 청년을 막을 수 있을 것인가…….'

그의 걸음걸이가 무거운 이유는 자신이 없기 때문이었다. 한 번 겨

루어본 결과 퍼쿵의 실력이 자신보다 월등하다는 것을 깨달았던 것이다. 인간족 제일의 검사인 자신보다……

하지만 그가 망설이는 진짜 이유는 따로 있었다. 쿠르는 원래 죽음을 무서워하는 인간이 아니었다. 소년 시절 처음 검을 들고 적과 마주한 이후로 그는 죽음을 두려워한 적이 단 한 번도 없었다. 언제든 적과 싸우다 죽을 각오가 되어 있던 그가 망설이고 있는 진짜 이유는 지금 싸우고 있는 퍼쿵이 진짜 적이 아니기 때문이었다.

엄밀히 따져 퍼쿵은 피해자였다. 그것도 억울한 피해라는 것을 쿠르는 잘 알고 있었다. 그와 동료들은 인간족을 멸망으로부터 구해준 은인이었고 전쟁이 끝난 후에는 떠나겠다는 약속도 다 되어 있었는데 인간들이 그것을 어기고 은혜를 원수로 갚은 것이다.

쿠르는 생각에 잠겼다.

'그래, 우리는 지금 잘못하고 있는 거야. 게다가 그는 지금 동생들을 지키기 위해 목숨을 걸고 수백 명의 병사와 맞서 싸우고 있지 않은가.'

그것을 잘 알고 있는 까닭에 퍼쿵과 목숨을 걸고 싸워야 한다는 점이 쿠르의 몸과 마음에 제동을 걸고 있었던 것이다. 만일 쿠르의 실력이 월등하다면 간단히 퍼쿵을 제압하고 사로잡을 수 있을 테지만 상황이 그 반대이기 때문에 쿠르는 망설이고 있었다.

'저 청년과 싸우려면 내 목숨을 걸어야 한다. 그래도 이길 가능성은 거의 없다.'

퍼쿵은 앞쪽의 병사들과 싸우는 한편 뒤에서 접근하고 있는 쿠르 장군을 진작부터 살피는 중이었다. 가까이 가는 동안 두 사람의 눈이 가끔씩 마주쳤다.

쿠르가 다가가는 사이에 또 십여 명의 병사가 쓰러지고 있었다. 퍼쿵으로부터 십여 미터 거리까지 접근한 쿠르가 외쳤다.

"모두 물러서라!"

쿠르가 벽력 같은 목소리로 외치자 개미 떼같이 달려들던 병사들의 동작이 일순간 멎었다. 퍼쿵도 앞쪽에서 한꺼번에 들어오는 칼날을 막아내며 뒤를 흘낏 보았다.

유코가 급히 속삭였다.

"오빠, 뚱보 거짓말쟁이 아저씨가 왔어요! 칼을 들고 있어요!"

"알고 있어."

병사들이 뒤로 물러나며 소리쳤다.

"장군님, 위험합니다. 이놈은 혼자 상대할 놈이 아닙니다."

"물러서라. 더 이상 접근하지 마라."

"그, 그러나!"

복도의 가운데에는 넓은 공간이 생겨났다. 싸우던 병사들이 입구 쪽으로 물러났고 부상병들도 방 쪽으로 기어서 물러났기 때문에 빈 공간에는 퍼쿵과 쿠르만 남았다.

쿠르가 조용히 입을 열었다.

"퍼쿵, 이제 그만 포기하게."

퍼쿵은 온몸에 비 오듯 땀을 흘리며 숨을 몰아쉬고 있었지만 얼굴은 미소를 지으며 말했다.

"무슨 말씀입니까? 조금만 더 가면 입구에 도착할 것 같은데요."

"자넨 많이 지쳤어. 우리는 아직도 많은 군사를 가지고 있고."

"얼마든지 오라고 하십시오."

"자네의 실력은 정말 대단하더군. 이렇게 많은 병사들을 쓰러뜨린 사람은 처음이야. 아직까지 들개족에서도 본 적이 없어."

퍼쿵이 가쁜 숨을 몰아쉬며 웃었다.

"후후, 아직 다 보여 드리지 않았는데요?"

"알고 있네. 자네가 일부러 우리 병사들을 죽이지 않고 있다는 것을. 그 점은 고맙게 생각하네."

"알아주시니 고맙군요."

"하지만 우리 병사는 아직도 많이 남아 있네. 다 뚫고 나갈 수는 없을 거야."

퍼쿵이 코웃음을 쳤다.

"풋, 그 많은 병사를 애꿎은 우리를 잡는 데 쓰지 말고 정당하고 좋은 일에 썼으면 좋겠군요. 게다가 앞으로도 전쟁은 끊이지 않을 것으로 알고 있는데요."

퍼쿵의 빈정거림에 쿠르가 진지한 표정으로 말했다.

"부탁하지. 보보를 우리에게 넘겨주게. 그 소녀도."

그러자 유코가 퍼쿵의 뒤에서 고개를 빼꼼 내밀며 소리쳤다.

"오빠, 저 아저씨는 거짓말쟁이라니까요. 속지 마세요."

"후후, 걱정하지 마라, 유코. 절대로 너희를 넘기지 않는다. 내가 죽기 전까지는."

"오빠… 고마워요……."

유코는 퍼쿵의 말에 눈물이 핑 돌았다.

쿠르가 천천히 칼을 들어 올렸다.

"우리는 보보를 포기할 수 없어."

"저도 그렇습니다."

"애석하군. 자네와 검을 맞대야 하다니……."

"……."

퍼쿵은 카르티의 말을 생각하고 있었다.

"그가 바로 네 아버지다. 저분, 이십 년 전 전쟁에서 어머니와 세 누이, 그리고 처와 다섯 살 난 아들을 성에 두고 왔다더구나. 그래서 오로지 들개족 파멸만이 일생의 소원이 된 사람이야."

퍼쿵도 서서히 검을 들어 쿠르를 겨누기 시작했다.
쿠르도 칼을 겨누며 생각에 잠겼다.
'나보다 실력이 월등한 자를 막으려면 죽이는 방법밖에 없다. 될까, 과연……?
복도 한가운데서 두 사람이 맞서고 있는 가운데 양쪽에서는 병사들이 초조히 바라보고 있었다.
두 사람은 한참이 지나도록 움직이지 않았다. 그러자 쿠르가 말했다.
"먼저 오게."
"제가 갈 방향은 그쪽이 아닙니다."
"그런가?"
말을 마침과 동시에 쿠르가 튀어나왔다. 쿠르의 검은 정확히 퍼쿵의 머리를 향해 뻗어나왔고 퍼쿵이 그것을 막으려고 검을 내미는 순간 방향을 바꾸어 팔목을 내려그었다. 퍼쿵은 검을 무르지 않은 상태로 쿠르가 내려치는 검을 피해 몸을 돌렸다.
쿠르의 검은 그대로 되빠지며 다시 퍼쿵의 옆구리로 들어왔으나 이미 퍼쿵은 그 자리에 없었다. 대신 쿠르의 등 뒤로 돌아간 퍼쿵의 발이 쿠르의 엉덩이에 바짝 달라붙어 있었다.

뼹!

간발의 차이로 퍼쿵에게 걷어차인 쿠르는 중심을 잃고 앞으로 고꾸라졌으나 바닥을 구르며 일어나 바로 방어 자세를 잡았다.

'역시 빠르군.'

이제 두 사람의 위치는 바뀌어 있었다. 쿠르가 입구 쪽이고 퍼쿵이 안쪽이었다.

쿠르가 다시 공격 자세를 잡기도 전에 퍼쿵의 몸이 공중으로 솟아올랐다. 퍼쿵은 정확히 쿠르의 머리 위를 뛰어넘고 있었다. 위에서 내려칠 줄 알고 방어 자세를 취하던 쿠르는 순간 멈추어 서서 머리 위의 퍼쿵을 바라보았다.

예상과는 달리 퍼쿵의 검은 날아오지 않았다. 대신 퍼쿵은 쿠르를 훌쩍 뛰어넘어 그대로 모여선 병사들 한가운데로 착지했다.

병사들은 와 하며 재빨리 사방으로 흩어졌고 한 장교가 외치는 소리와 함께 창, 칼을 찔러 넣으며 다시 달려들었다.

퍼쿵은 제 검을 옆으로 뉘어서 몸을 중심으로 한 바퀴 휘둘렀다. 그 서슬에 다시 병사들이 나무토막처럼 나가떨어졌고 퍼쿵은 멈추지 않고 입구를 향해 달렸다.

장교는 칼을 휘두르며 소리치고 있었다.

"잡아라! 입구를 막아!"

바깥 쪽에 있던 병사들이 와 하고 함성을 지르며 겹겹이 입구를 막아섰고 뒤에 있던 병사들은 퍼쿵의 뒤를 쫓았다.

여태까지는 앞쪽에만 적이 있었지만 이제 퍼쿵은 양쪽에서 달려드는 병사들을 상대해야 했기 때문에 좀 더 긴장하고 있었다.

등에 업고 있는 유코가 무척 신경이 쓰였다. 아무리 왕의 명령이 있었다고 해도 벌떼같이 달려들며 미친 듯이 창칼을 휘둘러 대는 와중에 유코가 다치지 않는다는 보장이 없기 때문이었다.

그때였다.

"와악! 그쪽이다!"

"막아! 베어버려!"

"으아아악~"

입구 쪽에서 고함과 비명 소리가 뒤섞여 들려왔다. 뒤이어 쇠끼리 부딪치는 맑고 높은 소리가 울려오며 한 무더기의 사람들이 쏟아져 들어왔다.

그러나 그들은 퍼쿵을 향해 달려드는 것이 아니라 밖을 바라보며 뒷걸음질쳐 들어오는 중이었다.

"뭐냐? 무슨 일이야?"

건물 안쪽의 병사들도 돌연 그 사태를 주목했다. 병사들을 몰아붙이며 들어오는 것은 피코였다.

"퍼쿵, 나야, 피코! 무사한 거야?"

"피코, 조심해. 지금 간다!"

퍼쿵과 피코는 서로를 발견하고 더욱 바삐 검을 휘두르며 다가갔다. 양쪽에서 퍼쿵과 피코가 검을 휘둘러 대자 병사들은 혼란에 빠지기 시작했다.

상대는 단 두 명이었지만 이미 병사들은 엄청난 부상자를 내고 사기가 떨어질 대로 떨어져 있어서 혼란은 금방 번졌다. 덕분에 퍼쿵과 피코는 얼마 지나지 않아 만날 수 있었다.

더군다나 공중에서 치요가 불덩이를 던져 대고 있었기 때문에 불이 붙은 병사들은 우왕좌왕 뛰어다니느라 정신을 못 차리는 중이었다.

퍼쿵의 등에 묶인 유코를 본 피코가 소리쳤다.

"유코, 보보는?"

"몰라요. 여긴 나 혼자밖에 없었어요."

"보보는 병원으로 실려갔다고 했어!"

"병원이 어디지?"

"몰라!"

퍼쿵과 피코는 등을 맞댄 채 달려드는 병사들의 검을 막으면서 대화를 주고받았다. 두 사람은 모두 땀을 비 오듯 흘리며 지쳐 있었지만 이제는 아까보다 여유가 있어 보였다.

더 이상 등 뒤를 걱정하지 않아도 됐기 때문이다.

퍼쿵이 말했다.

"우선 여길 빠져나가야 해. 그 다음 보보를 찾자."

"좋아. 셋을 세고 뛰는 거야."

"그래, 넌 왼쪽, 난 오른쪽! 하나!"

"둘!"

"셋!"

피코와 퍼쿵은 그대로 건물 밖으로 돌진해 나갔다. 입구를 막으려던 병사들은 퍼쿵의 무지막지한 검에 맞으며 한꺼번에 뒤로 넘어졌고 피코의 검에 의해 손목, 발목이 쩍쩍 갈라지며 피를 쏟아냈다.

별궁을 빠져나가자 퍼런 하늘색이 제일 먼저 눈에 들어왔다. 어느새 새벽녘이었다. 곧 먼동이 터올 것이었다. 달리는 두 사람의 뒤로 병사들이 주욱 따라갔으나 퍼쿵과 피코의 속도를 줄게 하지는 못했다.

두 사람은 앞을 막는 병사들을 여지없이 넘어뜨리며 돌진해 가고 있었다.

퍼쿵은 달리며 주위에 쓰러진 시체들을 살펴보았다.

"피코, 이거 네가 다 죽인 거냐?"

"응. 어쩔 수 없었어. 안 그랬으면 내가 죽었을걸."

"그래, 어쩔 수 없었겠지. 나도 힘들었으니까."

쓰러져 있는 시체는 족히 삼십 명은 넘어 보였다. 슬쩍 피코를 바라보니 피와 검댕이를 뒤집어써서 잘은 분간이 안 갔지만 그녀도 여기저기에 약간씩 베인 상처가 있는 듯했다.

인간족 병사들은 그렇게 쓰러지면서도 개미 떼처럼 끝없이 덤벼들었다.

퍼쿵이 말했다.

"이놈들, 도대체 우리한테 무슨 원수가 졌다고 이렇게 기를 쓰고 덤벼들지?"

"글쎄, 무슨 원수가 졌나 보지 뭐."

피코의 대답에 잠시 의아해하던 퍼쿵은 곧 그 이유를 알았다.

언덕을 넘어 내리막길이 나오자 그곳에 새까맣게 타 죽은 병사들의 시체가 쓰레기 더미처럼 널려 있었던 것이다. 얼핏 보기에도 백 명은 넘을 듯했다.

퍼쿵이 중얼거렸다.

"원수질 만도 하군."

피코는 잘했다는 투로 말했다.

"죽을 만도 했어."

달리며 검을 휘두르며 대화를 하며 두 사람은 호흡이 척척 맞았다. 이제 병사들은 퍼쿵과 피코를 전혀 건드리지도 못했다. 퍼쿵과 피코도 더 이상 사람들을 다치게 하지 않았다. 날아드는 창, 칼만 막아내며 계속 전진하고 있었다.

어느 순간이 되자 추격하던 병사들의 숫자가 현저히 줄었다는 생각이 들었다.

피코가 말했다.

"이제 포기한 걸까?"

"그럴 리가 없어. 다시 대열을 정비하는 중이겠지."

"이것 받아. 왕궁의 정문에 다가가면 방어진이 보일 거야."

피코가 품에서 내민 것은 우레의 깃털 두 개였다. 퍼쿵과 유코는 그 깃털을 받아서 품 안에 넣었다. 퍼쿵의 가족들은 이미 우레의 깃털과 치요의 방어진에 대해서 잘 알고 있었기 때문에 설명할 필요도 없었다.

이제 모퉁이만 돌면 왕궁의 정문이 보일 터였다. 그런데 이상하리만치 조용했다. 뒤를 보니 따라오던 병사가 하나도 없었다.

퍼쿵이 달리던 걸음을 멈추며 피코를 잡았다.

"이상해. 뭔가 함정이 있는 것 같아."

"무슨?"

문득 피코도 주위를 둘러보았다.

"그렇군. 이렇게 그냥 보내줄 리가 없는데⋯⋯."

"저길 봐. 정문도 열려 있어. 게다가 지키는 사람도 없고."

멀리 보이는 왕궁의 정문은 활짝 열려 있었다. 그리고 아무도 보이지 않았다. 정문 앞의 광장에는 퍼쿵과 피코, 유코만이 남아 있었다.

"치요, 뭐 보이는 거 없어?"

치요가 담장 너머로 날아가며 소리쳤다.

"잠깐 기다려. 내가 살펴보고 올게."

고요한 적막이 왕궁을 뒤덮고 있었다. 퍼쿵과 피코는 주위를 경계하며 치요를 기다렸다.

우레와 치요는 곧 돌아왔다. 그리고 내려앉았다.

"뭐야? 어떻게 된 거야?"

"정문 너머에 병사들이 잔뜩 숨어서 기다리고 있어. 그리고 그 사람들 손에 횃불과 쇳덩이가 하나씩 들려져 있는데?"

"횃불과 쇳덩이?"

네 아이는 서로 눈길을 주고받았다.

갑자기 피코가 욕을 퍼부었다.

"이런 개자식들, 그거 보보가 만들어준 폭탄이잖아? '불 붙이는 수류탄' 인가 뭔가 하는 그거 말야!"

치요도 눈살을 찌푸리며 흥분했다.

"이것들이 우릴 아예 죽이려고 작정을 했군."

"그렇다면 저 문의 주위에 그것도 쫙 깔아놓았겠군. '불 붙이는 크레모어' 말야."

"아마 그렇겠지."

유코가 부르르 떨었다.

"정말 나쁜 사람들이에요. 우리가 만들어준 것으로 우리를 죽이려고 하다니… 자기들이 지금 살아 있는 게 누구 덕인데……. 오빠, 저 용서가 안 돼요."

퍼쿵도 많이 화가 나는 모양이었다. 잠시 생각하던 퍼쿵이 허리에 맨 천을 풀어 그때까지도 업고 있던 유코를 내려놓았다.

"좋아, 그럼 이렇게 하자. 우리가 접근하기 전에 다 터뜨려 버리면 되잖아. 이번 일은 유코에게 맡길게. 너만이 할 수 있어."

"좋아요. 저만 믿으세요."

네 아이는 정문을 바라보며 섰다. 유코는 가만히 중얼거리며 불의 정령을 불러냈다.

"이 성안에 있는 폭탄을 모두 태워줘, 지금. 하나도 남기지 말고."

다른 아이들의 눈에는 전혀 보이지 않았으나 유코는 불의 정령이 씩 웃으며 사방으로 날아가는 모습을 보았다. 왠지 전에 없이 싸늘하게 보이는 미소였다. 그리고 일 초도 지나지 않았다.

"으아악!"

"불이 붙었어."

"던져! 던져!"

쥐 죽은 듯 조용하던 광장은 이리저리 뛰며 허둥대는 병사들의 비명 소리로 돌연 시끄러워졌다. 그리고 곧 이어 천지를 울리는 폭음 소리가 하늘을 뒤덮고 땅을 뒤흔들었다.

콰광! 콰콰콰쾅! 쫘광!

폭음 소리에 사람들의 비명 소리는 아예 들리지도 않았고 정문 주위는 하얀 연기에 덮여 아무것도 보이지 않았다.

퍼쿵이 중얼거렸다.

"소리를 들어보니 백 개는 더 되겠다."

치요가 일행을 재촉했다.

"이럴 때가 아니야. 어서 방어진으로 들어가자."

그제야 정신을 차린 퍼쿵 일행은 서둘러 정문 앞의 방어진으로 들어가 앉았다.

방어진이 그려진 원 안은 평화 그 자체였다. 안쪽에서 진을 무너뜨리지 않는 한 볼 수도, 만질 수도 없는 공간이었기 때문에 편안히 앉아서 바깥의 소동을 감상할 수 있었다.

피코가 느긋한 목소리로 말했다.

"가관이군. 정말 웃겨들."

치요도 화를 감추지 못했다.

"너무한 것 같아. 우리를 죽이려고 우리가 만들어준 폭탄을 사용하다니……."

밖은 그야말로 아수라장이었다. 여기저기 불이 붙어 타오르고 있었고 우왕좌왕 서로 폭탄을 던져 대는 바람에 미처 피하지 못하고 휘말려 날아가 버린 시체와 부상자들, 왕궁의 담장도 여기저기 허물어져 있었고 정문은 아예 날아가 없어져 버렸다.

유코마저 진지한 표정을 지었다. 모두들 유코가 진지한 모습은 처음 보는 것이었다.

"전 너무 놀랐어요. 그리고 너무나 실망했어요. 인간들이 이렇게 비겁하고 썩은 줄은 상상도 못했어요. 이제는 퍼쿵 오빠의 말이 이해가 가요. 우리가 도와준 것이 잘못이라는 생각이 들어요."

치요가 감탄하는 표정으로 말했다.

"그나저나 보보의 폭탄은 정말 대단하군. 이건 웬만한 마법으로는 흉내 내지 못할 정도야."

모두가 분을 토로하고 있었지만 퍼쿵은 조용히 생각에 잠겨 있었다.

이윽고 그가 입을 열었다.

"아직 끝난 게 아니야. 보보를 구해야지."

그의 말에 피코와 유코, 치요도 입을 다물고 생각에 잠겼다.

제3장 탈출 2

작은 병실에는 보보와 자리코 단둘이 있었다. 잠시 잠이 들었던 보보는 자리코의 손길을 느끼고 깨어났다.

쿠궁! 쿵!

멀리 어디선지 땅이 울리는 듯한 낮은 진동이 잠시 동안 계속되다가 멎었다.

"이게 무슨 소리지요?"

"글쎄요, 뭐가 부서지는 소리 같은데……."

자리코가 보보의 몸을 물수건으로 닦아주며 말했다.

"당신 동료들 있죠?"

자리코가 동료들의 소식을 알아가지고 온 모양이었다. 보보는 반색하며 대답했다.

"아, 뭐가 알아낸 거 있어요?"

"그 사람들 감옥에 갇혀 있었다더군요."

"감옥이요? 그들이 감옥에 갇혀 있었어요?"

"예, 반란을 일으켜서 감옥에 가두었나 봐요. 그런데 좀 전에 탈옥을 했대요. 왕을 공격하려다가 실패했다는 것 같아요. 그래서 지금 왕궁 안이 온통 난리가 났어요. 바로 저 문밖에도 경비병이 바글바글 모여서 지키고 있어요."

보보는 의아한 생각이 들었다. 퍼쿵이 왕을 공격할 리가 없었기 때문이다.

"그래요? 왕을 공격했다고요? 그럴 리가 없는데……. 그럼 지금 어디에 있는지는 알아요?"

"그것까지는… 잘 모르겠어요. 저도 왕궁에 들어가지 못해서요."

"예에, 누구누구 탈옥했는지는 알아요?"

"잘은 모르는데 네 명이라고 했어요."

수가 안 맞자 보보가 다시 물었다.

"네 명이요? 다섯이 아니고요?"

"네 명이라고 했어요. 그중 한 명은 날아다니면서 폭탄을 던진다고 하더군요."

비로소 보보의 고개가 끄덕여졌다.

'아, 치요가 우레와 함께 날고 있는 모양이구나. 그러면 다섯이 되니까 전부 탈옥을 한 거야.'

보보는 그제야 좀 안심이 되었다. 생사도 모르다가 소식을 들으니 무척 다행스러웠다. 그리고 어디선가 동료들이 싸우고 있을 생각을 하니 마음이 급해졌다.

보보가 안절부절못하며 몸을 일으켰다.

"고마워요, 자리코 누님. 나도 어서 나가야 하는데… 어떡하지? 지금 밖에 경비병 많아요?"

"안 돼요. 지금은 절대 못 나가요. 아주 겹겹이 에워싸고 있거든요. 그리고… 그보다……."

자리코가 보보의 침상으로 바싹 다가오며 그의 어깨를 잡아 누르며 다시 눕혔다.

"약속은 지켜야죠."

"약속이요?"

"나랑 결혼해 준다고 했잖아요?"

"예? 그, 그건… 좀 나중에……."

"안 돼요. 당신은 제가 제일 먼저 결혼할 거예요."

"잠깐만요. 저는 아직 환자라서요. 아직 몸이 아파서 곤란해요."

보보는 극구 여자를 밀치며 저항을 하고 있었다.

"호호, 걱정 말아요. 가만히 누워만 있으면 돼요. 나머진 내가 알아서 할게요."

이미 보보의 상의는 자리코가 땀을 닦아내느라 벗겨져 있었다.

"안 돼요. 이러지 마세요, 누님~"

자리코는 손으로 보보의 입을 틀어막았다.

"조용히 해요. 다른 방 사람 다 깨겠어요."

"다 깨우려고 이러는 거예요, 지금. 읍!"

"저 문밖에 병사들이 바글바글 모여 있다니까요."

"우우~ 살려줘요. 경비! 경비!"

보보가 계속 목청을 높이자 자리코가 얼른 보보의 입을 제 입술로 틀어막았다.

"우우웁, 웁웁."

죽을힘을 다해 입을 꼭 다문 채 한참 버둥거리던 보보의 몸이 점차 얌전해지더니 팔을 축 늘어뜨렸다.

잠시 부르르 떨던 보보의 얼굴에서 자리코의 얼굴이 떨어졌다.

보보가 멍하니 자리코를 바라보며 생각했다.

'헉헉, 아이고, 숨차! 이러면 안 되는데…… 그런데 왜 이렇게 몸에 힘이 빠지지?'

보보가 축 늘어진 것을 보자 그녀는 회심의 미소를 지었다.

"후훗, 얌전히 있어요."

자리코는 보보의 뺨과 가슴을 어루만지며 능숙하게 한 손으로 제 옷을 벗어버렸다. 금세 그녀의 뽀얀 알몸이 드러났다.

'오옷, 정말 예쁘다. 어쩌지? 나 이러면 안 되는데, 정말 안 되는데… 안 돼… 이래선 안 돼!'

그녀의 손이 보보의 가슴을 더듬다가 바지 속으로 들어갔다. 그러자 보보의 생각이 혼란스러워지기 시작하더니 결국 반대의 결론으로 가고 말았다.

'안 돼… 안… 돼……. 아, 절… 대… 안 되는… 건가? 아니야, 혹시 되는 건지도 모르지? 그래, 되는 걸 거야.'

"누, 누님."

"왜요?"

"사, 살살 해주세요."

"풉! 푸푸, 푸하하하!"

"엉? 제가 무슨 실수라도?"

"아니에요. 너무 귀여워서요. 남자랑 여자랑 바뀐 것 같지 않아요?"

"그, 그랬나요, 제가?"

"쉿!"

배를 잡고 웃던 그녀가 갑자기 진지한 얼굴로 변하더니 보보의 바지를 끌어 내렸다.

"자, 엉덩이 들고…….'"

보보는 그녀가 시키는 대로 얌전히 엉덩이를 들어 올렸다. 그러자 순식간에 보보의 바지가 제 위치를 벗어나 침대 밑 땅바닥으로 떨어졌다.

두 사람은 이제 실오라기 하나 걸치지 않은 알몸이 되었다. 자리코가 보보의 몸 위로 올라와 그의 배에 걸터앉았다.

"정말 처음이에요?"

"예? 뭐, 뭐가요?"

"여자랑 자는 거."

"예. 처, 처음… 이에요."

"그럼 내가 시키는 대로 잘 따라와요."

"예…….'"

그녀가 다시 몸을 수그리며 보보와 입을 맞추었다.

보보는 입을 꼭 다물고 있었다. 자꾸만 제 입 안으로 그녀의 혀가 들어오려고 했지만 침 묻을까 봐 입을 벌리지 않았다. 그러자 그녀가 오른손으로 보보의 볼을 감싸 쥐더니 양쪽에서 꼭 눌렀다.

'아앗~ 넘 아프닷!'

보보는 고통에 못 이겨 입을 벌렸고 순식간에 그녀의 따뜻하고 부드러운 혀가 그의 입 안으로 미끄러져 들어왔다.

'엡, 침 섞이는데……. 좀 더러운 거 아닌가 이거?'

급히 입을 다물려고 했으나 이미 그녀의 뜨거운 혀가 보보의 입 안을 온통 헤집으며 입속은 물론이고 입술과 코와 뺨까지 침 범벅으로 만들어놓은 뒤였다.

생각보다 더럽다는 느낌은 들지 않았다. 아니, 달콤한 맛마저 느껴졌다.

그러나 난생처음 타인의 침이 입 안으로 들어오자 보보는 침을 삼킬 수가 없었다. 어릴 때부터 침은 더럽다는 고정관념을 가지고 있었기 때문이다.

곧 보보의 입은 침으로 가득 고였다. 그녀의 침도 상당히 들어와 있었고, 삼키지 않으려고 의식을 한 탓인지 보보의 침이 마치 샘처럼 솟아 나와 금세 입 안에 꽉 차버렸다.

'어떡하지? 넘칠 것 같아. 들키면 안 되는데…….'

"지금 뭐 하는 거예요? 왜 침을 모으죠?"

"엡? 꾸울꺽! 허걱허걱! 제, 제가 언제요?"

대답을 하려는 순간 목구멍이 열리며 침이 넘어가 버렸다. 느낌이 마치 뜨뜻한 미음을 한 사발 들이킨 것같이 걸쭉했다.

보보의 얼굴이 약간 일그러지자 가만히 들여다보던 자리코가 또 배를 잡고 웃어댔다.

"푸하하, 나 첫 경험 때 하던 짓을 꼭 그대로 하고 있군요?"

그리고 보보를 껴안으며 말했다.

"처음엔 다 그래요. 하지만 남녀가 사랑할 때의 침은 더럽지 않답니다. 정말이에요. 곧 익숙해지면 알게 돼요."

"네에……."

대답은 그렇게 했지만 보보의 속마음은 전혀 달랐다.

'서, 설마요! 그런 게 어떻게 익숙해져요?'

온갖 생각이 보보의 머리 속에 왔다 갔다 하는 가운데 그녀가 얼굴을 아래쪽으로 옮기기 시작했다.

"자, 가만히 느껴봐요."

"읏! 우읏! 끄으으~"

그녀의 혀가 움직임에 따라서 하루 전에 느꼈던 그 감미로운 간지러움이 다시 온몸을 감싸기 시작했다. 보보는 손으로 입을 틀어막았다. 자꾸만 신음 소리가 밖으로 새어 나오려고 했기 때문이다.

소름이 끼치도록 간지러운 감촉이 목덜미를 지나 가슴에 돋아난 두 개의 점을—빈약한 체격의 보보는 단지 색깔로 그것이 유두임을 분간할 수 있었다—거치더니 점점 더 아래로 내려갔다.

'차, 창피하다. 소리를 내면 안 돼. 참아야 하는데……'

"소리 내고 싶으면 마음껏 내세요. 그건 부끄러운 것이 아니에요."

'오옷! 이 누님은 모르는 것이 없네. 지존… 인가 봐.'

보보는 이제 눈을 감아버렸다.

그녀는 능숙한 몸놀림으로 보보를 애무하고 있었다. 잠시 후 보보는 제 몸 가운데 가장 민감한 부위를 무엇인가 뜨거운 것이 감싸오는 느낌을 받았다. 그리고 그 뜨거운 것은 위아래로 오르락내리락하며 끝없이 꿈틀거리고 있었다.

"으으으으……"

좁고 어두운 방 안은 이제 보보의 신음 소리와 뭔지 모를 열기로 가득 채워지고 있었다.

"끄으응~"

한동안 들썩거리던 보보의 몸이 쥐가 나는지 마구 뒤틀리기 시작했다. 그러나 아는지 모르는지 아직도 그녀의 얼굴은 아래쪽에서 끝없이 움직이고 있었고 보보는 그녀의 움직임에 따라 흠칫흠칫 몸을 떨어댔다.

잠시 후 자리코는 입술을 훔치며 몸을 일으켰다.

"기대해요. 진짜는 이제부터예요."

"누, 누님, 저, 저는 곧 죽을 것 같아요."

자리코가 천천히 보보의 위쪽으로 올라오더니 그의 배에 걸터앉았다.

"후훗, 아직이에요. 조금만 참아요. 이제부터 정말로 죽을 테니까……."

"읍, 으으, 이, 이제 더는 안 돼요. 정말… 더는… 이제는……."

자리코의 몸이 누워 있는 보보의 몸과 포개지고 있었고 무의식적으로 저항하던 보보는 이제 넋이 나가 아무 생각도 들지 않았다. 그저 자리코가 하는 대로 몸을 흐느적거리고 있을 뿐이었다.

퍼쿵과 피코와 유코, 치요, 우레.

다섯 사람은 방어진 안에 앉아 밖의 소동이 진정되기를 기다리고 있었다.

아직도 밖에서는 부상당한 병사들이 비명을 질러대고 있었는데 멀쩡한 병사들이 너무 부족해서 예비군과 민간인들까지 동원되어 시체와 부상병을 나르고 부서진 왕궁을 치우고 있었다.

아수라장이 된 정문 앞 광장에 쿠르가 나타났다. 그는 현장을 지휘하던 장군에게 호통을 쳤다.

"도대체 어디로 사라졌다는 거야? 방금 전까지 여기에 있었는데!"

"그, 그게 말입니다. 갑자기 폭탄이 한꺼번에 터져서……. 불도 붙이지 않았는데……."

"그게 말이 되는가? 불도 붙이지 않았는데 왜 폭탄이 터져? 실수로 불을 붙인 것 아냐?"

장군은 쩔쩔매며 상황을 설명하려고 애쓰고 있었다.

"아, 아니, 실수가 아닙니다. 실수로 백여 개의 폭탄에 불을 붙일 수는 없습니다. 게다가 창고와 대장간에 남아 있던 것들까지 모두 한꺼번에 터져 버린 것을 볼 때 절대 실수로 그런 것이 아닙니다."

쿠르는 망연히 처참해진 왕궁을 둘러보았다. 새카맣게 타 죽은 시체가 백여 구가 넘었고 베이고 터져 죽은 시체가 오십 구 가까이 되었다.

그래도 그나마 다행이라는 생각이 들었다. 만약 퍼쿵이 사람들을 죽이려고 했더라면 시체는 지금보다 적어도 백 명은 더 생겼을 것이 분명했다. 퍼쿵이 만들어놓은 전투 불가능한 부상자만 백 명이 훨씬 넘기 때문이었다.

그가 급히 부하 장군들에게 명령을 내렸다.

"어서 시체를 한 곳으로 모으고 부상자를 이송해서 치료를 하도록! 이봐! 그건 나중에 하고 부상자부터 옮겨! 부서진 건물 잔해는 나중에 치워도 되잖아?"

"예, 그리하도록 지시하겠습니다."

"자네, 부대를 이끌고 어서 성문을 봉쇄해. 수색도 시작하고."

"예!"

"그리고 자네는 어서 피해 상황을 조사해서 보고해! 정확하게."

"예."

쿠르는 고개를 설레설레 흔들며 자리를 떠났다. 그 뒤로 지시를 받은 장군들이 바삐 뛰어다니고 있었다.

쿠르는 자신의 방으로 돌아와 생각에 잠겼다. 정말 이해할 수 없는 일이었다.

'엄청난 피해다. 단지 그들 네 사람이 저지른 피해라고는 생각할 수 없는……'

노크 소리가 들렸다.

"들어와!"

급히 들어온 사람은 피해 상황을 조사한 장교였다.

"어떻게 됐어?"

"정확한 피해 상황을 보고드립니다."

"이리 줘봐."

쿠르가 보고서를 받아 들어 읽어보고는 믿을 수 없다는 듯 중얼거렸다.

"전사자가 백팔십삼, 부상자가 이백오십이 명이라… 고?"

"예, 뒷장에 세부 사항이 적혀 있습니다."

"총 사백이 넘는군."

쿠르는 심각한 표정으로 보고서 뒷장을 읽어 나갔다.

'먼저 전사자… 왕의 별궁에서 이십삼, 언덕에서 백사십일, 왕궁 정문 폭발 때 열아홉, 총 백팔십삼 명, 그리고 부상자… 별궁에서 팔십넷, 언덕에서 육십칠, 정문에서 백일, 총 이백오십이… 라.'

쿠르가 보고서를 내려놓고 중얼거렸다.

"총 사백삼십오 명, 거의 전멸이군."

인간족 전체 병력이 오백 명이 조금 넘었는데 사망자만 백팔십삼이면 거의 삼십오 퍼센트, 부상자까지 합하면 팔십 퍼센트가 넘었다. 남아 있는 현역 병력은 팔십오 명. 이십 퍼센트도 되지 않았다.

"수색은?"

"진전이 없습니다. 흔적도 찾지 못했습니다."

"알았다. 예비군과 소년들 중에서 병사를 더 충당해."

"예!"

"나가봐."

쿠르 장군의 표정은 화난 것이 아니었다. 거의 절망적인 표정이었다.

"…도대체 어떻게 된 거야? 단 네 명의 아이들에게 사백 명이 넘는 인원이 쓰러지다니……. 그들이 용이나 괴물이라도 된단 말인가?"

쿠르는 더 이상 생각하는 것도 가능하지 않았다. 그들 덕분에 전쟁에서 거의 아무런 피해 없이 승리했으나 그들로 인해 현역 병력을 거의 다 잃었다.

도저히 답이 나오지 않자 부관을 불러 지시했다.

"카르티를 데리고 와!"

"예!"

부관이 급히 부하들과 함께 어디론가 갔고 쿠르는 상황을 정리하기 시작했다.

"이대로라면 다시 전쟁이 일어날 경우 당분간은 제대로 싸우기도 힘들다. 젊은 남자가 거의 바닥이 났으니… 이거 괜한 일을 벌였나 보군."

똑똑.

"들어와."

"카르티 장군을 모셔왔습니다."

부하들에게 둘러싸인 카르티의 모습이 보였다.

"어서 오게."

"……."

카르티는 경례도 하지 않았다. 대신 매우 화난 표정으로 쿠르를 쏘아보았다.

"푹 쉬었나, 카르티?"

"예, 덕분에 아주 편히 쉬었습니다."

카르티가 빈정거리는 목소리로 대답했다.

"너무 화내지 말게. 어쩔 수가 없었어. 자네가 반역죄를 저지르도록 놔둘 수는 없었네."

"그래서 저를 이틀 동안이나 감금해 두셨습니까? 제가 쿠데타라도 일으킬 줄 알고요?"

"그럴 리가 있겠나. 하지만 왕의 명령에 반대하는 것만으로도 반역죄가 되니까……."

"좋습니다. 어차피 다 지나간 일이니까요. 그보다 아이들은 어떻게 하셨습니까? 퍼쿵 일행을 다 죽였습니까?"

"아니, 한 사람도 죽이지 않았네."

"그럼 어디에 있습니까? 그 아이들을 만나게 해주십시오. 절대 어리석은 짓은 않겠습니다."

"그게 말이야… 흠……."

쿠르 장군은 한숨을 내쉬고 다시 말을 이었다.

"모두 탈출했다네. 보보만 남기고 다 사라져 버렸어."

"뭐라고요? 탈출을? 그럼 그 아이들을 가두어두셨던 것이군요?"

"그랬지. 그런데……."

쿠르의 얼굴에 수심이 가득한 것을 눈치 채고 카르티가 의아한 표정을 지었다.

"대체 무슨 일이 있었습니까? 왜 이리 밖이 어수선한 거죠?"

"큰일이 벌어졌지. 그들의 탈출을 막으려다가 우리 군대가 거의 와해되었다네."

"예에?"

카르티는 황당한 소식을 듣고 눈이 휘둥그레졌다.

"그게 무슨 말입니까? 우리 군대가 와해되다니요?"

"사망자가 백팔십삼에 부상자가 이백오십이 명이라네. 팔십 퍼센트 이상이 현재 전투 불능 상태라는 말이지."

"도대체 무슨 말도 안 되는… 전 이해할 수가 없군요."

"나도 그렇지만 사실이네. 자네, 퍼쿵과 그 동생들에 대해 좀 알고 있나? 그들이 어떤 자들인지?"

"글쎄요, 그들은 사냥꾼이고 이 마을에 가죽을 팔러 온다는 것 이외에는 잘……."

카르티는 퍼쿵의 과거에 대해 들었지만 그것과 이번 사건이 어떤 연관성이 있으리라고는 생각하지 않았다. 단지 과거에 들개족의 마을에서 자라고 그들의 검술을 배운 것이 한 부족의 군대를 무능력 상태로 빠뜨릴 수는 없기 때문이었다.

쿠르가 말했다.

"난 그런 검사들은 처음 봤네. 퍼쿵이란 청년과 그 동생이라는 소년 말이네. 피코라고 했던가? 그들이 거의 이백 명의 병사를 죽이고 이백오십 명을 병신으로 만들었어. 말이 된다고 생각하나?"

"믿을 수 없습니다."

"사실이야. 들개족 병사 한 명이 우리 병사 네 명 정도의 전투력을 가지고 있다고 보는데 그들 중 유코를 제외하고 나머지 셋이서 해치운 병사만도 총 사백 명이 넘네. 각각 백사십 명 정도의 병사를 상대한 셈이지. 도저히 있을 수 없는 일이야."

"있을 수 없죠."

"그런데 실제로 일어났단 말이야. 게다가 어찌 된 일인지 그 꼬마 말이네. 하늘을 날아다니더구먼. 불덩이를 끝없이 쏘아내면서 말이지. 아, 한 가지 더 이상한 일은 싸우던 도중 우리 병사들의 활이 전부 부러졌네. 활에 화살을 걸기만 하면 활 줄이 순식간에 타서 재가 되었어. 그들이 요술을 부리는 것도 아닐 텐데… 이게 있을 수 있는 일인가?"

"하늘을 날았다고요? 그런 일이 있을 수 있습니까?"

"그래서 마지막으로 폭탄을 쓰려고 했는데……."

"폭탄이라고요? 보보가 만든 것 말입니까?"

"그래, 그 폭탄 말이야. 그런데 사용하기도 전에 폭탄이 한꺼번에 다 터져 버렸어. 그래서 우리 병사들이 엄청나게 피해를 보았지. 이건 완전히 네 사람과 전쟁을 한 기분이야."

"결과는 전쟁을 한 것과 비슷하군요."

"그래."

"이제 어떻게 하실 겁니까?"

"나도 모르겠네. 그래서 자네와 상의를 하려고……."

"저와 상의를 하신다고요? 모든 일을 다 저질러 놓고 나서 이제 와서 무슨 상의를 합니까? 애초에 제가 그들을 그냥 보내주라고 하지 않았습니까? 그러면 아무 일 없었을 것이고 보보가 가르쳐 준 폭탄만 가지고도 우리에게는 엄청난 수확이 될 수 있었지 않습니까? 전 모르겠습니다. 제가 무슨 천재도 아니고."

쿠르는 카르티가 이렇게 화를 내도 할 말이 없었다. 부하 앞이지만 명백한 실수 탓에 말문이 막혀 버렸다.

"그럼 지금은 그들이 어디에 있는지 모르겠군요?"

"그래, 흔적도 없이 사라져 버렸네."

"그들은 다시 올 겁니다. 보보를 구하기 위해서 반드시 돌아온단 말입니다."

"그럴까?"

"그렇습니다. 제가 묻고 싶은 것은 그들이 다시 나타났을 때 어떻게 하시겠냐는 겁니다. 장군님은 어떻게 하실 것이고 왕은 어떻게 할 생각인지 먼저 알려주십시오."

"우리 군의 피해가 너무 커서 말이야. 피해자의 가족들은 아무도 그들을 살려주고 싶어하지 않을 것이네."

"말도 안 되는 소리 마십시오. 약속을 어긴 것도 우리고 가만히 있는 그들을 적으로 만들어 공격한 것도 우립니다. 적반하장도 유분수지, 대체 무슨 명목으로 그들을 죽인단말입니까?"

"결과가 그렇지 않나? 그들 손에 너무 많은 인간이 죽었어."

"좋습니다. 그럼 마음대로 하십시오. 하지만 사백여 명이 넘는 군대가 궤멸해 이제 남은 백 명도 안 되는 병사로 그들과 싸우실 겁니까? 민간인인 예비군을 동원해서요? 그래서 우리 부족을 다 죽이실 작정입니까?"

"흠……."

쿠르는 대답을 하지 못했다. 사실 자신이 없었다. 아니, 다시 붙으면 인간족은 전멸할지도 모르겠다는 생각이 들었다. 단지 네 명의 아이들에게 말이다.

"그렇구먼. 우리 부족이 전멸할 수도 있겠구먼."

"그렇지요. 하지만 보보를 그냥 내주면 그들은 그냥 돌아갈 겁니다. 절대 싸우지 않을 겁니다."

"그걸 장담할 수 있나? 이미 그들도 우리에게 많은 원한이 있을 텐데?"

"제가 장담합니다. 퍼쿵은 쓸데없이 싸움을 하지 않습니다. 그건 그를 아는 사람 모두가 알고 있는 일입니다."

"자네가 그걸 어찌 장담하나?"

"저는 구 년 전 퍼쿵이 동생 피코를 데리고 처음 가죽을 팔러 왔을 때부터 알고 있었습니다. 그들을 오랫동안 지켜본 바로는 확실히 장담할 수 있습니다."

"좋아. 그럼 군 수뇌를 소집하지. 이제라도 늦지 않았으면 좋겠군."

"수뇌랄 것이 뭐 있습니까? 병사도 없는데. 기껏 다 모아봐야 장군들이 일개 소대장 정도밖에 더 되겠습니까?"

카르티가 빈정거렸으나 쿠르는 못 들은 척했다.

"우선 보보를 이리 데리고 와주십시오. 더 이상 보보를 탐내봐야 좋은 결과 못 볼 겁니다."

"그래, 그래야겠지. 우선 왕의 재가를 얻어야겠네."

쿠르가 부관을 불러 보보를 데려오라고 지시한 후 카르티와 함께 왕에게 가기 위해 방을 나섰다.

밖으로 나서니 서서히 아침 해가 모습을 드러내고 있었다.

창이 굳게 닫혀 어두컴컴한 방 안, 그곳 침대 위에서 보보가 자리코에게 깔린 채 말했다.

"누, 누님, 자리코 누님, 이, 이제 그만… 해요. 더 이상은 안 돼요."

"가만히 있어요. 진짜는 이제부터니까. 자, 아무 생각 말고……."

자리코는 보보의 배 위에 걸터앉아서 그의 얼굴을 쓰다듬었다. 그리고 한 손을 아래로 옮겼다. 이윽고 서서히 그녀의 몸이 아래로 내려가 보보와 아랫도리를 포개기 시작했다.

그 순간이었다.

쫘당!

"어맛!"

"허걱!"

포개져 있던 두 남녀의 얼굴이 동시에 돌아갔다.

"급히 보보를 데려오라는 명령이오! 보보는 어서, 엉?"

문을 세차게 열고 들어오던 장교가 말을 하다가 멈추고는 눈을 동그랗게 뜨고 멍청히 바라보았다.

"꺄앗!"

자리코는 비명을 지르며 얼른 보보의 몸 위에서 내려와 담요로 몸을 가렸다.

"꽥!"

보보도 비명을 지르며 몸을 가리려 손을 뻗쳤다. 그런데 아뿔싸! 아무것도 손에 잡히는 것이 없었다. 자리코가 이미 담요를 들고 저만치 떨어져 있었기 때문이다.

"어어? 어?"

보보는 얼굴이 새빨갛다 못해 새까매져서 이리저리 허둥대다가 벌떡 하늘을 찌른 채 반질반질 윤이 나도록 무슨 액체가 묻어 있는 제 고추를 두 손으로 감쌌다.

장교는 간호사와 환자를 번갈아 보다가 다시 말을 하더니 방문을 세차게 닫고 나갔다.

"어험, 험, 보보는 어서 옷을 입고 나오시오. 일각이 급합니다."

쾅당!

"……"

"……."

보보와 자리코는 너무 놀라서 아무 말도 못하고 문만 바라보고 있었다.

곧 문이 다시 열리더니 의사가 들어왔다.

"에이~ 그러게 왕과 높은 사람들이 하는 일은 영 마음에 들지 않는단 말야. 자네들, 지금 뭐 하고 있나? 어서 옷이나 입어! 밖에 병사들이 기다리고 있잖아?"

의사의 말에 두 남녀는 그제야 정신을 차리고 서둘러 옷을 입었다. 자리코는 못내 아쉬운 표정이었다.

'언제 날이 밝았지? 조금만 더 시간이 있었으면 그의 아기를 가질 수 있었을 텐데……. 다음에 다시 기회가 있을까?'

그녀가 안타까운 눈으로 보보를 바라보았다. 보보는 눈도 못 마주친 채 주섬주섬 옷을 주워 입었다.

보보는 너무 부끄러워 죽고 싶었다. 그러나 생전 처음 아름다운 여자와 함께한 그 순간은 마치 꿈결처럼 아련하게 느껴졌다. 비록 가장 중요한 일은 결국 하지 못했지만 영원히 잊을 수 없는 충격이 될 것 같았다.

'대체 나에게 무슨 일이 있었던 걸까? 이게 현실이란 말인가? 아니야, 꿈일 거야. 약에 취해 꿈을 꾼 거야.'

스스로 위로를 하며 고개를 들었다.

"헉!"

고개를 들다가 다시 멈칫한 그의 시야에 자리코가 애처로운 눈빛으로 바라보고 있는 것이 들어왔다.

'꾸, 꿈이 아니었나 보다.'

그녀가 달려오더니 보보를 안았다.

"보보님, 사랑해요."

"엑! 누, 누님, 이, 이러심… 안… 저 같은 걸……."

안 된다고 말을 하려던 보보가 그녀의 눈빛을 보고 말을 흐렸다. 그녀의 눈에는 눈물이 촉촉이 맺혀 있었다.

"다신 만나지 못한다고 해도 절 잊으시면 안 돼요. 아셨죠?"

"예… 예… 자리코 누님, 절대 잊지 않을게요."

"고마워요. 그리고 만약 이 담에 다시 만나면 꼭 결혼해 준다고 약속해 줘요."

"……."

보보는 대답하지 않았다. 그러나 그녀는 더 이상 묻지 않았다.

"그럼 몸조심하세요."

"누님도… 고마웠어요. 진심으로……."

보보의 마지막 말에 그녀가 젖은 눈으로 싱긋 웃더니 살짝 입을 맞추고 방을 나가 버렸다.

"……."

보보는 기다리고 있는 병사와 함께 의원을 나섰다. 자꾸만 뒤를 돌아보게 되는 자신을 어쩌지 못하면서 점점 자리코가 있는 삼산의원과 멀어져 갔다.

해가 중천에 떠올랐다. 이제 주변의 시체와 부상자는 하나도 없이 다 치워져 있었다. 그리고 인간족은 왕궁의 부서진 잔해를 치우고 있었다.

"오빠, 제가 보보의 위치를 찾아볼게요."

"잠깐만 기다려. 너 오늘 정령을 너무 많이 불러냈잖니. 조금 쉬었다가 하렴. 급한 것도 아니니까."

우레는 유코 옆에서 코를 골며 잠들어 있었다. 치요도 피코의 무릎을 베고 누워 있었는데 무리하게 힘을 쓴 데다가 부상까지 입어서 몸 상태가 좋지 않은 듯 열이 심하게 났다. 피코가 걱정스런 목소리로 말했다.

"아무래도 치요의 몸 상태가 좋지 않은 것 같아. 열이 펄펄 끓고 있어."

"걱정이군. 가뜩이나 몸도 약한데……."

"물이라도 좀 있으면 열을 식힐 텐데……."

"잠시만요."

유코가 물의 정령을 부르더니 뭐라고 부탁을 했다. 그러자 방어진 가운데에 작은 균열이 생기더니 옹달샘처럼 샘물이 퐁퐁 솟아나기 시작했다.

피코가 급히 치요의 상의를 벗겨 물에 적시며 말했다.

"오, 고마워, 유코."

"헤헤, 뭘요. 전 별로 한 일도 없는데요."

"치요가 어서 일어나야 하는데……."

피코는 치요의 몸을 닦아주고 나서 손으로 물을 모아 입에 조금씩 흘려 넣었다. 유코도 손바닥에 물을 받아 우레에게 먹였다. 우레와 치요는 물이 느껴지자 꿀꺽꿀꺽 마시더니 살며시 눈을 떴다.

"우레, 정말 수고했어. 너 다시 봐야겠다. 전혀 쓸모없는 놈인 줄 알았더니 꽤 괜찮은데?"

유코의 칭찬에 우레가 벌떡 일어나더니 잽싸게 유코의 품 안으로 날아들었다.

"에잇, 가만히 좀 있어. 그 말 도로 취소할까 보다."

퍼쿵, 피코, 유코도 물을 마셨다. 한참 물을 마시고 나자 피코는 온몸에 뒤집어쓴 피를 닦기 시작했다. 옷에 묻은 것은 어쩔 수 없었지만 머리와 얼굴과 손은 닦을 수 있었다.

퍼쿵이 유코에게 말했다.

"이제 됐어, 유코. 그만 정령을 돌려보내라."

"예. 또 필요한 거 없어요?"

"없다, 유코야. 오빠는 네가 함부로 정령을 사용하지 말았으면 해."

"왜요? 저도 돕고 싶어요. 그래서 그런 거예요."

"알아. 고맙지. 그렇지만 꼭 필요한 것이 아니면 정령을 불러내지 말라고 한 네 선생님 말씀 잊었니?"

"알아요. 그렇지만……."

퍼쿵이 유코를 번쩍 들어 무릎에 앉혔다.

"오빤 네가 평범하게 살아갔으면 좋겠구나."

유코는 이해할 수가 없었다. 퍼쿵 오빠는 아까부터 자꾸 유코가 정령을 불러내지 못하게 하고 있었던 것이다. 아주 위험한 순간에도 굳이 도움을 받지 않으려고 했다.

게다가 유코는 아직도 인간족에게 화가 많이 나 있었기 때문에 퍼쿵의 말을 듣자 더 흥분이 되었다.

"저는 어서 보보를 찾아서 이곳을 나가고 싶어요. 한시도 여기에 있고 싶지 않아요."

퍼쿵이 조용한 음성으로 말했다.

"나도 그래. 하지만 조금만 더 기다렸다가 잠잠해지면 움직이자. 이 사람들이 보보를 쉽게 해치지는 않을 테니까. 게다가 오빤 더 이상 피를 보기 싫어."

"하지만 이 사람들이 칼 빼 들고 덤비지 않았으면 오빠와 피코가 이 사람들 해칠 일도 없었잖아요? 우리는 아무 잘못도 없는 거 아니에요?"

피코와 치요는 잠자코 유코의 말을 듣고 있었다. 둘 다 동의하고 있었으나 퍼쿵이 다른 의견을 가지고 있는 것 같아 조용히 기다리는 중이었다.

유코가 말했다.

"저는 당장 정령들을 소환해서 이 성을 통째로 불태우고 싶어요. 맘만 먹으면 못할 것도 없지요 뭐."

퍼쿵은 한숨을 쉬더니 고개를 흔들었다.

"그러면 안 돼, 유코야. 오빠 말 잘 들어."

"예……."

퍼쿵이 무겁게 가라앉은 목소리로 말하자 유코도 어쩔 수 없이 입을 다물었다.

"오빠가 너에게 정령을 자주 부르지 못하도록 하는 데는 몇 가지 이유가 있어."

"그게 뭔데요?"

"첫째, 너의 생명이 자꾸만 단축될지도 모르기 때문이란다. 네가 정령을 부르면 그 대가로 네 생명이 줄어든다는 말 못 들었어? 유코는 우리와 함께 오래오래 살고 싶지 않아?"

"그건… 알아요. 또 저도 함께 오래도록 살고 싶어요. 하지만……."

퍼쿵이 손을 들어서 유코의 말을 막았다.

"둘째, 네가 좋은 일에만 정령을 사용했으면 하기 때문이야. 지금처럼 싸우거나 사람을 죽이거나 하는 무서운 일에 네가 관여하는 것이 싫어. 자신과 가족을 지키기 위한 경우가 아니면 절대 다른 사람을 해쳐선 안 돼. 아까 물을 구해준 것처럼 좋은 일도 많지 않니?"

"예에⋯⋯."

"셋째, 우리 유코는 정령술사이기 전에 인간이잖아. 사람의 힘으로 할 수 있는 일은 굳이 정령의 힘을 빌리지 말고 제 힘으로 하도록 하기 위해서야. 정령, 즉 남의 힘을 자꾸 빌리는 습관은 절대 좋은 습관이 아니란다."

"알겠어요."

"또 있어. 넷째, 네가 마법사라는 것을 남들이 알지 못하도록 하기 위해서란다. 보보를 보렴. 단지 머리가 좋다는 이유로 사람들이 잡아가려고 하잖아. 아마 보보가 다른 종족의 편을 든다면 죽이려고 할지도 몰라. 그런데 만약 네가 마법사라는 것을 알면 어떻겠어? 아무도 널 그냥 놔두려 하지 않을 거야. 틀림없이 제 편으로 끌어들이려 하거나 안 되면 죽이려고 할 거야. 치요가 마법사라는 것을 숨기는 이유도 그거란다."

유코는 비로소 고개를 끄덕였다. 설명을 듣고 나니 퍼쿵의 마음이 이해가 갔다.

"알겠어요. 제가 잘못 생각했나 봐요. 앞으로는 그러지 않을게요."

유코가 고개를 끄덕이자 퍼쿵이 그녀의 머리를 쓰다듬었다.

"그래, 우리 유코는 참 착하고 예쁘다. 말도 잘 듣고."

"헤헤, 전 오빠가 좋아요."

그러면서 유코는 퍼쿵의 냄새를 맡았다. 그는 온몸이 땀에 젖어 있어서 진한 땀 냄새가 났다.

'흠, 흠, 땀 냄새⋯ 이게 남자의 향기란 건가?'

퍼쿵 오빠의 코를 톡 쏘는 진한 땀내가 왠지 향기롭게 느껴지는 유코였다.

"그럼 이제 어떻게 할 거야?"

말을 꺼낸 것은 피코였다.

"어서 보보를 구해야지. 저들이 그 애한테 복수라도 하면 어쩌려고?"

문득 치요가 몸을 일으키며 웃었다.

"내게 좋은 생각이 있어. 모여봐."

모두 치요의 주위로 모였다.

"우리가 지금 나가면 다시 인간족과 싸움이 붙을 테니까 안 되고 마법이나 정령을 쓰기도 뭐하니까 우리가 나가지 않고 마법도 쓰지 않는 좋은 방법이 있어."

"뭔데? 그런 방법이 있어?"

치요가 옆에서 뒹굴고 있는 우레를 슬쩍 바라보았다.

"우레야. 우레가 나가는 거야."

"우레? 그들은 우레의 모습도 알잖아? 내내 우리와 함께 있었으니까."

유코가 말했다.

"게다가 저 바보가 어떻게?"

치요가 대답했다.

"우레는 바보가 아니야. 본능을 잘 억제하지 못해서 그렇지 머리는 나쁘지 않아. 그리고 우레만이 할 수 있는 비장의 무기가 있잖아? '변신'이라고."

"변신?"

"아, 그렇지."

모두 고개를 끄덕였다. 그렇다. 우레는 다른 종으로 변신할 수 있는 것이다. 거의 완벽한 모습을 자랑하는 우레의 변신 능력을 잊고 있었다. 게다가 우레가 변신한 모습을 알아보는 사람은 단 한 명도 없었다.

며칠 전 우레와 관계한 술집 작부를 빼고는…….

뒹굴거리던 우레가 벌떡 일어섰다. 모두가 모여서 수군덕거리며 자신의 얘기를 하고 있다는 것을 눈치 채고는 경계하는 눈초리로 슬슬 뒷걸음질을 치고 있었다.

"비비비."

"우레!"

"깨액!"

순간 날아가려고 뛰어오르는 우레의 발목을 재빠른 피코가 잡아챘다.

"깨개객객객!"

우레는 피코에게 잡혀 날개를 퍼덕이며 발버둥을 쳤다. 그러자 치요가 급히 말을 했다.

"아니야, 우레! 널 괴롭히려는 게 아니야."

"삐비빅비빅, 삐이."

피코가 귀를 막으며 물었다.

"어휴, 시끄러워. 도대체 저놈이 뭐라고 소리를 지르는 거야?"

"허허, 조그만 것이 목소리는 엄청나게 크네."

치요가 우레와 설전을 하는 가운데 유코가 그들의 대화를 통역해 주었다.

"우레는 다시 여자가 되기 싫다고 소리치고 있어요. 아마 우리가 자기를 다시 여자로 만들려 한다고 생각했나 봐요."

"하하, 지은 죄는 아는 모양이군."

"자긴 억울하대요. 단지 사랑을 했을 뿐인데 종이 다르다는 이유로 그것을 막는다는 것은 받아들일 수 없대요. 헌법에도 위배된다나요?"

"허허, 웃긴다, 정말."

치요가 소리쳤다.

"정말이야. 널 여자로 만들려는 게 아냐. 내 말 좀 들어, 우레!"

"비비비?"

"그래, 정말 그런 이유가 아니라니까. 부탁 좀 하려고 그래."

"비비……?"

"인간으로 변신해서 보보를 좀 찾아줘."

"비? 비비빕비 삐비비."

퍼쿵이 물었다.

"이번에는 뭐래니?"

"자긴 그런 능력이 없대요. 보보가 여자가 아니라서 냄새를 찾아가지 못한대요."

치요가 다시 말했다.

"거짓말하지 마. 너, 이번 부탁 안 들어주면 정말 여자로 만들어 버린다. 이번에는 마법으로가 아니라 아예 잘라 버릴 거야!"

"깨액?"

우레는 소스라치게 놀라며 날개로 자신의 사타구니를 가렸다.

"삐비비, 비비비… 비비비?"

"걱정 말고 기다리라는데요? 금방 위치를 알아가지고 온다고."

피코가 픽 웃었다.

"허, 웃기는 녀석이군."

우레는 몇 바퀴 재주를 넘더니 모습이 점점 커지며 소년으로 변했다. 소년으로 변한 우레는 알몸이었으나 수치심을 모르는 탓에 그냥 멀뚱멀뚱 버젓이 서 있었다.

유코가 고개를 돌렸고 피코도 좀 민망한 듯 얼굴이 붉어졌다. 그러자 퍼쿵이 상의를 벗더니 우레에게 입혔다. 우레가 퍼쿵의 거대한 옷을 입자 마치 아이가 어른의 코트를 입은 꼴이 되었다.

우레가 치요에게 뭐라고 떠들었다.

"삐비비비, 삐비빕, 삐빕!"

"뭐래?"

"이번 부탁 들어주면 다신 여자로 만들지 않겠다고 약속하래요."

치요가 고개를 끄덕였다.

"알았어. 알았으니까 얼른 보노나 찾아와."

소년으로 변한 우레는 방어진을 걸어나갔다. 갑자기 허공으로부터 등장한 소년의 모습을 아무도 발견하지 못했다. 모두들 정신없이 일하고 있었기 때문이다.

우레는 그들의 사이를 죽 걸어서 사라져 갔다.

"무사하겠지?"

"아마 아직은 무사할 거야."

"우레가 찾을 수 있을까?"

치요가 확신했다.

"물론이지. 저 녀석이 냄새를 얼마나 잘 맡는데. 냄새 맡는 것만은 피코도 못 따라갈걸?"

그 말에 피코가 어이없다는 듯 말했다.

"당연하잖아? 저놈은 짐승이고 나는 사람인데⋯⋯."

이제 일행은 모두 바닥에 누워서 우레가 돌아오길 기다리고 있었다. 좀 쉬어두는 편이 낫다는 치요의 권유도 있어서 잠시 눈을 붙이려고 하던 중이었다.

"삐비비?"

"엇? 벌써 돌아왔어?"

모두 깜짝 놀라 일어났다. 채 오 분도 되지 않아 우레의 목소리가 다시 들려왔기 때문이었다.

"보보는 찾았어?"

우레는 고개를 도리도리 흔들었다.

"비비비, 비비빕, 삐비비……."

"뭐?"

"뭐래니?"

"힘이 없어서 냄새를 맡을 수가 없대요. 그래서 충전을 좀 하고 가야 한다는데요?"

"충전? 먹을 것도 없는데 뭘로 힘을 충전하지?"

"글쎄요."

뭐라뭐라 말을 하던 우레가 돌연 유코를 돌아보며 손가락질을 했다.

"삐비비, 비비비, 삐비비, 삐비?"

"뭐, 뭐야? 이 자식, 너 죽고 싶어?!"

돌연 유코가 얼굴이 새빨개지더니 화를 벌컥 내며 주먹을 들었다. 유코에게 멱살을 잡힌 우레는 인간으로 변신해 있어서 키가 거의 유코와 비슷했다.

"깨액! 비비빕, 삐비비, 비비빕!"

"야, 쟤들 뭐라고 떠드는 거야, 지금?"

그 말에 한숨을 내쉰 치요가 통역을 해주었다.

"힘을 충전하기 위해서 유코의 가슴을 한 번 만져야 한대. 그래야 보보의 냄새를 맡을 수 있대."

"어휴~ 저 녀석은 어쩔 수가 없군. 잘라 버리는 수밖에."

"삐비이, 비비비비!"

"정말이래. 그래야 자긴 힘이 나는 체질이래."

우레의 멱살을 쥐고 싸우고 있는 유코에게 피코가 한마디 했다.

"어때? 좀 만지게 해줘라. 그래야 보보를 찾을 수 있다잖아?"

"그렇게 하고 싶으면 피코가 해요. 피코 가슴이 나보다 더 크잖아요."

"깨액? 삐비비, 비비."

우레가 도리질을 하며 소리쳤다.

"안 된대. 피코는 마력이 없어서 만져도 충전이 되지 않는대. 꼭 유코라야만 한대."

"할 수 없군. 내 거라도 좋으면 한 번 빌려주려고 했는데… 쯧쯧."

피코는 회심의 미소를 지으며 유코를 바라보았다. 흥미진진한 얼굴로.

한동안 시간이 지났으나 우레는 요지부동 고집을 부리고 있었다. 드디어 유코가 꺾였다.

"뿌드득, 좋아. 한 번만 허락하지. 그 대신 못 찾기만 해봐라. 넌 그때는 정말로 잘릴 각오해야 할 거야."

유코가 가슴을 우레 앞으로 내밀었다.

"자, 한 번만 만져."

그러자 우레가 도리질을 했다.

"삐비비~"

"또 뭐야?"

"삐빕비비비, 비비비?"

"뭐?!"

"푸웃!"

갑자기 치요가 터지는 웃음을 급히 참았다.

"뭔데? 뭐라고 그러는데?"

유코는 얼굴이 붉으락푸르락하고 있었고 치요는 웃음을 참느라 정신이 없었다.

피코가 급히 목소리를 낮추어 물었다.

"뭐래? 우리도 좀 웃자."

"푸풋! 옷 위로는 안 된대. 속으로 만져야 한대. 푸우웃!"

"푸하! 하하하! 유코, 제대로 걸렸구나."

모두가 웃느라 정신을 못 차렸다. 퍼쿵도 너무 재미있다고 생각했으나 억지로 참으며 유코에게 양보를 권했다.

"하하. 유코야, 한 번만 허락해 줘라. 어서 보보를 찾아야 하잖아?"

퍼쿵까지 그렇게 말하자 유코가 쿵에게 눈을 흘기더니 휙 돌아서며 말했다.

"좋아. 딱 한 번이야! 빨리 만져!"

"비빗?"

우레는, 아니, 우레가 변신한 소년은 기쁜 표정으로 얼른 손을 유코의 옷 속으로 집어넣어 가슴을 살며시 쥐더니 주무르기 시작했다. 열댓 살쯤 되는 소년이 고만한 소녀의 가슴을 만지는 모습은 무척 에로틱한 분위기를 자아내고 있었다.

"그만! 됐어. 어서 보보를 찾아와!"

유코가 우레의 손을 홱 뿌리쳐 떼어내고 소리쳤다.

우레는 고개를 꾸벅 숙여 인사하더니 콧노래를 부르며 인파 속으로 사라졌다.

"삐비비~ ♪ ♪ 비비비비~ ♪ ♫"

"……."

유코가 하도 식식거리고 있어서 다른 사람들은 아무 말도 하지 못하고 딴청을 부리고 있었다.

잠시 후 유코가 흐느끼기 시작했다.

"흐흑, 흑흑흑, 욱욱, 흑흑."

돌연한 사태에 모두들 서로의 얼굴을 마주 보며 걱정을 하기 시작했다.

"우리가 너무했나 봐. 말려주었어야 하는 거 아니었나?"

"최소한 웃지는 말 걸 그랬어."

"그러게. 어떻게 달래주지?"

"글쎄… 어떻게 할까?"

"수군덕수군덕……."

한참을 쑥덕거리며 유코를 위로할 말을 찾으려고 의논을 한 퍼쿵, 피코, 치요가 돌아서며 입을 열었다.

"저어… 유코야… 헉!"

돌아서다 말고 그들은 모두 소스라치게 놀라며 몸을 움츠렸다.

바로 뒤에 유코가 이글이글 불타는 눈으로 세 사람을 쏘아보고 있기 때문이었다. 그녀의 얼굴은 온통 눈물콧물로 범벅이 되어 있었다.

"미, 미안하다, 유코."

"그래, 우린 네가 그렇게 맘 상할 줄은 모르고……."

"정말 나라도 괜찮다면 내 가슴을 만지게 할 생각이었어."

"정말이지 우리는… 에잇, 우레는 정말 나쁜 녀석이야. 그렇지? 모두들 그렇게 생각하지?"

"맞아, 맞아. 그에 비해서 유코는 얼마나 훌륭해? 그치, 그치?"

"그래, 그렇고말고."

"왁!"

"헉!"

"윽!"

한참을 지껄이던 아이들이 일제히 비명을 지르며 뒤로 물러났다. 울고 있던 유코가 갑자기 와락 달려들었던 것이다.

그러나 놀란 것과는 달리 유코가 때리거나 화를 낸 것은 아니었다. 그녀는 엉엉 울면서 곧바로 퍼쿵의 품 안으로 뛰어들었다.

"엉엉, 오빠, 윽윽, 이제 전 어떡해요? 윽윽, 다른… 윽, 남자에게… 윽, 몸을 허락하고… 윽, 말았어요, 윽윽."

유코는 목이 메는지 말도 제대로 잇지 못했다. 그러면서 퍼쿵의 목에 어찌나 세게 매달리는지 퍼쿵은 뒷걸음질치다가 그대로 엉덩방아를 찧었다.

"어어? 유코야, 괜찮아. 그건 아무렇지도 않은 거야."

"엉엉! 뭐가 아무렇지도 않아요? 윽윽, 오빤 약혼녀의 가슴을 다른 남자가 만지는 데도… 윽윽, 정말 아무렇지도 않단 말이에요? 엉엉!"

퍼쿵은 무척 당황했다.

"야, 약혼녀?"

그녀의 말에 치요와 피코도 멍하니 바라보고만 있었다.

"엉엉, 그래요. 전 오빠에게만 첫날밤에 허락을 하려고 했었는데… 엉엉, 흐흐흑, 에잇, 이왕 이렇게 된 것, 이제는 아낄 필요가 없어! 어서 오빠도 만져 주세요. 그래서 제 치욕을 오빠의 손으로 씻어주세요. 어서요!"

돌연 유코가 퍼쿵의 손을 잡더니 제 가슴으로 끌어당겼다.

"왜 이러니, 유코? 정신 차려! 제발 이러지 마!"

"아니에요, 오빠. 사양하실 것 없어요. 어서 제 가슴을!"

퍼쿵은 당황해서 손을 빼며 유코를 떼어내려 했고 유코는 기를 쓰고 퍼쿵에게 달라붙었다.

그 뒤에서 피코와 치요가 멍청히 서로의 얼굴을 마주 보며 중얼거렸다.

"저놈도 우레와 다를 바 없어."

"그래, 아주 똑같은 놈이야."

왕은 심각한 표정으로 얘기를 듣고 있었다. 그의 앞에는 군 수뇌들이 모여 있었고 그중 벼락 장군인 쿠르와 카르티가 보고를 하고 있었다.

"그래서 이번 피해를 수습하기에도 역부족이라 더 이상의 전투는 무리입니다."

"그래? 그 정도로 심각한가?"

"예. 현재 현역 병력의 삼십오 퍼센트를 잃었고 사십팔 퍼센트가 부상으로 전투 불능이며 남은 병력은 십칠 퍼센트 정도입니다. 부득이 예비군과 소년들 중에서 어느 정도 현역을 충당하지 않으면 안 될 정도입니다."

"음… 그렇게 대단한 사람들이라면 한꺼번에 포섭하는 것이 좋을 뻔했군."

왕의 말에 카르티가 나섰다.

"폐하, 송구스런 말씀입니다만 애초에 그것은 불가능한 일이었습니다. 우리가 약속을 어긴 순간 그들은 이미 우리에게 협조할 생각을 버렸습니다. 이제라도 그들에게 사과하고 보보를 내어주어 갈길을 가도록 해주어야 합니다. 그들은 오랜 기간 동안 우리 인간족을 통해 필요한 물건을 구입해 왔기 때문에 우리가 적대하지 않는다는 보장만 있다면 반드시 머지않아 다시 거래를 하러 올 거라 생각합니다."

"확신할 수 있나?"

"그렇습니다. 다행히 그들은 아직 모두 순박하고 정직한 젊은이들이기 때문에 진심으로 사과하면 받아주리라 확신합니다. 절대로 다른 생각을 품지 않을 겁니다. 일단 그들이 마음을 돌리면 그때 다시 협조를 구할 수 있을 겁니다."

카르티의 말에 다른 장군이 이의를 제기했다.

"카르티 장군, 어째서 그들을 그냥 보내준다는 말이오? 당신은 분하지도 않소? 죽은 병사들의 복수를 해도 시원치 않을 판에!"

"뭐라고요? 복수라고요? 먼저 건드린 것이 누군데 복수라는 말을 그리 뻔뻔스럽게 내뱉는 거요?"

카르티는 이제 말을 조심하려고도 하지 않았다. 다른 아이들을 죽여서라도 보보를 납치하려고 했던 수뇌부들에 대해서 경멸의 눈초리를 감추지 않고 있었다.

카르티의 말에 수뇌들이 한꺼번에 들고일어났다.

"말조심하시오! 뻔뻔스럽다니!"

"그렇소. 보보와 그놈들은 우리 군을 거의 궤멸시킨 자들이오. 절대 살려서 내보내면 안 됩니다. 반드시 들개족이나 다른 종족의 편에 서서 우리를 공격할 겁니다."

카르티가 빈정거렸다.

"흥, 그래서요? 설사 그들이 우릴 공격한다 칩시다. 이미 군사를 거의 다 잃어놓고 당신들이 그들을 무슨 수로 막겠다는 겁니까? 무슨 좋은 방도라도 있으시오?"

"끄응……."

수뇌들은 아무 말도 하지 못했다. 그저 땅만 바라보고 있었다.

왕이 신하들의 설전을 제지했다.

"조용히들 하라. 지금 우리끼리 싸울 때는 아니라고 생각한다. 어쨌든 결과가 이리 되었으니 이제 더 이상의 피해를 내지 않을 생각을 해야지. 이보게, 카르티 장군."

왕은 더 이상 다른 신하들의 말을 듣지 않았다. 오직 카르티와 쿠르하고만 얘기를 하려 했다.

"예, 폐하!"

"그들이 다시 돌아올 것이 확실한가?"

"예, 반드시 돌아옵니다. 보보를 데리고 가기 위해서 꼭 돌아올 겁니다."

"자네는 그들과 무슨 관계인가?"

"저는 구 년 전 그들이 우리 성으로 가죽을 팔러 처음 들렀을 때부터 알고 지냈습니다. 그들은 아주 순박한 아이들이었습니다. 어느 종족에도 속하지 않고 단지 그들끼리 산속에서 사냥을 하며 살고 있었는데 우리 성의 상인들이 그들을 속이고 가죽을 가로채는 것을 보다 못한 저의 아버지가 그들을 불러 제 값에 거래를 하도록 도와주면서 지금까지 가족처럼 지내왔습니다."

"자네 아버지라면 샤링 장군을 말함인가?"

"예, 이십 년 전 대전쟁 당시 한쪽 다리를 잃고 전역하여 지금은 장터에서 식당을 운영하고 있습니다."

"그래, 잘 알고 있어. 자네의 아버지는 아주 정직하고 용맹한 장수였지. 벼락 장군도 기억하고 있지?"

쿠르가 대답했다.

"예, 당시 저의 상관이었습니다."

"흐음, 그랬었군. 샤링이 그들을 거두었던 것이군."

카르티가 말을 이었다.

"제가 아는 한 그들은 절대로 함부로 사람을 해치지 않습니다. 이번 사건도 그들이 자신과 형제들을 지키기 위해 부득이하게 저지른 것으로 사료되옵니다."

왕이 작은 목소리로 말했다.

"그래, 그건 사실이지."

완전히 무시당한 채 비참한 표정을 짓던 장수들 중 한 늙은 장군이 다시 나섰다.

"그렇다면 카르티 장군, 당신이 그들을 도와준 것 아니오? 상식적으로 생각해도 이번 탈출극에는 말이 안 되는 점이 많았소. 단지 네 명에 불과한 그들이 그렇게 많은 병사를 쓸어버렸다는 것도 있을 수 없는 일이고, 왕궁에서의 폭발 사건 때 대장간과 창고의 폭탄도 모두 한꺼번에 터진 점도 이해할 수 없소. 누군가 협조하지 않았다면 있을 수 없는 일이오. 그 점에 대해서 해명해 보시오."

온몸에 붕대를 감은 중년의 장군이 그 말에 동조하고 나섰다.

"그렇소. 전투가 벌어지던 내내 카르티 장군은 모습을 보이지 않았소. 그래서 내가 그의 돌격대를 대신 지휘했단 말이오. 분명 카르티 장군이 그들과 내통한 것이 틀림없소!"

카르티의 눈썹이 심하게 뒤틀어졌다.

"뭐라고? 당신들 지금 그걸 말이라고 하는 거야?!"

일순간 모든 장군들이 카르티를 적과 내통한 자로 몰고 가려는 듯 다시 들고일어섰다.

"폐하, 카르티가 내통한 것이 틀림없습니다. 그를 엄히 심문하면 무슨 대답을 얻을 수 있을 것입니다!"

"그렇소. 그렇지 않다면 카르티가 그들이 돌아올 줄 어떻게 알고 있겠습니까?"

"그렇소! 저자는 처음부터 보보를 잡아두는 것을 반대했소!"

왕궁이 무척 소란스러워진 가운데 왕이 가볍게 고개를 저으며 혀를 찼다.

"쯧쯧……."

쿠르 장군이 손을 들며 소리쳤다.

"조용! 조용히 해! 지금 여기가 어디라고 소란을 피우는 거냐? 모두 입 다물지 못하겠나!"

그의 호령에 일제히 떠들던 장군들이 입을 다물었다. 다시 고요가 돌아오자 왕이 카르티에게 물었다.

"좋아. 카르티 장군, 저들의 말에도 일리가 있어. 한번 해명을 해보게."

"저는……."

그때 쿠르가 앞으로 나서며 대신 대답을 했다.

"폐하, 그 점에 대해서는 제가 대신 대답을 하겠습니다. 카르티는 그들과 내통하지 않았습니다. 퍼쿵 일행이 폐하를 접견한 직후에 제가 카르티를 감금해 놓았으니까요. 카르티 장군은 제 방 창고에 갇혀서 이틀 동안 아무와도 접촉을 하지 못했습니다. 방금 전에 제가 그를 창고에서 꺼내주었거든요."

쿠르의 말에 왕은 물론이고 떠들던 장군들도 모두 입을 쩍 벌렸다.

'카르티 장군을 감금하다니… 그게 있을 수 있는 일인가?'

한 장군이 물었다.

"벼락 장군님, 그게 사실입니까? 카르티를 옹호하려고 거짓말을 하시는 것 아닙니까?"

"사실이다. 카르티가 그들을 잡아두는 것을 반대하기에 내가 그를 기절시켜서 가두어두었었다. 그러니 쓸데없는 말은 더 이상 하지 마라. 동료를 모함하는 것은 결코 용서하지 않겠다."

서슬이 시퍼런 쿠르의 대답에 장수들은 찔끔 입을 다물었다. 정직한 성품의 쿠르는 거짓말이나 모함을 절대로 묵과하지 않는다는 것을 모두들 잘 알고 있었다.

왕이 쿠르에게 물었다.

"휴우~ 어째서 그런 일을 했나, 쿠르? 함부로 군의 수뇌를 감금하다니……. 그래선 안 된다는 것은 자네가 누구보다 잘 알고 있을 텐데?"

"죄송합니다. 그 일에 대해서는 이후에 반드시 처벌을 받겠습니다. 당시에 보보를 잡을 욕심으로 잠시 눈이 멀었었나 봅니다."

왕이 혀를 끌끌 차며 다시 말을 이었다.

"됐다. 나라를 위한 충정이었으니 처벌하지는 않겠다. 카르티 장군에게 사과나 하게."

"예……."

쿠르가 카르티를 바라보자 카르티가 불쑥 손을 내저으며 말했다.

"됐습니다, 장군님. 저한테 사과하실 필요는 없습니다. 사과는 저 뒤에 서 있는 자들이 해야지요. 일단은 앞으로의 대책이나 의논하시지요."

카르티의 말에 뒤에 선 장군들의 얼굴이 모두 납빛이 되었고 쿠르도 미안한 표정으로 카르티를 바라보았다.

잠시 후 쿠르가 다시 고개를 돌려 왕에게 말했다.

"폐하……."

"뭔가?"

"지난번 제가 내린 결정은 잘못이었던 것이 확실합니다. 우리 군사로서는 더 이상 저들을 막을 수 없습니다. 카르티 장군의 말대로 보보를 그들에게 내주어야 할 것 같습니다."

"그런가? 그 방법밖에 없는 건가?"

"예, 현재로써는……. 죄송합니다."

한참 생각하던 왕이 비로소 다른 장군들의 생각을 물었다.

"다른 장군들의 생각은 어떤가?"

"……."

장군들은 말이 없었다. 그들의 생각은 퍼쿵 일행을 죽여야 한다는 것이었으나 뾰족한 방법이 없었던 것이다.

왕이 말했다.

"그럼 모두 동의하는 것으로 생각하겠다."

그때 한 장군이 손을 들었다.

"폐하!"

"뭔가?"

"아무리 생각해도 그를 보내주면 안 될 듯싶습니다. 만일 그들이 보복을 해온다면 우리는 멸망할 수밖에 없습니다. 게다가 다른 종족의 편에 서지 않는다는 보장도 없는 이 마당에……."

"그럼 어떻게 해야 좋단 말이냐? 대안을 제시해 보라."

그 장군은 잠시 머뭇거리며 쿠르와 카르티의 눈치를 보다가 말을 이었다.

"아직 보보는 우리 손에 들어 있습니다. 보보를 인질로 해서 저들을 잡을 계책을 마련하는 것이 어떨까 합니다."

장군들이 다시 술렁거리기 시작했다.

카르티는 이제 소리도 지르지 않았다.

"인질이라고요? 정말 퍼쿵 일행과 원수 지고 싶은 모양이군요."

그러자 말하던 장군이 신경질적으로 소리쳤다.

"카르티 장군, 지금 내가 얘기하는 중이오!"

"그러셨군요. 말을 끊어서 죄송합니다. 계속 하시지요."

카르티가 여전히 빈정거리며 물러났다. 그 장군은 노기 띤 얼굴로 카르티를 노려보다가 다시 말을 이었다.

"폐하, 저희들은 아무래도 그 소년과 일행을 보내는 것에 동의할 수 없습니다. 좀 더 시간을 두고 계책을 의논해 봐야 한다고 생각합니다. 아직 그들을 보내는 것에 허락을 내리지 말아주십시오."

그때였다. 뒤쪽에서 누군가의 목소리가 들렸다. 아주 침착하고 부드러운 음성이었다.

"아닙니다."

모두의 시선이 소리가 나는 쪽으로 모아졌다. 키가 작고 갸름한 체구의 한 사람이 앞으로 걸어나오고 있었다.

"부르크 대신!"

걸어나온 자는 사십대 초반의 문관이었다. 몇 명 안 되는 문관의 중신 중 우두머리였다.

처음 보보에 관한 논쟁이 시작된 이후로 탈출이 벌어진 지금까지 보보를 잡아두는 쪽에 손을 들었던 자였으나 한마디의 의견도 직접 제시하지 않은 채 침묵을 지키고 있던 그가 갑자기 나선 것이었다.

그가 다시 부드러운 목소리로 입을 열었다.

"저 역시 보보라는 소년을 우리 편에 가세시키거나 그렇지 못할 경우 없애 버리는 것이 좋다고 생각합니다. 하지만 인질극은 절대로 안 됩니다."

왕이 눈을 반짝이며 물었다.

"오, 그럼 달리 무슨 방도가 있단 말인가?"

부르크 대신은 말수가 적고 과묵한 형이었으나 머리가 아주 비상하여 부족의 대소사에 직접적으로 많은 영향을 끼치는 인물이었다. 아주 어려운 결정이 아니면 잘 나서지 않았고 재물도 그다지 탐하지 않았으나 원하는 목적을 달성하기 위해서라면 어떠한 방법도 불사하는 냉정한 성격의 지략가였다.

게다가 그는 카르티와 마찬가지로 차기 인간족의 왕좌를 차지할 재목으로 손꼽히는 인물이었다.

항상 최후에 내어놓는 그의 의견은 언제나 정확하고 명쾌해서 대부분의 일을 성공으로 이끄는 데 부족함이 없었다.

따라서 무관이 절대 우세한 인간의 부족임에도 불구하고 문관인 부르크 대신을 무시할 수 있는 자는 별로 없었다. 오히려 쿠르와 몇몇 젊은 장교들을 제외한 다른 대다수의 장군들은 부르크를 중심으로 뭉쳐 있는 형편이었다.

"……."

여태까지 보보와 그 일행을 죽여야 한다고 떠들던 장군들도 그의 입에서 무슨 말이 나올까 궁금해서 견딜 수가 없었는지 침묵하고 있었다.

"별다른 의견은 없습니다. 전 카르티 장군의 말대로 보보라는 소년을 순순히 보내주어야 한다고 생각합니다. 그 일행의 앞길도 막지 말고 말입니다."

방금 의견을 제시하던 장군이 항의했다.

"뭐요, 부르크 대신? 어째서 그런 말씀을 하시오? 당신도 그들을 보내주어서는 안 된다고 생각하지 않으셨소?"

부르크 대신은 빙그레 웃었다.

"물론입니다. 절대로 보내서는 안 되지요. 하지만 지금은 달리 방법이 없습니다. 더 이상 저들과 싸움을 계속한다면 우리 인간족의 병력은 완전히 궤멸할 것이고 대부분의 젊은 남자가 다 죽은 뒤에 올 결과는 우리 부족의 멸망입니다. 그러니 어찌하겠습니까?"

너무나 태연한 그의 대답에 장군들은 모두 할 말을 잃었다. 그들이 생각한 마지막 보루가 부르크 대신의 지략이었는데 그가 카르티의 손을 들어주다니 이제는 따를 수밖에 없었던 것이다.

왕이 말했다.

"정녕 그대도 그렇게 생각하는가?"

"예, 그래야 합니다."

부르크 대신은 일말의 망설임도 없이 대답했다. 그리고 카르티를 바라보며 빙그레 웃었다.

카르티가 고개를 꾸벅하며 인사를 했다.

"고맙소."

"천만에요. 그럼……."

부르크 대신은 조용히 제자리로 돌아갔다.

한동안 침묵이 흐른 후 왕이 명령을 내렸다.

"좋다. 그럼 결정난 것으로 하고 보보를 일행과 함께 보내주라는 명령을 내린다."

왕궁은 낮은 술렁임으로 뒤덮였다.

"그 일은 카르티 장군에게 전적으로 위임한다. 필요한 일이 있으면 쿠르 장군과 부르크 대신의 협조를 얻어서 수행하도록. 그럼 이만 돌아들가게."

모두들 수군거리며 왕궁을 나왔다. 장군들이 부르크 대신을 둘러싸고 떠들어댔다.

"도대체 어쩌자고 그런 의견을 내시었소?"

"저는 이해할 수 없습니다. 누구보다 우리 사정을 잘 알고 부족을 위해서 충정을 다하시는 대신께서 그들을 보내주려고 하시다니……."

장군들이 계속 떠들어대도 부르크 대신은 한마디도 하지 않았다. 그리고 멀어져 가는 카르티와 쿠르 장군을 바라보고 있었다.

이윽고 그들이 시야에서 사라지자 부르크 대신의 입이 열렸다.

"모두 놀라신 모양이군요."

"그럼요. 그들을 보내주면 반드시 보복을 해올 텐데 큰일 아닙니까?"

"후후후, 걱정하지 마십시오."

"무슨 말씀이시오?"

"보내기는 보내는데 그냥 보내지는 않는단 말씀이오."

"……?"

부르크 대신은 쉽게 대답을 하지 않았다.

"여기는 귀가 많으니 일단 제 처소로 가시지요."

"좋습니다. 어서 가십시다."

장군들은 줄줄이 부르크 대신의 뒤를 따라 사라졌다.

왕궁 바로 밖에 커다란 건물이 지어져 있었다. 경비병들이 보초를 서고 있는 그 건물로 들어가 응접실에 모두 둘러앉자 비로소 부르크 대신이 입을 열었다.

"분명히 말해서 우리 병력으로 저들을 상대한다는 것은 무립니다. 말도 안 되는 일이지만 저들은 사백여 명이 넘는 병사들을 무력화시켰소. 그러니 여러 장군님들이 아무리 날고 뛴다고 해도 그들을 막으려면 엄청난 피해를 각오해야 하겠지요. 심한 경우 부족의 멸망까지도 말입니다."

그의 말에 장군들은 입맛만 쩝쩝 다시면서 말을 못했다.

"적을 알고 나를 알면 이길 확률은 백입니다. 제가 직접 보지는 못했지만 상황을 들어보니 저들이 보통 인간은 아니더군요."

"그렇습니다. 하늘을 날고 불덩이를 쏘아냈소. 그리고 요술을 부리는지 활의 줄이 다 타버렸고 폭탄도 한꺼번에 터져 버렸소. 단 한 개도 남지 않고 말이오."

"그렇지요. 제 생각에는 그들 중 마법사가 있지 않을까 하는 생각이 드는데……."

"마법사?"

"그런 게 실제로 있단 말이오?"

"물론이지요. 저는 젊었던 시절 여러 곳을 여행하고 다녔습니다. 그리고 마법을 하는 종족을 만난 일이 실제로 있었답니다."

"오오… 저런……!"

장군들은 모두 놀라고 있었다. 마법을 하는 종족을 실제로 만났다니, 부르크 대신이 거짓말을 하지는 않을 것이다.

"마족이라고 하는데 실제 나이보다 어려 보이는 외모에 몸이 약한 대신 엄청난 마법을 부릴 수 있는 종족이죠. 그 불을 쏘아대거나 날아다닌다는 인간은 분명 마족일 거라고 생각됩니다만."

"그럼 더 큰일 아니오?"

"괜찮습니다. 마족은 천성적으로 싸움을 싫어한다고 하더군요."

"하지만 우리에게 원한이 있을 텐데……."

"하하하, 겁먹으셨군요."

"헛, 어험! 겁을 먹었다기보다는… 그것이……."

"제게 좋은 생각이 있으니 모두들 걱정하지 마십시오."

"무슨 좋은 방법이 있으시오?"

"여기서 저들과 싸워서는 안 됩니다. 우리 피해가 너무 커요. 그 대신 밖에서 그들을 죽이면 되지요. 그러면 우리 피해도 없고 증거가 없으니 원한을 살 일도 없죠."

"어떻게 말이오?"

"비밀입니다. 나중에 보시면 알게 됩니다."

"어허. 대신, 우릴 믿지 못하시오?"

"믿지요. 하나 낮말을 새가 듣고 밤말은 쥐가 듣는 법! 될수록 아는 사람이 적은 편이 좋겠지요."

"그래도 과히 기분이 좋지 않소. 쩝쩝."

"하하하, 그렇습니까? 그럼 이것만 보여 드리지요. 자, 바로 이겁니다."

부르크 대신은 유쾌하게 웃으며 책장 깊숙한 곳에서 병 하나를 꺼내 들었다.

"그게 뭐요?"

"독입니다. 젊어서 제가 바다를 여행할 때 얻은 극독이지요. 복어라는 심해어에게서 추출한……."

"독이요? 그게 소용이 될까요?"

"한 방울만 먹어도 사지를 뒤틀며 저세상으로 갑니다."

"하지만 그것을 어떻게 그들에게 먹인단 말이오?"

"적을 알고 나를 알면 백전백승! 여기까집니다. 더 알려고 하지 마십시오."

빙그레 웃고 있는 부르크 대신을 멍하니 바라볼 뿐 장군들은 더 이상 질문을 하지 못했다. 이 부족의 사람들은 그가 한 번 입을 다물면 얼마나 무거운지 절대로 열지 않는다는 것을 잘 알고 있었다.

그때 그의 하인이 노크를 하고 들어왔다.

"나리, 벼락 장군님으로부터 전갈이 왔습니다. 급히 뵙자고 하십니다."

부르크 대신이 몸을 일으켰다.

"전 이만 나가봐야겠군요. 나중에 다시 뵙시다. 참, 그리고 제가 그들을 죽이려고 하는 것은 절대 발설하시면 안 됩니다. 아무에게도. 만약 알려지면 모든 것은 수포로 돌아갑니다."

"알겠습니다. 그럼 저희는 대신만 믿겠습니다."

모두 함께 부르크의 집을 나왔고 부르크는 바삐 쿠르의 처소로 걸음을 옮겼다.

제4장 탈출 3

보보는 병사를 따라 걸으며 주위를 둘러보았다. 병사는 왕궁이 아닌 다른 곳으로 보보를 인도하고 있었다.

"저… 지금 어디로 가는 겁니까?"

"쿠르 장군에게 가는 중이오."

병사는 무뚝뚝하게 대답했다. 이미 소년의 일행에 의해 병력의 팔 할을 잃은 후라 사기가 죽은 데다가 이 보보라는 소년은 또 어떤 무서운 능력이 있을까 겁먹고 있던 중이었다.

"저… 우리 일행이 어디에 있는지 알 수 없을까요?"

"……."

"저기요… 군인 아저씨?"

"저도 모릅니다. 모두 사라졌으니까요."

"모두 사라져요? 왜요?"

"모릅니다. 그냥 없어졌어요."

"아무도 다치진 않았지요?"

"……"

병사는 더 이상 대답하지 않았다. 속으로 부글부글 끓고 있는 중이었다.

'젠장, 아무도 다치지 않았냐니… 우리 군대가 거의 작살이 났는데…….'

보보는 곧 쿠르의 집에 도착할 수 있었다. 부족 최고 권력자이면서도 쿠르의 집은 작고 검소했다. 그의 집 안에 들어서자 일단 눈에 들어온 것은 벽에 죽 진열되어 있는 수십 자루의 검이었다. 퍼쿵의 것만은 못해도 상당히 크고 두꺼운 검이 잘 정돈되어 있었다.

보보가 검들을 손으로 만져 보며 중얼거렸다.

"와, 저런 것을 들고 휘두르다니, 이 아저씨도 힘이 장사인 모양이야. 퍼쿵의 검만은 못하지만……."

"어서 오게. 이리 들어가지."

갑자기 뒤에서 쿠르 장군이 나타났다. 깜짝 놀란 보보는 얼른 손을 떼고 그가 이끄는 방으로 들어갔다.

"무슨 일로 저를 불렀어요? 저는 협조하지 않는다고 이미 말을 했는데? 아, 카르티 아저씨!"

보보가 말을 하다 말고 카르티를 발견했다.

"아저씨, 그동안 어디에 계셨어요? 퍼쿵 형이랑 피코랑 유코, 치요가 다 잡혀갔는데 왜 도와주지 않으시고?"

순간 화가 치민 보보가 카르티에게 한꺼번에 질문을 쏟아냈다.

카르티가 머리를 긁으며 대답했다.

"미안하다, 보보. 그럴 만한 사정이 있었다."

"어떻게 된 거예요? 우릴 꼭 내보내 주신다고 했잖아요?"

"사실 너희가 갇혀 있을 때 나도 감금되어 있었다. 그래서 도움을 주지 못한 거야. 정말 미안하구나."

"왜요? 왜 같은 편을 감금해요?"

쿠르가 나섰다. 이제 더 이상 보보를 잡아둘 생각이 아니었고 가능하면 퍼쿵 일행 모두와 적대하지 말아야 하기 때문에 카르티의 입장을 설명해 주어야 했다.

"사실이다. 내가 카르티 장군을 강제로 이틀 동안이나 감금시켰었다. 카르티가 너희를 돕지 못하도록 하려고 그랬다."

"그랬군요……. 그런데 왜 저를 불렀어요?"

쿠르가 대답했다.

"너와 퍼쿵 일행을 보내주려고."

"예? 그게 정말이에요?"

"그렇단다."

보보는 쿠르의 말이 잘 믿어지지 않았다. 여태까지 계속 인간들에게 속아왔기 때문이었다. 그래서 그나마 믿을 만한 카르티에게 물었다.

"아저씨, 저 말 사실이에요? 전 믿을 수가 없어요."

"사실이란다. 널 제외한 나머지 네 사람이 모두 탈출했어. 그리고 우리 병사들이 많이 죽고 다쳤단다. 그래서 더 이상 너희를 잡아두지 않기로 왕이 허락했단다."

"정말요? 그럼 다행이네요. 전 절대로 인간족을 돕지 않을 거거든요."

그때 부르크 대신이 들어왔다.

"부르셨습니까, 쿠르 장군님."

"아, 어서 오시오, 부르크 대신."

"오, 보보라는 소년도 여기에 와 있었군요?"

"방금 도착했소."

부르크 대신은 부드러운 미소를 띠며 보보에게 인사를 했다.

"만나서 반갑구나. 난 '부르크'라고 한다. 그동안 고생이 많았지?"

"안녕하세요?"

예의 바른 보보는 경계를 하면서도 인사를 했다.

"겁먹지 말거라. 나는 너를 무사히 동료들과 함께 보내주기 위해서 온 거니까."

"정말 저를 보내주실 건가요?"

"그럼~"

부르크의 얼굴에서는 어떠한 악의도 발견할 수 없었다.

그러나 카르티는 부르크의 속셈이 무엇인지 아직도 궁금했다. 그동안 보아온 부르크는 절대 감정을 드러내지 않으면서도 원하는 것이 있다면 반드시 추진하는 인물이었다. 그런 그가 순순히 제 의지에 반하는 일에 동조한다는 것에 대해서 도무지 의심을 버릴 수가 없었다.

카르티가 그의 의중을 떠보려고 질문을 했다.

"부르크 대신, 저와 뜻을 같이해 주셔서 일단 고맙습니다. 그런데 어쩐 일로 생각을 바꾸셨소?"

"이미 말씀드렸지 않습니까? 제 뜻은 변함이 없으나 다른 방도가 없기 때문이라고요."

부르크는 안색 하나 변하지 않고 대답했다.

"다른 뜻은 없으시고요?"

"무슨……? 다른 뜻이 있어야 하는 겁니까?"

부르크가 빙그레 미소를 지었다. 오히려 카르티가 급히 고개를 저었다.

"아, 아닙니다. 그냥 해본 말입니다. 어서 의논이나 하십시다."

두 사람의 대화를 가만히 듣던 쿠르가 얘기를 시작했다.

"보보야, 너도 잘 듣거라. 지난 이틀 동안 무슨 일이 있었는지 알고 있느냐?"

보보는 그들 세 사람의 중신들과 나란히 자리를 잡고 앉았다.

"아니요. 잘 모르는데요?"

"실은 네가 의원으로 실려가던 그날 밤에 퍼쿵과 피코가 감옥을 부수고 탈출했다."

"그랬어요?"

보보는 짐짓 놀라는 척, 전혀 몰랐다는 듯이 대답했다. 자리코에게서 이미 들은 얘기였으나 아는 척을 하면 그녀가 위험해질 것이 분명하므로 그것을 염려함이었다.

"그래. 퍼쿵은 곧바로 유코가 있는 왕의 별궁으로 향했고 유코를 구하려다가 우리와 싸움이 붙었다. 그리고 피코는 카르티 장군의 집에 있던 치요라는 꼬마를 데리고 나온 모양이다. 싸움이 한창일 때 별궁으로 달려왔으니까."

쿠르는 자신이 보고 들은 것을 정리해서 자세히 설명하기 시작했다. 그가 한참 설명을 하는 동안 카르티와 부르크, 보보 세 사람은 열심히, 주의 깊게 귀를 기울였다. 그들 세 사람은 아무도 현장을 보지 못했기 때문에 정확한 사정을 알고 있는 사람은 쿠르뿐이었다.

"그 싸움으로 많은 사람이 죽고 다쳤어. 솔직하게 말해서 지금 상태로 우리 인간족은 전투를 할 수가 없다."

부르크 대신이 감탄하듯이 말했다.

"대충 피해 상황은 들었습니다. 정말 대단했다더군요. 직접 그 장면을 보지 못한 게 한이 됩니다."

쿠르 장군이 부르크를 흘낏 보더니 입을 닫았다.

"……."

보보는 아무 말도 하지 않았으나 무척 놀라고 있는 것이 분명했다. 그의 주먹이 꽉 쥐어진 채 풀리지 않았고 동그랗게 뜬 눈 하며 이마에 땀까지 송글송글 맺혀 있었다. 무척 흥분되는 모양이었다.

보보가 더듬거리며 물었다.

"그, 그래서요? 우리 친구들 중에 다친 사람은 없어요?"

"글쎄다. 확인할 수가 없어서……. 아마 모르긴 해도 조금씩은 부상을 입었을 거다."

"……."

부르크는 보보를 보며 속으로 생각했다.

'네 친구들이 다치지 않았냐고? 우리 부족은 백팔십여 명이 죽고 이백오십여 명이 다쳤다.'

그러나 그런 생각에도 불구하고 부르크의 표정은 평온한 얼굴 그대로 전혀 변하지 않았다.

쿠르의 말이 이어졌다.

"솔직히 우린 더 이상 전투를 할 여력이 없다. 그래서 협상을 하기로 했다."

"나를 인질로 삼으려고요?"

보보가 눈을 크게 뜨며 물었다. 그러더니 비장한 표정으로 말했다.

"나를 인질로 협상을 할 생각이라면 포기하세요. 내가 그냥 당하고 있을 줄 알아요? 차라리 자살을 해버리고 말지요!"

카르티가 급히 나서며 보보를 진정시켰다.

"진정해, 보보. 그런 것이 아니야. 무조건 너희를 보내주기로 했어. 아무 조건도 없이……."

부르크가 카르티의 말을 끊었다.

"말씀 중에 죄송합니다만 아무 조건도 없이는 아니죠. 분명한 조건이 있으니까요."

카르티와 보보의 얼굴이 부르크에게 돌아갔다.

"첫째, 우리에게 보복 공격을 하지 않을 것, 그리고 둘째, 다른 종족과 손을 잡지 말 것입니다."

부르크의 말에 모두 입을 다물고 있었다. 멀쩡히 자신에게 꽂히는 시선을 느끼자 부르크가 다시 입을 열었다.

"오해는 하지 마십시오. 단지 저의 얘기는 우리가 보보의 일행과 더 이상 적대 관계로 지내고 싶지 않다는 뜻이니까요. 서로 돕고 평화롭게 지낼 수 있다면 좋겠다는 그런 말입니다."

카르티는 여전히 미심쩍은 표정이었다.

"그렇습니까?"

"그렇습니다."

쿠르가 다시 말을 정리했다.

"보보, 난 할 말을 다했다. 네 생각이 어떤지 알고 싶구나."

"생각이고 뭐고가 어디에 있어요? 우린 피해자인데… 저 아저씨 얘기를 들으면 마치 우리가 일방적으로 인간족에게 피해를 입힌 것 같네요. 적대 관계라니… 솔직히 말해서 우리가 아니었으면 인간족은 전멸했을 거라고 하던 말은 벌써 다 잊으신 모양이죠? 게다가 우리와의 약속을 지켰으면 싸울 일도 없었을 거구요. 사실 먼저 공격한 것도 인간족들 아닌가요?"

쿠르가 대답했다.

"그래, 네 말이 다 맞다. 우리가 약속을 어겼지."

"그리고 저희를 가두고 죽이려고 했구요."

"죽이려고 하지는 않았어. 다만 너와 유코를 우리 곁에 두고 싶었을 뿐이지."

얘기가 다시 원점으로 돌아가자 부르크가 정리를 했다.

"자자, 그만. 지나간 얘기는 그만 하시죠. 이제 어떻게 보보와 그 동료들에게 사과하고 보내느냐가 중요한 거 아닙니까?"

"그렇군요."

비로소 얘기가 진행되기 시작했다.

카르티 장군의 말이었다.

"퍼쿵은 반드시 돌아옵니다. 보보를 두고 떠날 사람들이 아닙니다."

"그럼요. 퍼쿵 형은 꼭 저를 데리러 올 거예요. 피코와 유코도 절대 저랑 헤어지지 않아요."

"그래, 내 생각에도 그렇기는 한데 지금 상황에선 서로 감정이 너무 좋지 않을 것이라 말이다."

보보가 으쓱 가슴을 펴며 자랑스럽게 말했다.

"그런 걱정은 하지 마세요. 퍼쿵 형은 상대가 건드리지 않으면 절대로 싸우지 않아요. 거짓말도 하지 않고 욕심도 없어요. 인간족들과는 그릇이 다르다고요. 그러니 그냥 놔두면 돼요."

쿠르가 물었다.

"그럴까? 정말 우리에게 나쁜 감정이 없을까?"

"우리를 잘 모르셔서 그런 말씀을 하시는데 처음 약속을 어겼을 때도 퍼쿵 형은 원망을 하지 않았어요. 그리고 인간들로서는 그럴 수밖에 없다고 말했어요. 그래서 조용히 떠나자고 했고요. 만약 우리를 감금하지 않았다면 싸우지도 않았을걸요?"

보보의 말에 모두들 말없이 고개만 끄덕였다.

"좋아. 그 말을 믿기로 하지. 그런데 말이야, 지금 그들이 어디에 있는지 몰라서 우리 뜻을 전할 수가 없단 말이야."

"벽보라도 써놓으면 되잖아요?"

"우선은 그렇게라도 해야지. 믿을지는 잘 모르겠지만."

보보가 말을 이었다.

"지금 당장 벽보를 써 붙여요. 그리고 샤링 아저씨에게 그 뜻을 전하시고요. 퍼쿵 형이 샤링 아저씨의 말이라면 믿을 거예요."

"그렇게 하지."

부르크가 자리에서 일어나며 말했다.

"그럼 어서 진행하기로 하죠. 저는 보보를 떠날 수 있도록 조치해 놓겠습니다."

"좋아. 서두르지."

그때였다. 밖으로 열어놓은 창문에서 누군가 불쑥 고개를 내밀었다.

"엇? 누구냐?"

그러나 대답이 없었다. 그 얼굴은 열댓 살쯤으로 보이는 앳된 소년이었는데 아무 말 없이 멀뚱멀뚱 안을 들여다보다가 보보와 눈이 마주치더니 씩 웃었다.

"누구냐? 무슨 일이냐?"

쿠르가 벌떡 일어나며 다가갔다. 그러자 그 소년의 고개가 다시 쏙 아래로 내려갔다.

쿠르는 그다지 경계를 하지는 않았다. 다만 이상하다는 듯 중얼거렸다.

"뭐지? 아직 어린아이 같은데……?"

쿠르가 창으로 가서 내다보았을 때는 이미 소년의 모습은 사라진 뒤였다.

"누굴까요? 혹시 심부름 하는 아이 아닙니까?"

"아니, 처음 보는 아인데?"

대수롭지 않게 여긴 그들은 자리에서 일어났다.

카르티가 말했다.

"보보를 어디에 두실 겁니까? 제 생각으로는 제 집으로 데리고 가는 것이 좋을 것 같은데……."

부르크가 나섰다.

"그건 안 됩니다. 그러면 퍼쿵이란 자에게 우리의 뜻을 전할 수 없지 않습니까?"

"왜요? 우리의 뜻은 보보가 직접 전해줘도 되는 일 아니오?"

"그래도 경우가 다르지요. 그렇게 흐지부지 아무 일 없었다는 듯이 떠나게 할 수는 없습니다. 어떤 형태로든 간밤의 싸움에 대해 결말을 내야지요. 서로 간에 오해도 풀어야 하고."

"그럼 어쩌실 작정이요?"

"일단은 잠시 왕궁의 귀빈실에 머물면서 소년의 동료들을 맞을 준비를 해야 합니다. 정식으로 전쟁에서 이기게 해준 데 대한 인사와 약속을 어긴 데 대한 사과도 해야 하고 해야 할 절차가 좀 있습니다."

쿠르가 물었다.

"하나 그들이 다시 왕궁 안으로 들어올 듯싶지는 않은데……. 만약 그들이 입궁을 거부하면 어떡하실 생각이오?"

"안 들어오면 우리가 보보를 데리고 밖으로 나가면 되지요. 그건 일단 그들이 찾아온 후의 일이고 우선은 이 소년을 왕궁으로 모십시다. 게다가 이 소년에겐 책임져야 할 일도 생겼으니……."

거기까지 말한 부르크가 빙그레 웃으며 보보를 바라보았다.

"예? 무슨 책임이요?"

보보는 무슨 말인지 모르겠다는 듯이 부르크 대신을 쳐다봤다.

"하하, 벌써 잊은 것은 아니겠지? 설마 너희들도 우리처럼 자유혼 제도는 아닐 텐데……? 너를 돌보아 준 간호사 말이다. 자리코라고 했가?"

"헉! 자, 자리코!"

깜짝 놀라 저도 모르게 소리를 지른 보보는 얼굴이 새빨개져서 더 이상 말을 못했다.

"지난번 왕과 접견할 때 너희는 자유혼을 인정하지 않았던 것으로 들었다. 설마 자유혼을 인정하지도 않으면서 그녀를 그냥 버리고 갈 생각은 아니었겠지? 안 그런가, 보보?"

"예? 그, 그것은……."

"그럼 그냥 데리고 놀았단 말인가? 그 순진한 처녀를?"

"수, 순진?"

제대로 말을 하지는 않았으나 보보는 땀을 뻘뻘 흘리면서 생각했다.

'에이~ 솔직히 순진하지는 않았어요 뭐.'

그러나 보보는 그 말을 할 수 없었다. 적어도 반듯한 보보의 성품으로 숫처녀가 아니라고 해서 함부로 해도 되는 것은 절대로 아니었기 때문이다. 비록 자신이 여자에게 일방적으로 당한 것이긴 해도 만일 그녀가 따라가기를 원한다면 보보로서는 도저히 그녀를 버릴 자신이 없었다.

'…이, 이런…….'

보보는 새빨개진 얼굴로 땅만 바라보고 있었다.

그런 그의 모습에 부르크가 회심의 미소를 지었다.

'그래, 네가 자리코라는 처녀와 잠자리를 했다는 것을 알아낸 것은 내게는 행운이었지. 바로 그 처녀가 너와 네 동료들에게 독을 먹일 전령이란 말이다. 후후후.'

부르크는 여전히 부드러운 미소를 짓고 있었다.

"자, 함께 갈까? 귀빈실에서 자리코가 기다리고 있을 거다."

"예……."

보보가 힘없이 자리에서 일어났다.

카르티가 걱정스럽게 물었다.

"보보, 정말 왕궁으로 갈 테냐?"

보보가 돌아보았다.

"가야 해요. 자리코 누님을 만나야 하니까요. 걱정하지 마세요. 절 보내주라고 왕이 허락을 했다면서요?"

"그야 그렇지만……."

"어서 벽보나 붙여주세요."

그 말을 남기고 보보는 부르크와 함께 걸어나갔다.

그들이 모두 문을 바라보고 있는 동안 다시 창에서 아까 그 소년이 고개를 불쑥 내밀더니 보보가 사라진 쪽으로 휙 달려갔다.

카르티가 말했다.

"도대체 자리코가 누굽니까?"

"글쎄… 잘은 모르겠지만 아마 그가 있던 의원의 간호사가 아닐까 생각되는구먼."

"간호사요?"

"아마도 보보와 그 간호사 사이에 무슨 일이 있었나 본데……."

우레는 재빨리 일행이 있는 방어진으로 달려갔다. 대충 눈치로 때려 잡아 보니 보보는 왕궁으로 가는 것 같았다. 그렇다면 바로 일행이 있는 정문을 지날 확률이 높았다.

얼른 먼저 보보를 찾은 것을 알려야 한다는 일념으로 앞서 걸어가는 보보를 휙 지나쳐 달려갔다. 만일 자신이 찾은 것을 증명하지 못하면 고추를 잘릴지도 모른다는 불안감이 우레를 엄습하고 있었다.

보보를 지나치면서 우레가 그의 어깨를 툭 쳤다. 그리고는 예의 그 미소를 다시 지어 보였다.

"삐비비~"

"엇! 저 목소리는!"

보보가 깜짝 놀라 웃으며 달려가는 소년을 바라보았다. 그 소년은 아까 쿠르의 집에서 마주친 소년이 분명했다. 퍼쿵의 옷이 분명한 커다란 상의를 코트처럼 휘날리며 달리고 있었다.

'우레다! 우레가 분명해. 그렇다면 퍼쿵도 이 근처에?'

보보는 부르크보다 약간 속도를 늦추어서 그의 뒤로 처지기 시작했다. 주위를 살피려는 생각에서였다.

보보는 주의를 집중해서 우레가 사라진 방향을 살폈다. 그러나 멀리 그의 눈에 들어온 것은 휑하니 뚫린 왕궁의 정문, 아니, 정문이 있던 자리였다. 그 자리에는 있어야 할 정문이 없었다. 게다가 여기저기 담이 무너져 있었다.

'아! 폭탄이 한꺼번에 터졌다고 했지? 그렇다면 이 사람들이 퍼쿵 일행을 죽이려고 내가 만들어준 폭탄까지 사용하려 했구나. 정말 나쁜 사람들이네.'

우레가 방어진 안으로 뛰어들어 왔다.

"삐비비! 삐비비비! 삐비비!"

갑자기 뛰어들어 와 소리를 질러대는 바람에 모두들 누워 있다가 깜짝 놀라 일어났다. 우레는 그야말로 미친 듯이 소리를 질러대고 있었다.

"뭐야? 왜 그래? 무슨 일 났어?"

치요가 통역을 했다.

"가만있어 봐. 우레가 보보를 찾았대. 어제 싸우던 뚱뚱한 장군의 집에 있었대. 그리고 카르티도 거기에 있대. 아, 그리고 보보가 지금 이리로 오고 있는 중이라는데?"

"뭐? 어디, 어디?"

모두의 시선이 정문이 있던 자리로 향했다. 그러나 아직 보보의 모습은 보이지 않고 대신 방어진 주위에서 갑자기 뛰어가다가 사라진 소년의 모습에 놀라 두리번거리는 인간들의 모습만 보이고 있었다.

"삐이~ 삐비비!"

"알았어. 알았으니까 좀 조용히 해라."

우레가 하도 소리를 지르니까 치요가 말렸다.

"뭐래?"

"보보는 자기가 찾은 거래. 그래서 모두 자기의 공이래."

"어휴, 저 녀석! 다시 여자로 만들까 봐 어지간히 겁을 먹은 모양이네."

유코가 인상을 쓰며 말했다.

"뭐야? 제 발로 걸어올 거면 우레를 보내지 않아도 되었잖아? 그럼 내 가슴은 괜히 만진 거 아냐?"

"비비빕! 삐비비비!"

유코의 말에 우레는 무척 흥분하고 있었다. 자신의 공을 인정하지 않는 것 같아서 화가 난 모양이었다.

퍼쿵이 말했다.

"가만있어 봐. 그건 나중에 따지고 우선 보보가 오면 어떻게 할지부터 상의하자."

치요가 말했다.

"뭐 우선 이 안으로 들어와야 하니까 우레의 깃털을 전해주어야지. 그러면 우리의 모습을 볼 수 있으니까 말이야."

"어떻게 전해주지?"

"우레가 전해줘야지 뭐."

갑자기 우레가 팔짱을 끼더니 홍 하며 코웃음을 쳤다.

"뭐야? 왜 그래, 또?"

"자기 공을 인정해 주지 않으면 깃털을 주지 않겠대."

"가지가지다, 정말."

모두가 우레를 설득하려 했으나 우레는 들은 척도 하지 않았다. 그러고 있는데 보보가 성문 앞에 나타났다.

"보보다!"

"어, 정말? 어디로 가는 거지?"

"삐비비~ 삐비!"

"왕궁의 귀빈실로 간다는데?"

"어서 깃털을 줘!"

"삐비~"

우레는 보보가 방어진을 지나쳐 왕궁의 현관에 다 도달하도록 아직도 고집을 부리고 있었다. 결국 모두가 다 우레의 공이라고 인정을 하고 나서야 씩 웃으며 방어진을 나갔다. 보보는 벌써 건물 안으로 들어가려 하고 있었다. 모두 애가 탔다.

"어휴~ 저놈을 그냥~"

우레는 달리는 속도가 엄청 빠르기 때문에 금방 보보를 따라잡았다. 그리고 문을 통과하려는 보보의 어깨를 꼭 움켜쥐었다.

"삐빗!"

"엇?"

갑자기 뒤에서 잡아당기자 보보는 깜짝 놀라며 돌아섰다. 우레는 다짜고짜 보보의 손에 제 머리털을 하나 뽑아서 쥐어주었다.

그 순간 보보의 눈에 멀리 정문 앞에 서서 바라보고 있는 퍼쿵과 동료들의 모습이 보였다.

'음, 역시 방어진 안에 숨어 있었군.'

보보는 침착한 성격이라 표를 내지 않았다.

"뭐 하냐? 어서 들어가지 않고."

"잠깐만요. 잠깐 기다려 주세요. 저기 정문에 뭘 떨어뜨리고 왔어요."

"뭔데? 중요한 거냐?"

"예, 아주 중요한 거예요. 곧 돌아올게요."

말을 마친 보보가 정문으로 달려갔다. 부르크는 웬 소년과 함께 달려가는 그의 뒷모습을 바라보며 생각했다.

'저 소년은 아까 쿠르 장군의 집에서 본 소년이잖아? 언제 다시 나타났지? 엇?

갑자기 부르크의 얼굴이 굳어지며 눈을 동그랗게 떴다. 저만치 달려가던 두 소년이 갑자기 사라져 버린 것이다.

"어? 어떻게 된 거야? 갑자기 사라져 버리다니? 이봐, 거기!"

부르크가 외치자 왕궁의 정문을 치우던 병사들이 일제히 돌아봤다.

"무슨 일입니까?"

"방금 달려가던 아이들 못 봤나?"

"예? 누가 달려왔다고요?"

"소년들 말이야. 두 명이었어."

"무슨 말씀이신지? 여긴 저희들밖에 없는데요?"

병사들은 일하느라 바빠서 두 소년에게 신경을 쓰지 못했던 듯 전혀 모르고 있었다.

"이상하다. 내가 잘못 보았나? 그새 왕궁을 빠져나갔나? 설마 도망 간 것은 아니겠지?"

부르크는 할 수 없이 제가 착각한 모양이라고 생각했다. 그저 멍하니 서서 보보가 돌아오길 기다리고 있을 수밖에 없었다.

이미 두 소년은 방어진 안으로 들어와 있었다.

피코가 보보를 껴안으며 물었다.

"보보, 괜찮아? 아무 일 없었어?"

"난 괜찮아. 그런데 모두들 다친 데는 없어요? 크게 싸웠다고 들었는데……."

유코가 떠들어댔다.

"말도 마. 난리도 아니었어. 여기 퍼쿵 오빠와 피코가 어찌나 잘 싸

우던지, 너도 봤으면 좋았을걸. 치요도 하늘에서 싸웠어. 어? 그러고 보니까 나만 가만히 있었네?'

떠들던 유코가 혀를 쏙 내밀고 헤 하고 웃었다.

퍼쿵이 유코의 머리를 쓰다듬으며 말했다.

"왜, 유코도 수고 많이 했지. 유코 아니었으면 오빠는 화살에 맞아 죽었을걸?'

"어머. 오빠, 고마워요. 헤헤, 이래서 난 오빠가 너무 좋아요."

유코가 퍼쿵에게 매달리자 퍼쿵이 당황하여 손을 뒤로 숨기며 말했다. 다시 가슴을 들이댈까 봐 겁이 난 것이다.

"어, 그, 그랬냐? 어, 어쨌든 보보가 건강해서 다행이다."

"미안해요. 다들 고생했는데 나만 쉬고 있어서……."

피코가 보보의 옷차림을 살피며 물었다.

"괜찮아. 어쩔 수 없었잖아? 가만."

"응? 왜?'

코가 밝은 피코가 갑자기 보보의 얼굴과 몸 여기저기 냄새를 맡으며 킁킁거렸다.

"킁킁, 이게 무슨 냄새야? 침 냄새 같은데?'

"뭐? 무슨……?'

보보는 순간 가슴이 철렁 내려앉는 것 같았다.

"누가 너한테 침을 뱉었니? 온몸에서 침 냄새가 진동을 하네?'

"아니, 저… 그건 말이야……."

피코가 계속 냄새를 맡으며 얘기하자 다른 아이들도 가까이 와서 냄새를 맡기 시작했다.

"어디? 정말 그런 것 같은데? 요즘 침 고문도 하나?'

"뭐야, 더럽게 침을 뱉고?"

다행히 그들은 이상한 상상을 하지 않고 있었다. 그러기엔 너무나 순진한 그들이었다. 대신 보보가 고문을 당했을 거라는 고마운 상상을 해주었다.

보보는 아침에 자리코와 그러고 나서 씻지도 못하고 나왔던 것이다. 등에 식은땀이 줄줄 흘렀다.

"그, 그게 저… 맞아, 몸에 두드러기가 났는데… 약의 부작용으로 말이지, 그 두드러기에는 사람의 침이 잘 듣는다면서 온몸에 침을 발라 대지 뭐야? 하하! 우, 우습지?"

보보는 되는대로 거짓말을 늘어놓았다. 원래 거짓말을 하지 못하는 성격이었으나 이 순간에는 어쩔 수가 없었다. 여자와 그랬다는 것을 알면 유코의 구박과 놀림이 쏟아질 것은 불을 보는 듯 뻔했다. 유코의 구박은 거의 살인적일 것이다. 게다가 퍼쿵과 치요를 보기도 얼마나 민망할 것인가.

하지만 무엇보다 무서운 것은 피코가 얼마나 가슴 아파할 것인가 하는 걱정이었다. 무너지는 피코의 마음을 상상만 해도 가슴이 저려왔다.

그러고 보니 앞으로의 일이 걱정이었다. 만약 자리코 누님이 일행을 따라나서겠다고 결정하는 날에는 그때는 빼도 박도 못하고 들키게 된다.

'크, 큰일이다. 장차 이 일을 어쩐단 말인가? 그냥 이대로 이들과 함께 도망을 칠 것인가?

보보는 심한 갈등에 휩싸였다. 그렇다고 자신과 일을 치른 자리코를 나 몰라라 할 수도 없고…….

그런 보보의 갈등을 전혀 모르는 일행은 고개를 끄덕였다.

"그랬구나. 두드러기 때문이었구나. 그래도 너무했다. 좋은 약도 많은데 하필 침이야?"

"아휴, 냄새. 좀 씻어야겠다, 너."

갑자기 우레가 보보의 냄새를 맡더니 소리쳤다.

"삐비비! 비비비!"

"뭐, 뭐야? 왜 이래, 우레?"

보보가 당황해서 우레를 밀어냈다. 여전히 손가락질을 하며 떠드는 우레가 이상해서 피코가 물었다.

"쟨 또 왜 저래? 뭐라는 거야?"

이번에는 유코가 의혹이 담긴 표정으로 통역을 했다.

"여자의 침 냄새라는데요?"

"여자?"

보보는 너무 긴장해서 혀가 다 굳을 지경이었다. 우레는 피코보다 후각이 더 예민했던 것이다.

"헉! 그, 그것은… 그래, 여자야. 가, 간호사가 치료해 주었는데 여자였어. 그래서 그런 거야. 하하, 더러워서 죽는 줄 알았지 뭐야? 하하!"

피코는 대수롭지 않게 말했다.

"그랬구나. 그게 뭐 중요한 일이라고. 그래, 침 발라서 두드러기는 나았니?"

"응, 다 나았어. 정말 다행이지… 가려워서 죽을 뻔했다니까 글쎄."

보보는 속으로 가슴을 쓸어 내리고 있었다.

퍼쿵이 떠드는 아이들을 말리며 얘기했다.

"그건 그렇고, 이제 보보를 찾았으니 어서 이곳을 떠날 계획을 세우자. 지금은 병사들이 많아서 곤란하니 어두워질 때까지 기다려야겠지?"

"그래야지. 또다시 싸울 수는 없으니까."

그들이 의논을 시작하려 할 때 보보가 애써 마음을 진정시키면서 입을 열었다.

"잠깐. 이제 싸울 필요는 없을 것 같아."

"뭐? 그게 무슨 소리야?"

"왕이 우리를 그냥 보내주라고 했대."

"정말? 그 말 믿을 수 있는 거야?"

"정말이야. 저기 서 있는 사람 보이지?"

보보는 왕궁 현관 앞에서 보보를 기다리고 있는 부르크 대신을 가리켰다. 그리고 좀 전에 쿠르 장군의 집에서 했던 얘기를 자세히 전해주었다. 카르티가 감금되어 있었던 얘기도 다 전해주었다.

"그랬구나. 그래서 카르티가 우릴 도와주지 못했구나."

"그나저나 그 말을 믿을 수 있을까? 난 좀 그런데……."

"나도 믿어지지 않는걸?"

"그냥 여기서 기다리고 있다가 밤에 빠져나가자."

아이들의 의견이 인간을 믿지 않는 쪽으로 기울고 있었다. 그러나 보보의 생각은 달랐다. 무엇보다 그는 자리코를 만나 그녀와의 문제를 해결해야 했던 것이다.

'어쩌지? 자리코를 만나야 하는데……. 그녀가 기다리고 있다 했는데… 그냥 가버리면 그녀는 상처받을 거야. 그래도 날 사랑하는 것은 진심인 것 같았어.'

한참을 고민하던 보보는 결국 자리코를 만나보기로 마음을 굳혔다.

"저기… 아무래도 난 일단 왕궁에 들어가 봐야 할 것 같아요. 모두들 아직 모르니까 여기 그냥 있어요. 내가 우레와 함께 왕궁에 갔다가 먹을 것을 보내줄게요."

모두들 의아했다. 보보를 이해할 수 없었다. 그렇게 속고도 또 왕궁에 들어가려 하다니.

"왜 그래? 왜 왕궁에 들어간다는 거야? 위험할 수도 있어."

"저… 실은 꼭 해결해야 할 문제가 있어서요."

"뭔데? 무슨 일이야?"

"저… 그건 나중에 얘기해 줄게요. 그리고 위험하지 않으면 우레에게 메모를 보낼 테니까 그때 나와요. 저들은 이미 우릴 무서워하고 있어서 함부로 공격하지 못할 거예요."

"그래도 위험한데……."

모두가 만류하는 것을 뿌리치며 보보는 방어진을 나왔다. 뒤에서 모두가 걱정스런 눈빛으로 바라보고 있었다.

"이상하군. 보보가 왜 저러는 걸까?"

"글쎄… 무슨 해결할 문제가 있다잖아."

"좀 기다려 보는 수밖에……. 우레, 너 보보 좀 따라가 봐라."

"삐비비."

"어서 가봐. 먹을 것을 준다잖아."

먹을 것이라는 말에 비로소 우레가 보보의 뒤를 따라갔다.

보보가 돌아오자 부르크가 물었다.

"저 소년은 누구냐? 왜 같이 들어가는 거지?"

"제 친구예요. 여기에서 사귀었는데 심부름을 좀 부탁하려구요."

보보는 태연히 생각해 둔 거짓말을 했다. 이들이 우레를 알아보지 못하는 것은 천만다행이었다.

"……."

우레도 눈치 빠르게 시치미를 떼고 있었다. 짐승치고는 정말 머리가 좋은 녀석이었다.

"심부름할 사람이라면 여기에도 많은데……."

"그래도 저는 다른 사람은 믿을 수 없어요. 이 친구라야만 해요. 싫으면 저는 그냥 카르티 장군의 집으로 가겠어요."

"자리코가 기다리고 있는데?"

"자리코 누나도 카르티 장군님의 집으로 보내주면 되잖아요. 왜 꼭 여기서 만나야 한다는 거죠? 뭔가 수상한데요?"

보보는 부르크가 더 이상 다른 말을 못하도록 못을 박았다.

예상대로 부르크는 조금 당황하더니 허락을 했다.

"알았다. 같이 들어가렴. 안 될 것은 없으니까. 난 단지 왕궁에는 아무나 들어가는 것이 아니라서 한 말이야."

부르크 대신은 속으로 뜨끔했다.

'설마… 저 꼬마 녀석이 무슨 낌새를 챈 것은 아니겠지? 아주 머리가 좋은 녀석이니까… 조심해야겠군.'

세 사람은 천천히 귀빈실로 향했다. 가면서 보보는 생각했다.

'우레가 자리코를 보면 곤란한데……. 가서 미주알고주알 떠들어댈 것이 뻔한데… 어쩌지?'

한참을 고민하던 보보는 결정을 내렸다. 보보는 우레에게 귓속말을 했다.

"저… 우레, 넌 여기에서 잠시 기다려. 내가 곧 음식을 가지고 올게. 넌 그것을 가지고 곧장 방어진으로 가. 알았지? 모두 하루 종일 굶었을 테니까 빨리 가져가야 해."

"삐비?"

왜 그러냐는 것 같았다.

"실은 저 안에 들어가면 남자들밖에 없거든. 그래서 너는 별로 좋아하지 않을 거야. 대신 여기서 기다리면 지나다니는 시녀들을 구경할 수 있어. 다들 얼마나 예쁘다고……."

마침 시녀 서너 명이 복도를 지나가고 있었다. 그 모습을 본 우레는 흔쾌히 승낙을 했다.

'휴우~ 됐다.'

보보는 머리가 아팠다. 단지 바람 한 번 피운 것으로 너무나 큰 대가를 치르고 있다는 생각이 들었다.

'그때 끝까지 거절했어야 하는 건데…….'

부르크와 보보는 곧 귀빈실에 도착했다. 문을 열고 들어가자 자리코가 앉아 있는 모습이 제일 먼저 눈에 들어왔다.

"보보님!"

자리코는 보보를 발견하자 벌떡 일어나 달려왔다.

"자리코 누님."

보보도 그녀의 이름을 불렀으나 무슨 말부터 해야 할지 막막했다.

그녀는 간밤에 보던 모습과는 많이 달라 보였다. 무척 쾌활하고 명랑하던 모습은 간데없고 몹시 겁에 질린 채 떨고 있었다.

보보가 그녀의 손을 잡고 물었다.

"무슨 일이에요? 왜 이렇게 떨고 있어요?"

자리코의 커다란 눈에서 그렁그렁 눈물이 고이더니 금세 떨어져 내렸다.

"흑흑, 오빠가, 저희 오빠가 죽었대요. 어젯밤에 저희 오빠가 죽었대요. 흑흑."

"예에?"

보보는 아무 말도 할 수 없었다. 그녀의 오빠는 간밤에 퍼쿵 일행을 잡으려고 왕궁에 있었다고 했다. 그런데 거기서 죽었다면…….

'무슨 말을 해야 하나. 우리 일행과 싸우다 죽었다면 내가 죽인 것이나 다름없는데…….'

보보는 한숨만 나왔다. 침통한 어조로 보보가 입을 열었다.

"미안해요. 정말 미안해요. 뭐라고 할 말이 없어요."

"흐흐흑, 전 이제 어떡해요? 오빠가 죽다니……. 어제 제대로 얘기도 못했는데……."

보보는 자리코를 안았다. 자리코는 보보의 품에 안겨 흐느끼며 더듬거렸다.

"오빠에게 보보님을 소개해 주기로 했는데… 흐흑… 오빠가 우리 결혼을 축하해 주었는데… 흑흑……."

"미안해요, 누님. 제가 밉죠? 제 동료들과 싸우다 죽었으니… 어떻게 위로를 해야 할지……."

말없이 바라보던 부르크가 끼어들었다.

"그만. 앞으로의 일을 의논해야지?"

부르크의 말에 두 사람이 고개를 들었다.

"자리코의 오빠인 자라목은 아주 유능한 병사였지. 어젯밤 전투에서 폭탄이 터졌을 때 사망했다고 한다."

"……."

"그래서 말이야, 자리코는 이제 인간족의 성에 연고자가 없어. 보보는 그 사실을 알고 있나?"

"예? 무슨?"

"저런, 모르고 있었나 보군. 자리코는 오빠와 단둘뿐인 고아였지. 그런데 오빠가 죽었으니 이젠 가족이 없어. 그래서 내가 보보에게 자리코를 부탁하려는 거다. 이제 내 말을 이해하겠지?"

"하지만 자리코 누님이 저와……."

보보의 얘기가 끝나기도 전에 자리코가 말했다.

"가겠어요. 저 보보님과 함께 가겠어요. 절 데리고 가주세요."

"예? 하지만 전… 저희는 떠돌이에다가 고생도 심할 거예요."

자리코는 막무가내였다.

"제발 부탁이에요. 전 이제 보보님밖에 없어요. 무슨 고생을 해도 좋아요. 보보님과 함께 있고 싶어요."

보보는 잠시 말이 없었다. 고민하고 있는 중이었다.

이윽고 그가 입을 열었다.

"하지만 우리 일행은 오빠를 죽인 원수입니다. 같이 살 수 있겠어요?"

"상관없어요. 얘기 다 들었어요. 그분들이 그렇게 할 수밖에 없었다는 것, 저도 잘 알고 있어요. 먼저 죽이려고 한 것은 우리 인간들이잖아요. 전 다 알고 있어요."

자리코의 말에 부르크는 살짝 미간을 찌푸렸다.

'그래, 그래서 네가 가야 하는 거다. 넌 이미 우리 부족의 배신자니까……. 그들을 따라가서 같이 죽어야 하는 거란다.'

부르크는 이미 모든 것을 다 계산에 넣은 뒤였다. 그래서 부상당해 정신을 잃은 채 입원해 치료를 받고 있는 그녀의 오빠 자라목을 죽었다고 거짓으로 얘기한 것이고, 상심한 그녀에게는 보보를 따라가도록 이미 설득해 놓은 뒤였다.

그의 계획은 치밀했다. 부하에게서 자리코와 보보가 관계를 하고 있었다는 것을 보고받은 이후로 모든 계획을 머리 속에 그려놓았고 착착 진행시켰다.

심복 부하들을 시켜 퍼쿵 일행이 병사들을 백팔십여 명이나 죽이고 이백오십여 명을 병신으로 만들었다는 소문을 퍼뜨렸다. 그리고 자리코가 퍼쿵의 일행인 보보와 관계를 맺은 것도 이미 소문을 냈다.

그렇게 하여 원한에 찬 부족민들을 부추겨서 자리코를 배신자로 만들어놓았던 것이다. 그 결과 더 이상 그녀를 인간의 성에 발붙이고 살 수 없게 만들었다.

모든 것이 자리코를 그의 도구로 사용하기 위한 전초 작업이었다. 퍼쿵 일행을 독살하기 위한……

"잘 들어라."

온화한 표정의 부르크가 말을 계속했다.

"보보, 자리코는 너와 결혼한 것이 알려져서 우리 성에서는 살 수가 없게 되었다. 오늘 아침에 병사에게 관계 장면을 들켰지? 이미 온 성안에 소문이 다 났다."

보보와 자리코는 얼굴이 새빨개졌다.

"예……"

부르크는 마치 안타깝다는 듯 표정을 지으며 말했다.

"우리 부족은 수많은 병사를 잃었다. 원인이야 우리가 제공했다고 하더라도 우매한 사람들은 모두 제 가족의 죽음만 생각하기 마련이지. 쯧쯧, 조금만 더 깊이 생각해도 될 것을……. 어쨌거나 이제 선택의 여지가 없어. 여기에 두면 자리코는 죽게 될지도 몰라. 그래도 자리코를 두고 갈 테냐?"

"……."

더 이상 생각하고 말고도 없었다. 보보가 단호한 목소리로 대답했다.

"아니요. 제가 데리고 가겠습니다. 제가 누님을 책임지겠습니다."

보보의 말에 자리코가 눈물을 쏟았다.

"보보님, 고마워요. 저 잘할게요. 정말 모두에게 폐 끼치지 않고 좋은 가족이 될게요."

"고맙긴요. 제가 미안하죠. 저희들 때문에 이렇게 되었는데……. 자, 울지 마세요."

보보가 자리코의 눈물을 닦아주며 등을 두드려 주었다.

보보는 처음으로 누군가에 대한 강한 책임감을 느꼈다. 처음 동굴에서 나와 유코를 보호할 때, 또 그후 피코와 좋아할 때 느끼던 것과는 다른 아주 무거운 느낌이었다.

보보가 가라앉은 음성으로 물었다.

"아저씨, 우리를 보내주겠다고 한 약속은 확실한 거죠?"

부르크가 진지한 표정으로 대답했다.

"그럼. 솔직히 말해서 우리 부족은 너희들에게 도움을 받았지만 지금은 원한이 많아. 물론 잘못된 거지. 잘못은 우리가 먼저 한 거니까. 그럼에도 불구하고 너희와 싸울 수 없다는 것을 깨달았단다. 우리는 더 이상 너희와 싸우면 멸망이야. 그러니 의심하지 않아도 된다. 내가 장담하지."

"좋아요. 그럼 제가 동료들을 부르겠어요. 전 이미 그들이 어디에 있는지 알고 있으니까요."

부르크의 눈이 놀라움으로 커졌다.

"그래? 그게 정말이냐?"

"물론이요. 대신 그들이 여기에 들어오지 않고 성문 밖에서 여기 인간족과 만나는 것이 좋겠어요. 그 정도는 괜찮겠죠? 꼭 안에서 만나야 하는 것은 아니니까."

"그래. 그럼 어서 소식을 전해라. 자리코는 곧 떠날 수 있도록 짐을 챙겨서 데리고 나가겠다. 어디서 만날까?"

"우리 배가 선착장에 있으니 거기서 만나는 걸로 해요. 시간은 두 시간 뒤요. 우리도 준비할 것이 있으니까요."

"좋아. 그럼 두 시간 뒤에 선착장에서 만나지."

보보는 자리코의 손을 꼬옥 쥐었다.

"누님, 걱정 말고 짐을 싸서 나오세요. 절대 누님을 두고 가지 않으니까요. 절 믿죠?"

자리코는 좀 불안한 것 같았으나 이내 대답했다.

"예, 믿어요. 보보님을 믿어요."

"그럼 잠시 후 뵙죠. 제가 이리로 데리러 올게요."

"예."

보보가 나가려다 말고 돌아서더니 부르크에게 말했다.

"참, 적당한 배 한 척 주실 수 있어요? 한 일곱 사람이 타고 짐을 넉넉히 실을 수 있는 정도면 되는데……. 우리 뗏목은 좀 불편해서요."

"그래, 준비해 주마."

보보가 귀빈실에서 나갔다. 잠시 그의 뒷모습을 바라보던 부르크가 자리코에게 말했다.

"자, 아가씨도 어서 준비를 해야지? 흠… 뭐가 필요할까?"

"의원에 들러서 짐을 좀 싸와야 하는데……."

자리코는 고아라 집이 없어서 직장인 삼산의원에 방을 얻어 생활하고 있었다. 의원 원장인 무서운 의사가 두 남매를 불쌍히 여겨 데리고 살면서 의술을 가르쳐 왔던 것이다.

"그건 곤란해. 마을에 들어갔다가 무슨 변을 당할지 모르거든. 새 삶을 시작하기도 전에 일을 당하면 안 되지 않느냐? 대신 필요한 것은 뭐든지 있으니 여기서 고르도록 해. 또 내가 너를 위해 준비해 둔 물건들도 좀 있으니 가지고 가고."

"하지만 원장님께 인사도 못 드렸는걸요?"

자리코는 친부모처럼 돌보아주었던 의사에게 말도 못하고 떠나게 되는 것이 못내 아쉬웠다.

그러나 부르크는 허락하지 않았다. 의원에 가면 오빠가 살아 있다는 것을 알게 될 것이 뻔하기 때문이었다.

"그건 내가 나중에 꼭 알려주마. 아마 그분도 네가 위험에 빠지는 것을 원하지는 않을 거야."

"알겠어요. 꼭 고마웠다고 전해주셔야 해요?"

"걱정 말거라."

부르크는 정말 그녀를 동정하고 있는 듯이 보였다. 그는 계속 자리코를 위로하며 그녀를 위해 필요한 것들을 챙겨주었다. 마지막에 부르크가 하얀 가루가 든 작은 병을 꺼내왔다.

"참, 이것도 가져가거라. 알다시피 지금은 소금이 귀하잖니? 보보도 밖에서 구할 수 없을 거야. 잘 보관해 두었다가 나중에 꼭 필요할 때 써라."

"이 귀한 걸……. 정말 고맙습니다. 흑!"

너무나 자상하게 챙겨주는 부르크를 바라보던 자리코가 고개를 푹 숙이며 가볍게 흐느꼈다.

"자, 진정하거라. 이제는 어쩔 수가 없잖니? 앞으로 그들과 함께 행복하게 잘 살아야 한다. 알겠지?"

"예, 고맙습니다."

자리코는 진심으로 고마워하고 있었다. 그녀로서는 부르크의 무서운 음모를 알 리가 없었다.

"우레! 우레!"

복도로 나온 보보가 우레를 부르고 있었다. 어디로 갔는지 녀석은 보이지 않았다.

"이상하네? 어디로 갔지? 시간없는데……."

대충 감은 잡혔다. 그 녀석이 갈 곳이라면 단 두 곳밖에 없었다. 음식이 있는 식당, 아니면 시녀들이 있는 곳이었다.

"둘 중 어느 곳일까?"

잠시 고민을 하는데 어디선가 여자의 비명 소리가 들렸다.

"아악! 치한이야!"

"흠, 저쪽이군."

보보는 소리나는 곳으로 달려갔다.

"아악, 악! 도와줘요!"

그곳에서는 가히 엽기적인 광경이 벌어지고 있었다. 웬 여자가 구석에 웅크리고 앉아서 손으로 치마를 끌어내리고 있었고 그 앞에는 인간으로 변한 우레가 그녀의 것으로 보이는 팬티처럼 생긴 속옷을 머리에 쓰고 있었다.

"우레! 지금 뭐 하는 거야?"

"까악! 저기 저 사람 좀 쫓아줘요!"

여자는 보보를 보자 도움을 청하며 소리를 질렀다. 우레가 그녀의 팬티에 나 있는 다리 구멍 사이로 멀뚱멀뚱 보보를 바라보고 있었다.

"죄송합니다. 얘는 좀 바보라서요. 정말 죄송합니다. 이리 와, 어서! 하하, 그럼 안녕히 계세요."

보보가 우레의 머리에 쓴 속옷을 확 벗겨 그녀에게 던지고 우레를 질질 끌고 나갔다.

"삐비비!"

우레가 그 속옷을 잡으려고 안간힘을 쓰며 질질 끌려 나갔다.

"어휴, 너 완전히 변태 아니냐? 왜 저런 걸 머리에 쓰고 그래?"

"삐비비~"

우레는 아직도 소릴 지르고 있었다.

"기술도 참 좋다. 그걸 어떻게 벗겼어? 어떻게 된 녀석이 여자만 보면……."

갑자기 보보가 말을 멈추었다. 생각해 보니 자신도 우레와 별로 다를 게 없다는 생각이 들었기 때문이다. 간밤에 자신도 잘 알지도 못하는 여자와 그랬던 것이다. 비록 자의에 의한 것은 아니었지만…….

'휴~ 그래, 나도 다를 거 없지 뭐. 완전히 억지로 당했던 것도 아니니까…….'

보보는 서둘러 퍼쿵에게 돌아갔다.

퍼쿵과 아이들은 초조하게 소식을 기다리고 있었다. 그리고 현관에서 나오는 보보와 우레를 보자 벌떡 일어났다.

유코가 말했다.

"어? 우레에게 음식을 보낸다더니 직접 나오네? 게다가 먹을 것도 없잖아?"

피코가 보보를 옹호했다.

"가만있어 봐. 무슨 생각이 있겠지."

보보는 방어진 주위에서 잠시 머뭇거리며 주위를 살폈다. 그러다가 사람들의 시선이 뜸해지는 틈을 타서 얼른 안으로 들어왔다.

피코가 급히 물었다.

"어떻게 됐어? 해결한다던 일은 다 끝났어?"

"응, 그게 저… 실은… 문제가 좀 있어."

보보의 대답이 시원치 않자 모두 '역시' 라는 반응을 보였다.

"무슨? 역시 거짓이지?"

"아니, 그건 아닌데……."

유코가 짜증을 버럭 냈다.

"뭐야? 답답해 죽겠어. 빨리 좀 말해 봐."

치요가 유코를 말렸다.

"잠깐, 너무 다그치지 마. 보보, 저 사람들 말 믿을 수 있는 거야? 정말 우리를 그냥 보내주겠대?"

"응. 배도 한 척 주기로 했어. 뗏목 말고 진짜 배로. 두 시간 후 선착장에서 만나기로 했거든."

치요가 고개를 설레설레 흔들며 말했다.

"믿을 수 있을까 몰라. 인간들은 하도 거짓말을 잘해서……."

보보가 진지한 표정을 지었다.

"아니, 이번에는 정말인 것 같아. 여러 가지 얘기를 했는데 거짓 같지는 않았어."

그러면서 보보는 안에서 부르크 대신과 한 대화를 간략하게 들려주었다. 물론 자리코의 얘기는 빼고였다.

피코가 벌떡 일어섰다.

"그럼 이러고 있을 때가 아니잖아? 우리에게 공격하지 않기로 약속을 했다면 어서 나가서 떠날 준비를 해야지."

보보가 얼른 피코의 손을 잡아 앉히며 주섬주섬 애기를 이었다.

"잠깐. 잠깐만, 아직 할 애기가 남았어."

"뭔데? 아까부터… 무슨 안 좋은 일이라도 있어?"

"그게… 모두와 상의를 하고 결정했어야 하는 것인데……."

유코가 보보의 뒤통수를 딱 때렸다.

"얘가 갑자기 바보가 됐나, 왜 자꾸 더듬어?"

"아야! 저… 실은 데려갈 사람이 생겼어!"

한 대 맞은 보보가 깜짝 놀라 망설이던 말을 쏟아냈다.

모두가 놀란 표정으로 보보의 다음 애기만 기다리고 있었다.

"뭐? 데려갈 사람? 그게 무슨 소리야?"

느닷없이 유코가 물었다.

"너, 그새 어디서 애인이라도 만들어놓았니?"

"헉! 그, 그럴 리가……."

보보는 무의식적으로 피코를 흘깃 보았다. 그러나 피코의 표정은 그
다지 의심하는 것 같지 않았다.

"아니, 내 말 좀 잘 들어봐. 실은……."

보보는 잠시 생각을 했다. 도저히 그녀와 잠을 잤다는 말은 할 수가
없었다. 뭔가 둘러댈 말이 필요했다.

'에라, 모르겠다.'

보보는 머리 속에 떠오르는 거짓말을 두서없이 쏟아내기 시작했다.

"실은 내가 약에 취해서 두드러기가 났다고 했잖아? 그게 굉장히 위
험한 부작용이라서 죽을지도 모르는 그런 거였는데 간호사가 온몸에
침을 발라서 나았다고 했지? 그 간호사가 아니었으면 난 죽을 거였는

데, 그래서 그 간호사는 내 생명의 은인이거든."

유코가 좀 이상하다는 듯이 말했다.

"단지 침을 발랐다고 해서 생명의 은인이라고? 침은 누가 발라도 되는 거잖아?"

"그게, 그 간호사가 내 몸에 침을 바르느라 온몸의 침을 다 써서 거의 실신할 뻔했거든. 게다가 내게서 두드러기가 전염될지도 모르는 일이었고. 아주 위험한, 목숨을 건 치료였지."

치요가 물었다.

"알겠어. 네 생명의 은인인 것은 알아듣겠는데 그것하고 데리고 가는 것하고 무슨 상관이야?"

보보는 행여 일행이 의심이라도 할세라 눈치를 보면서 다시 떠들었다.

"그 간호사가 이 마을에서 배신자로 낙인이 찍혀 가지고, 그게 왜 그런 낙인이 찍혔느냐 하면… 우리 일행에게 죽은 병사들의 가족이 원한을 품어서… 그 간호사가 내 목숨을 구해줬다는 이유 때문인데……."

보보는 횡설수설 마구 지껄여 대다가 잠깐 생각을 정리했다. 자신도 거짓말을 술술 하는 제 모습에 놀라고 있었다. 그러나 다른 방도가 없었다. 보보는 맘을 굳게 먹었다.

'기왕 내친 것.'

"그래, 부족 사람들이 나를 구해줬다는 이유로 그녀를 죽이려고 해서 여기에 살 수 없게 되었거든. 그래서 부득이 내가 데려가겠다고 한 거야. 물론 모두와 상의를 했어야 하는데 나 혼자 결정을 내린 것은 미안하지만 그냥 놔둘 수도 없고 해서……."

퍼쿵이 모두의 말을 막고 나섰다.

"그래, 알겠어. 사정이 그리되었다니 당연히 데리고 가야지. 우리 때문에 피해를 보게 할 수는 없는 일이잖아. 모두들, 어때? 난 그 여자를 데리고 가야 한다고 생각하는데……."

피코도 동의했다.

"그래, 맞는 말이야. 보보, 걱정하지 마. 반대할 사람은 없으니까. 왜 그렇게 당황하고 그래?"

피코가 빙그레 웃으며 보보의 어깨를 두드려 주었다.

치요는 말없이 고개를 끄덕였다. 다만 유코의 표정이 좀 심상치 않았다.

"뭔가 이상해. 그런 일로 저렇게 당황하다니……. 너, 뭐 숨기는 거 있지?"

보보가 펄쩍 뛰며 손을 내저었다.

"아, 아니야. 그런 거 없어."

보보는 떳떳한 척하느라 정면으로 유코의 눈을 바라보았다. 그러나 자꾸만 자신의 눈이 유코의 눈동자를 피해 주위로 돌아가는 게 느껴졌다. 그것만은 보보도 어쩌지 못했다.

자꾸만 파고드는 유코의 시선으로부터 구해준 것은 피코였다.

"야, 어서 서둘러. 떠날 준비를 해야지."

"그래, 방어진 걷어!"

"그래, 어서 서둘자."

보보는 가까스로 유코의 시선으로부터 도망칠 수 있었다.

치요가 우레에게 변신을 풀도록 지시하자 우레는 금방 제 모습으로 돌아갔다.

그리고 방어진에 붙여놓았던 우레의 깃털을 모두 걷어서 주머니 안에 넣었다. 그리고 바닥의 글씨와 문양을 지우고 돌을 몇 개 걷어차자 금세 방어진의 효과가 사라지며 모두의 모습이 드러났다.

"억! 퍼쿵이다! 퍼쿵이 나타났다!"

"으아악!"

주위에서 일하던 병사들과 사람들이 일제히 소리를 질렀다. 모두 놀라서 입을 다물지 못했다. 바로 옆에 있던 사람들은 너무 놀라서 넘어지거나 비명을 지르기까지 했다.

퍼쿵이 주위를 둘러보았다.

"우리가 그렇게 무서운 존재가 되었나?"

치요도 중얼거렸다.

"그럴 만도 하지. 갑자기 허공에서 불쑥 나타났으니……."

"그것도 그렇지만 우리한테 죽고 다친 사람이 수백 명이라지 않아?"

"어쨌든 덤비려고 하는 것 같지는 않군. 약속이 사실인가 봐."

"어서 가자."

그들은 장터로 갔다. 우선 먹을거리를 준비해야 했다. 성에서 준다는 음식은 도저히 믿을 수가 없었다. 또 무슨 약을 탈지 알 수 없기 때문이었다.

장터에 도달한 일행은 주위를 경계하며 식료품 가게로 들어갔다. 인간족 대부분은 경계하는 눈초리였지만 개중에 오래 거래를 해오던 사람들은 주위 눈치를 보아가며 반겨주었다.

그러나 역시 예전과는 분위기가 확연히 달랐다. 그들은 직접 음식을 골라 챙겼다. 그리고 피코가 지니고 있던 은으로 값을 치렀다.

반감을 가진 사람들은 경계를 하면서도 물건을 내주는 것을 거부하지는 않았다. 아마 이미 퍼쿵 일행을 보내주는 것이 통보가 되어 있는 모양이었다. 게다가 함부로 덤벼들 만큼 용감한 사람도 없었다.

가죽 제품을 취급하는 가게에 들러서 커다란 배낭도 몇 개 샀다. 그 배낭에 준비한 음식을 챙겨 넣었다.

일행은 대장간에 들러 필요한 단검도 좀 샀다. 그리고 장터를 나오려는데 무엇인가 유심히 바라보던 보보가 멈추어 섰다.

"피코, 저… 은이 남았으면 조금만 주지 않을래?"

"응, 아직 많이 남았어. 왜?"

"으응, 좀 필요한 물건이 있어서……."

말을 흐린 보보가 조그만 은덩어리를 받아 들더니 포목점으로 들어갔다. 일행이 따라가서 보니 보보는 면직물을 고르고 있었다.

"보보, 그건 뭐 하려고?"

보보가 수줍은 듯이 머리를 긁적였다.

"응, 옷을 좀 만들려고……. 남자들은 몰라도 피코나 유코는 여자잖아. 부드럽고 가벼운 천으로 옷을 만들어주면 훨씬 좋을 것 같아서……. 안 될까?"

사실 보보는 왕궁에 갈 때마다 여자들이 입고 다니는 아름답고 가벼운 면직물의 옷을 유심히 관찰해 왔다. 그렇다고 불편한 드레스를 생각한 것은 아니었고 좀 심플하고도 귀엽고 편한 옷을 만들 계획이었다.

그러고 보니 이미 유코와 보보는 가죽 옷이 아닌 얇은 면직물로 된 옷을 입고 있었다. 각각 왕의 별궁과 의원에서 갈아입혀졌기 때문이었다.

보보의 말에 유코가 반색을 하며 달려왔다.

"어머, 정말? 그럼 나 예쁜 드레스 만들어줄 거야?"

"그래, 만들어줄게."

피코도 별말은 하지 않았지만 얼굴에 기쁜 기색이 역력했다. 뺨에 발그레하게 홍조까지 떠오르고 있었다.

보보도 그녀들이 기뻐하는 것을 보니 어서 예쁜 옷을 만들어주고 싶은 생각이 더욱 솟아났다.

"며칠만 기다려. 여길 떠나서 좀 안정되면 곧 만들어줄게."

면직물은 가죽에 비해 가격이 훨씬 싸서 그리 많은 은이 들지는 않았다.

보보는 여섯 벌 분의 천을 끊었다. 그걸로 자리코까지 해서 한 사람에 두 벌씩 만들어줄 생각이었다. 그의 머리 속에 벌써 세 여자의 체형과 사이즈가 선하게 그려지는 중이었다. 그러고 보니 보보는 세 여자의 알몸을 모두 감상한 유일한 사람이었다.

"퍼쿵 형과 치요도 만들어줄까요?"

퍼쿵은 말없이 웃으며 고개를 저었고 치요도 거절을 했다.

"괜찮아. 난 가죽 옷이 더 편해. 피코랑 유코는 좋겠구나."

치요의 말에 두 여자는 실로 오래간만에 환히 웃는 얼굴을 보여주었다.

천을 다 챙기고 포목점을 나오자 치요가 갑자기 생각난 듯 말했다.

"아, 소금도 사야 해. 당분간은 소금 광산에 갈 수 없으니까."

"아, 그렇지."

그들은 소금을 파는 가게에 들렀다. 소금 가게 주인은 퍼쿵 일행과 안면이 좀 있었다. 전쟁이 있기 전에는 퍼쿵이 광산에서 소금을 캐다가 이 가게에 넘긴 적도 여러 번 있는 처지라 친숙한 사이였다.

"뭐요? 소금이 없다고요?"

항상 넉넉하던 가게에 소금이 없다고 했다. 주인이 말했다.

"이번 전쟁을 치르느라 소금을 들여오지 못해서 분량이 얼마 되지 않았는데 그나마도 오늘 오전에 관료들이 와서 다 걷어갔어. 당분간은 배급을 한다더군. 아무래도 소금은 이 근처에서 구하지 못할 테니까."

퍼쿵이 말했다.

"정말 조금도 구할 수 없습니까?"

"그렇다니까. 나도 장사를 못해서 걱정이야. 정 필요하다면 왕궁에 가서 말을 해보게. 아무리 지금 처지가 이렇다고 해도 자네들은 부족을 구해준 사람이 아닌가. 쉽게 내주지는 않겠지만……."

치요가 물었다.

"어쩌지? 왕궁에서 얻어갈 거야?"

퍼쿵은 고개를 저었다.

"아니, 왕궁에서 주는 것은 하나도 믿을 수가 없어.

피코가 대수롭지 않다는 듯이 말했다.

"그냥 가자. 소금 없으면 밥 못 먹나? 우리가 언제부터 그렇게 맛있는 거 따졌다고."

유코가 볼멘소리를 했다.

"에이, 그래도 소금이 있어야 맛있는데……."

보다 못한 소금 주인이 말했다.

"잠깐만 기다려."

안으로 들어갔던 주인은 조그만 자루를 하나 가지고 나왔다.

"이거 우리 집에 배급받은 건데 일단 이거라도 가지고 가."

그는 주위 사람의 눈치를 보아가며 작은 목소리로 말하더니 살며시 그 자루를 퍼쿵의 배낭에 넣어주었다.

퍼쿵이 정색을 하며 다시 소금 자루를 꺼냈다.

"아니, 이러지 않으셔도 됩니다. 이 귀한 걸 저희한테 주시면 어떡해요?"

"괜찮아. 그동안 내가 신세도 많이 졌는데 뭘. 대신 이 다음에 다시 소금을 가져오면 좋은 가격에 넘겨주면 되지. 예쁜 아가씨가 맛없는 음식을 먹으면 안 되지 않나?"

주인은 유코를 향해 맘 좋은 웃음을 지어 보이며 부득부득 다시 자루를 구겨 넣었다.

"이것 참… 고맙습니다. 다음에 또 올 수 있게 되면 꼭 소금을 가져다 드릴게요."

유코도 방긋 최대한 예쁜 웃음을 지었다.

"아저씨, 정말 고마워요. 호호호."

"그래, 또 보게 되길 바라네."

그들은 마음이 훈훈해지는 것을 느끼며 소금 가게를 나왔다. 그들이 가게에서 웃으며 나오자 몇 사람이 적대감이 가득 담긴 눈초리로 퍼쿵 일행과 그 가게를 노려보고 있었다.

그걸 본 퍼쿵이 길 가는 사람들을 피해 가며 작은 소리로 말했다.

"아무래도 샤링 아저씨네 가게는 가지 말아야 할 것 같다."

"그래, 내 생각에도 거기 들러서는 안 될 것 같아. 우리와 만나면 아저씨도 배신자로 낙인찍힐 거야."

"카르티 형도 걱정이군."

"뭐 괜찮을 거야. 그 형은 왕이 될 사람이니까."

"이렇게 사람들이 우릴 미워하는데 이제 왕 되긴 틀린 거 아냐?"

"그럴지도 모르지."

치요가 회한에 젖은 목소리로 말했다.

"전쟁을 좀 도와준 것이 이렇게 엄청난 변화를 가져오게 될 줄은 정말 예상하지 못했어."

피코와 보보도 고개를 끄덕였다.

"다신 남의 전쟁에 끼어들지 말아야지."

"인사도 못하고 가서 서운하군."

유코가 물었다.

"우리 짐은 어떡하고요? 옷도 거기에 다 있는데?"

치요가 대답했다.

"옷보다는 샤링 아저씨에게 피해가 가지 않는 것이 더 중요해. 더이상 피해를 줄 수는 없어. 대신 가죽이나 좀 사 가자. 당분간 사냥을 못할 테니 그걸로 대충 만들어 입지 뭐."

치요의 건의에 따라 가죽도 여섯 벌 분을 사서 챙겼다. 우레를 빼고 일행이 여섯 명으로 늘었기 때문이다.

어느 정도 준비가 끝나자 퍼쿵이 말했다.

"보보, 데리고 간다는 간호사는 어디 있어?"

"내가 왕궁으로 데리러 가기로 했어."

"네가? 어차피 선착장에서 만나기로 했으면 직접 나오면 되는 거 아냐?"

"그게… 아무튼 그러기로 했어. 나 왕궁으로 갈 테니까 이따 선착장에서 만나."

보보는 서둘러 둘러대고는 왕궁으로 달려갔다.

피코가 걱정스러운 듯이 외쳤다.

"같이 가자! 혼자는 위험해!"

보보는 허둥지둥 손을 내저으며 도망치듯 달려갔다.

"아니, 됐어! 이따가 봐!"

피코가 말했다.

"괜찮을까? 혼자는 위험할 텐데… 저 자식 싸움도 잘 못하면서……."

그때 옆에 있던 유코가 씨익 웃으며 말했다.

"호호, 피코도 참 둔하긴……. 아직도 눈치를 못 챘어요?"

"뭘?"

"보보가 수상하다는 것 못 느꼈어요?"

"뭐가? 생명의 은인을 데리러 간다잖아?"

"깔깔깔, 그렇게 생각한다면 됐어요. 쯧쯧."

유코는 혀를 끌끌 차더니 깍지 낀 손바닥으로 뒷머리를 감싼 채 저 혼자 신나서 벙글벙글 웃으며 돌아섰다.

피코가 별일 다 보겠다는 듯이 말했다.

"왜 저래? 너, 뭐 잘못 먹은 거 아냐? 뭐가 수상하다는 거야?"

"오호호홋!"

그 말을 들은 유코는 갑자기 크게 웃어댔다. 피코의 빈정대는 말에도 예전같이 화를 내거나 말대꾸를 하지 않고 웃기만 했다. 몸을 뒤로 쭉 폈기 때문에 웃을 때마다 그녀의 가슴이 웃옷을 떠밀어 봉긋하게 솟아오르며 흔들렸다.

"엇!"

"삣!"

그 모습을 본 피쿵은 얼른 손을 뒤로 감췄고 우레는 날개를 앞으로 내밀더니 킁킁 냄새를 맡았다.

유코가 반응이 없자 피코도 신경 끄기로 하고 돌아섰다.

"쳇!"

왕궁 귀빈실에는 보보와 자리코만 남아 있었다. 보보의 요청에 의해 모두가 자리를 비워준 것이었다.

보보는 자리코의 손을 꼭 잡고 말했다.

"저… 누님, 이제부터 우리와 함께 살려면 제 말을 잘 듣고 명심해야 해요."

"무슨 말인데요?"

자리코는 눈을 말똥말똥 뜨고 보보를 마주 보았다. 이제 그녀는 많이 진정되어 있었다. 아직도 슬픔이 남아 있긴 했지만 지금은 앞으로 보보와 함께 살 것을 생각해서인지 기대감이 눈 안에 가득했다.

보보는 잠시 생각을 정리했다. 왕궁으로 달려오면서 어떻게 하면 완벽하게 간밤의 범행을 감출 것인지 연구에 연구를 거듭했던 것이다. 그 생각을 지금 자리코에게 전해주려는 참이었다.

"내 말을 명심하고 지키지 않으면 우리와 함께 살 수 없어요. 이미 알겠지만 우리 일행은 일종의 특이한 집단이거든요. 알아요?"

"그런 것 같다는 생각은 해요."

보보는 숨을 크게 들이쉬며 눈에 힘을 주었다. 자신의 말이 먹히고 있다는 느낌이 들었다.

"흠, 맞아요. 잘 봤어요. 우리 일행은 일종의 음… 뭐랄까… 그 정신적으로 조금 문제가 있는 사람들이거든요? 물론 겉으로 보기에는 전혀 눈치 챌 수 없을 거예요."

정신적으로 문제가 있다는 말에 자리코가 약간 겁을 먹는 것 같았다.

"정신적? 무슨… 문제인데요?"

그녀의 겁먹은 눈을 보며 보보가 생각했다.

'좋아. 먹혀들고 있군. 미안해요. 거짓말을 할 생각은 없지만 살기 위해서는 어쩔 수 없어요.'

"너무 겁먹지 않아도 돼요. 평소에는 아무런 문제가 없으니까. 다만 문제는 그들이 결혼이나 성 관계를 병적으로 싫어한다는 거거든요."

"왜요? 그게 얼마나 좋은 건데? 보보님도 해봐서 알잖아요. 나랑 할 때 좋지 않았어요?"

"읍, 무, 물론 좋았지요. 그, 그래서 정신적으로 이상이 있다는 거 아닙니까? 그들은 성 관계를 하는 걸 보거나 그런 얘길 듣거나 성 경험이 있는 사람만 봐도 불같이 화를 내고 흥분하면서 이성을 잃거든요."

그녀는 몹시 충격을 받은 것 같았다.

"어머! 그럼 전 어떡해요? 전 성 경험이 엄청나게 많은데……."

"그러니까 자리코 누님도 그렇고 저도 그렇고 성 경험이 있다는 것이 알려지면 일행에게 엄청난 핍박을 받을 것이 불을 보듯 뻔하다니까요."

"정말요? 그럼 우리 둘이 따로 살면 안 돼요? 그 사람들과 멀리 떨어져서요."

그러나 그런 그녀의 질문은 이미 보보가 예상한 것이었다. 보보는 어절 하나하나를 또박또박 힘을 주어가며 대답했다.

"물론 저도 그.러.고. 싶.지.요. 하지만 그건 안 될 말입니다. 자리코 누님은 잘 모르겠지만 성 밖의 세상은 엄청난 위험이 도사리고 있는 모험의 세계거든요. 우리끼리는 살 수 없어요. 게다가 우리는 서로 합치지 않으면 큰 힘을 쓸 수 없는 사람들이란 말이에요."

자리코는 잘 이해가 가지 않는 모양이었다. 보보는 그녀가 잘 이해하지 못할 것도 예상하고 있었다. 당연했다. 거짓말이니까…….

"그런 게 어디 있어요? 거짓말… 하는 거죠?"

"어허, 저를 못 믿으시는군요. 그러시다면 좋습니다. 전 이제 누님께 아무 얘기도 해드리지 않겠어요."

보보가 돌아서자 자리코는 몹시 당황하며 보보의 어깨를 잡아 다시 돌렸다. 보보의 입가에 살며시 미소가 떠올랐다.

"아니에요. 믿어요. 전 보보님만 믿어요. 어서 얘기해 주세요."

"좋습니다. 한 번만 봐드리죠. 이제 질문하지 말고 잘 들으세요. 무조건 제 말에 따라야 합니다."

"예."

"앞으로 우리 일행에게 절대로 성 경험이 없는 척하셔야 합니다. 물론 우리가 잠을 잔 것도 절대 비밀이고요. 우리 일행은 귀가 엄청나게 밝으니까 혼잣말로도 하면 안 돼요. 들키면 우린 맞아 죽어요."

문득 피코의 얼굴이 떠올랐다. 그녀의 귀는 상상할 수 없을 만큼 밝았던 것이다.

"아, 알았어요. 그럼 앞으로 우리 결혼도 못하는 거예요?"

"물론이죠. 절대 안 돼요. 죽고 싶지 않다면!"

자리코의 얼굴에 실망의 빛이 역력했다. 보보가 가만히 그녀를 안았다.

"누님, 저도 맘이 아픕니다. 하지만 전 누님과 함께 사는 것만으로도 기쁜걸요. 누님은 그렇지 않은가요?"

"저도 그래요. 하지만… 그래도……."

그녀가 포기하지 않으려 하자 보보는 생각했다.

'그렇다면 이쯤에서 액션이 들어가야 해.'

"하아, 좋습니다. 제가 동료들에게 맞아 죽어도 좋단 말이죠?"

보보가 비통하고 절망적인 액션을 취했다.

"아, 아니에요. 저도 보보님과 함께 있는 것으로 만족할게요."

"고마와요, 누님. 전 누님이 정말 좋아요."

보보는 비로소 안심이 되었다.

'미안해요, 모두들. 거짓말을 해서……. 하지만 모두의 평화를 위해서는 이 방법밖에 없었어요. 흑흑.'

보보는 술술 거짓말을 하는 자신이 놀랍기도 하면서 다른 한편으로는 그런 자신이 미웠다. 죄책감이 들고 양심에 찔렸으나 다른 방법이 없었다.

준비가 다 된 자리코와 함께 왕궁을 나섰다. 왕이 직접 나오지는 않았으나 쿠르와 카르티 장군, 그리고 부르크 대신이 동행했다. 그리 많지 않은 자리코의 짐은 병사가 대신 지고 따라왔다.

쿠르가 물었다.

"보보, 모두와 만났느냐?"

"예. 지금쯤 선착장에서 기다리고 있을 거예요."

"무슨 다른 얘기는 없었나?"

"이미 말씀드렸잖아요. 우리 일행은 인간족들과는 달라요. 보내주기만 하면 됩니다."

"그래, 알겠다. 어서 가자."

선착장이 가까워질수록 보보는 점점 더 긴장이 되었다. 아까 유코의 시선이 심상치 않았던 것이 맘에 걸리고 있었다.

결국 보보는 자리코에게 다시 다짐을 받아야 했다.

"누님, 저와 한 약속 꼭 지켜야 합니다. 그리고 주의할 것이 있는데… 유코라는 여자애를 특히 조심해야 해요. 그 애가 집요하게 우리 관계를 파헤치려 할 거예요. 절대 넘어가면 안 됩니다. 넘어가면 우린 둘 다 죽어요. 그 애가 바로 제일 무서운 애거든요."

자리코는 보보의 겁먹은 눈을 보고 저도 몸을 부르르 떨었다.

"예에……."

"아, 그리고 또 우레라는 짐승이 있는데 그놈을 조심해요. 그놈은 또 완전히 정반대 성격의 변태라서 여자만 보면 올라타니까요. 알겠죠?"

"어머! 짐승이라구요?"

"그래요. 그놈은 사람도 아닌 것이 인간 여자만 보면 미치거든요. 조심하세요."

자리코는 이제 완전히 겁에 질려 버렸다.

"아, 알겠어요."

자리코가 생각했다.

'어째 만만치 않은 사람들인 것 같아. 무서운데?'

"유코와 우레가 가장 조심해야 할 두 명의 사이코입니다. 아, 피코 앞에서도 절대 저랑 친한 척하지 마세요. 아셨죠?"

어째 이상하게 자리코보다도 보보가 훨씬 더 겁을 먹은 것처럼 보이고 있었다. 사실이 그랬지만……

그렇게 걷다 보니 어느덧 성문에 당도했다. 쿠르의 모습이 보이자 병사들이 성문을 열었다.

"퍼쿵 일행은 도착했나?"

"이미 배에 올라 있습니다."

병사가 가리키는 곳을 보니 제법 근사한 배 위에 퍼쿵 일행이 모두 짐을 실어놓은 채 올라가 있었다. 배는 적어도 열두 명은 탈 수 있을 만큼 컸고 한가운데 높이 돛까지 달려 있는 훌륭한 것이었다.

"보보, 여기야!"

피코가 손을 흔들었다.

보보는 상당히 긴장했지만 애써 평정을 찾으려 노력했다.

선착장 끝에 도착하자 양편 사람들이 마주 일어섰다.

쿠르가 먼저 말을 꺼냈다.

"다시 만나게 되어 반갑네."

퍼쿵은 굳은 얼굴로 쿠르에게 가볍게 목례를 했다.

"예, 우선 보보를 이쪽으로 보내주십시오. 그 다음 얘기를 하시지요."

"아직 우릴 믿지 못하는 모양이군."

퍼쿵이 대답했다.

"그런 모양입니다. 한동안은 그럴 것 같군요."

"그래, 우선 우리 관계가 이렇게 나빠진 것에 대해서 유감이 아닐 수 없네."

"저도 그렇습니다."

카르티는 아까부터 아무 말도 하지 않았다. 무슨 생각엔가 깊이 잠겨 있었다.

퍼쿵이 물었다.

"카르티 형, 몸은 좀 어때? 감금되어 있었다면서?"

"아, 그래. 미안하다, 도와주지 못해서."

카르티가 말하자 퍼쿵이 빙그레 웃었다.

"아니, 괜찮아. 우린 어차피 형의 도움을 받지 않는다고 했잖아? 신경 쓰지 않아도 돼. 그것보다 앞으로 형의 입장이 난처해질까 봐 걱정이야."

카르티도 빙그레 웃었다.

"그건 걱정하지 마. 난 그런 것 신경 쓰지 않아."

부르크 대신이 인사를 했다.

"당신이 퍼쿵이군요. 얘기는 많이 들었습니다."

"누구시죠?"

"저는 부르크라고 합니다. 폐하를 보좌하고 있죠. 이렇게 능력이 있는 분들과 안 좋게 만나게 되어서 마음이 아픕니다."

"그렇습니까? 이런 식으로 만나서 저도 유감이군요. 싸우지 않고 만났더라면 좋았을 텐데요."

부르크는 예의 부드러운 미소를 지으며 말했다.

"하하, 서로에게 안 좋은 감정은 이제 버렸으면 합니다. 부득이하게 원하지 않는 싸움을 벌였지만 우리 폐하께서는 전쟁을 승리로 이끌어 준 당신들에게 진심으로 감사의 마음을 전하고 싶다고 하셨습니다."

퍼쿵이 대답했다.

"그 말씀 고맙게 받겠습니다. 하지만 전에도 얘기했듯이 우리가 원하는 것은 우리를 그냥 자유롭게 놔달라는 것뿐입니다. 언젠가 우리가 다시 이 근처를 지날 때면 또다시 예전처럼 거래를 하러 들어갈 수 있었으면 좋겠군요."

"물론이지요. 지금은 서로 감정이 좋지 않지만 반드시 다시 좋은 관계로 만날 수 있을 겁니다."

"고맙습니다. 저희도 그랬으면 좋겠군요. 그럼 보보와 그 아가씨를 배로 보내주십시오."

퍼쿵이 재차 요청하자 카르티가 앞으로 나서서 보보와 자리코를 배 위로 안아서 올려주었다.

자리코가 카르티에게 인사를 했다.

"고마워요, 카르티 장군님. 그동안 저희 남매를 잘 돌보아주셔서 감사했습니다."

자리코의 말에 카르티가 궁금한 듯 물었다.

"예? 저를 아십니까?"

"예. 제 오빠는 자라목이라고 장군님의 돌격대에서 분대장을 하고 있었어요. 그동안 장군님이 저희 남매를 불쌍히 여겨서 먹을 것도 나누어 주시고 이것저것 많이 도와주셨다고 오빠가 여러 번 얘기했었어요."

그 순간 부르크의 안색이 확 변했다.

그걸 보지 못한 카르티가 부드럽게 웃으며 말했다.

"아, 그렇습니까? 자라목 분대장이 당신의 오빠였군요?"

"오빠를 대신해 인사드립니다."

"별말씀을……. 그런데 이렇게 떠나게 되어서 섭섭하군요. 오빠도 매우 섭섭하게 생각할 겁니다."

그 순간이었다. 갑자기 부르크가 발을 헛디디며 물에 빠졌다.

첨벙.

"어푸푸! 어푸!"

돌연한 사태에 모두가 말을 멈추고 부르크를 바라보았다. 부르크는 수영을 못하는지 정신없이 허우적거리고 있었다. 경비를 서던 병사 두 명이 급히 물에 뛰어들어 부르크를 건져 올렸다.

"괜찮으시오, 부르크 대신?"

"헉헉, 괜찮습니다. 발이 미끄러졌습니다. 이끼가 많은 모양이군요."

"조심하시오. 어서 대신을 댁으로 모셔라."

쿠르 장군이 병사에게 명령하자 부르크는 손을 저으며 말했다.

"아닙니다. 저는 왕의 명을 받고 나왔습니다. 이들이 떠나는 것을 보고 가겠습니다."

"괜찮으시겠소?"

"예, 괜찮습니다."

퍼쿵이 말했다.

"그럼 저희는 이만 가보겠습니다. 안녕히 계십시오."

"그래, 잘 가시게. 다음에는 웃는 얼굴로 만나세."

"카르티 형, 잘 있어. 샤링 아저씨께 못 뵙고 가서 죄송하다고 전해줘."

"그래, 잘 가라."

작별 인사가 끝나고 배가 풀렸다. 점점 멀어져 가는 배를 바라보며 부르크 대신은 안도의 한숨을 내쉬었다.

'휴우~ 하마터면 그녀의 오빠가 살아 있다는 것을 들킬 뻔했군. 카르티가 자라목의 상관이라는 것을 깜박했다. 설마 자리코가 카르티의 얼굴을 알고 있을 줄이야……'

부르크 대신은 카르티가 자리코의 오빠인 자라목의 얘기를 꺼내자 일부러 발을 헛디뎌 물에 빠졌던 것이다. 그들의 주의를 자신에게 돌려 대화를 끊기 위해서였다.

그는 물을 뚝뚝 떨어뜨리며 웃었다.

'잘 가거라, 모두들. 머지않아 너희는 모두 한 줌의 흙으로 돌아가겠지. 고통은 아주 잠깐일 테니 너무 걱정하지는 말아라. 그리고 자신이 왜 죽는지도 모를 거다. 하하하.'

제5장 자리코

선착장에서 바라보는 카르티에게 마주 손을 흔들던 피코와 퍼쿵이 돌아섰다. 그리고 말없이 배의 후미에 앉아 있는 처녀를 바라보았다.

퍼쿵이 생각했다.

'예쁘게 생겼군. 가엾게도 우리 때문에 마을에서 쫓겨났단 말이지?'

그녀의 앞에는 이미 유코와 우레가 바싹 다가앉아서 호기심 어린 눈으로 들여다보고 있었고, 또 그 옆에는 보보가 왠지 불안해 보이는 표정으로 세 사람을 번갈아 쳐다보는 중이었다.

치요는 이쪽에는 관심도 없이 뱃머리에 혼자 앉아서 방위를 살피는 중이었다.

퍼쿵이 모두를 불렀다.

"모두 이리 모여봐. 새로 친구가 생겼으니 인사를 나누어야지."

치요가 그제야 일어나서 천천히 걸어왔다.

"참, 그렇지. 아직 인사를 못했구나."

퍼쿵이 제일 먼저 인사를 했다.

"안녕하세요? 전 제일 맏형인 '퍼쿵' 이라고 합니다. 앞으로 마음 편히 지내시고 우선 인사부터 나누시지요."

퍼쿵은 그녀에게 깍듯이 존댓말을 했다. 그러자 유코와 피코가 의외란 듯이 쳐다보았다.

'엥? 웬 존댓말?'

자리코는 쑥스러운 표정으로 고개를 꾸벅 하더니 작은 목소리로 자신의 소개를 했다.

"처음 뵙겠어요. 잘 부탁드립니다. '자리코' 예요. 보보님께 얘기는 많이 들었어요."

물론 모두들 보보가 사실과 다르게 얘기했다는 것을 알 리가 없었다. 자리코나 퍼쿵 일행이나 말이다. 그 거짓말은 이 세상에서 보보만이 알고 있는 것이었으니까.

퍼쿵이 보보를 툭 치며 말했다.

"아, 그랬어요? 보보, 뭐 하니? 네가 먼저 인사를 시켜주었어야지."

가만히 눈치를 보던 보보가 화들짝 놀라며 일어섰다.

"아참, 그렇군요. 이 누님으로 말씀드릴 것 같으면 제 생명을 구해주신 자리코 누님입니다. 이미 말씀드린 대로 우리 때문에 마을에서 쫓겨나게 되었죠."

"……?"

자리코는 보보의 말에 약간 이상하다는 생각이 들었다.

'생명의 은인이라니……. 내가 언제 보보님의 생명을 구해주었던가?'

보보가 피코에게 말했다.

"피코도 인사해."

그러자 피코가 손을 내밀어 악수를 청했다.

"안녕? 둘째인 피코야. 만나서 반가워. 보보를 살려주어서 고맙고 앞으로 잘 지내자."

자리코는 살며시 피코의 손을 잡고 대답했다. 아마도 대뜸 반말하는 것에서 이미 쫄고 있는 듯싶었다.

"예, 잘 부탁드려요."

아닌 게 아니라 피코가 내민, 앞뒤로 굳은 살이 덕지덕지 박힌 손 하며 긁히고 찢긴 상처투성이인 근육덩어리 팔뚝을 보고 쫄지 않을 수 없었다. 게다가 이미 보보에게서 정신 이상자라고 들은 뒤였으니 쪼는 것은 어찌 보면 당연한 일이었다.

"다음 이 아이는 치요라고······."

보보가 치요를 소개하려 할 때였다. 느닷없이 유코의 질문이 쏟아졌다.

"몇 살이죠?"

"예? 저는 열아홉 살인데요?"

"호홋, 제가 열여덟이니까 저보다 한 살 위네요. 아, 그리고 참고로 방금 인사한 피코는 열일곱이에요. 알았죠?"

유코는 아직도 제가 열여덟이라고 우기는 중이었다. 순간 피코의 눈썹이 살짝 찌푸려졌으나 곧 고개를 돌려 버렸다. 유코와 말다툼하는 것은 이미 몇 달 전 동굴에서 살 때부터 포기한 피코였다.

"제가 언니라고 불러야 되겠군요. 안 그래요, 피코? 나이가 위니까. 호홋."

유코는 은근히 이 기회를 빌어 피코와의 서열을 다시 상향 조종해

보려고 수작을 거는 것 같았다.

그러나 피코는 먼 산을 바라보며 들은 척도 하지 않았다.

갑자기 나서서 이름도 얘기하지 않은 채 나이를 따지고 덤벼드는 유코의 서슬에 그녀는 어리둥절해 있었다.

그러자 옆에 있던 보보가 손을 그녀의 귀에 갖다 대고는 급히 속삭였다.

"유코, 유코. 저 녀석이 유코예요."

그 말을 들은 자리코는 정신이 번쩍 났다. 선착장에서 들은 주의 사항이 바로 머리를 강타하며 공포감을 밀고 들어왔다.

'그렇군. 저 아이가 바로 공포의 사이코 유코로군. 조심해야지. 무서워라……'

그녀는 바짝 긴장하고 있었다.

이윽고 유코가 다시 고개를 돌려 자리코에게 시선을 꽂았다.

"자리코 언니, 언니라고 불러도 되겠죠?"

"예, 편한 대로 하세요."

"전 유코예요. 앞으로 잘 지내요. 호홋, 그런데 보보와는 어떤 사이죠?"

유코가 눈을 가늘게 뜨며 자리코의 눈을 들여다보았다.

'올 것이 왔구나!'

자리코는 흠칫 몸을 떨더니 애써 태연한 목소리로 대답했다. 보보가 미리 가르쳐 준 대로 말하는 중이었다.

"보보님은 제가 일하던 의원의 환자로 오셨고 전 그분을 맡았던 간호사예요."

"흐웅, 그랬어요? 단지 그것뿐이었어요?"

보보의 얼굴이 창백하다 못해 흙빛으로 변하고 있었다. 자리코의 얼굴도 창백해졌다. 그러자 피코가 소리를 질렀다.

"야! 너 지금 뭐 하는 거야? 쓸데없는 소리 하지 마. 자리코가 불편해하잖아?"

퍼쿵도 말리고 나섰다.

"그래, 유코야. 처음 오신 분께 그러면 못써. 죄송합니다. 얘가 악의는 없어요."

"어머, 오빠는! 친해지려고 그러는 건데요. 그리고 웬 존댓말? 오빠보다 한참 어린 사람한테?"

유코가 항의하자 퍼쿵이 약간 얼굴을 붉혔다.

"그, 그래도 처음 본 사람한테 반말을 하기는 좀 그렇지 않니?"

유코가 퍼쿵을 흘겨보며 되물었다.

"저한테는 처음 볼 때부터 반말했잖아요? 그때는 왜 그랬어요? 혹시 이 언니한테 딴마음 품은 거 아니에요?"

퍼쿵이 얼굴이 새빨개지면서 손을 내저었다. 무척 당황하는 표정이었다.

"아, 아니야. 그런 거 아니야."

유코가 의심이 가득 담긴 눈으로 퍼쿵을 쏘아보다가 자리코에게 눈을 돌렸다.

"둘이 이상한 짓만 했단 봐요! 내가 가만두지 않을 거예요!"

그리고 휙 돌아서 뱃머리로 가버렸다.

그들의 대화를 듣고 있던 자리코는 등에 식은땀이 흘렀다. 온몸이 뻣뻣하게 굳어 쥐가 날 것 같았다.

'보보님의 말이 사실인가 봐. 여기서 남자랑 여자랑 사귀는 것은 자살 행위라더니… 과연 내가 이 사람들과 잘 지낼 수 있을까?

여러 가지 자세한 내막을 알 리 없는 자리코에게는 현재의 상황이 그렇게 보일 수밖에 없었다.

치요가 고개를 설레설레 흔들며 한숨을 내쉬고는 손을 내밀었다.

"안녕? 난 치요야. 여기서는 나이가 그리 상관없어. 그리고 우린 원래 서로 존댓말을 쓰지 않으니까 뭐 그런 것은 신경 쓰지 않아도 돼. 앞으로 너도 익숙해질 거야."

"예… 아니, 응… 고마워."

자리코는 열 살 정도밖에 안 되어 보이는 꼬마가 꽤 건방지다는 생각이 들었으나 그 꼬마가 풍기는 위엄에 좀 주눅이 들었다.

'역시 이 사람들은 정상이 아닌 것이 틀림없어. 모두들 이상해.'

치요와 인사가 끝나자 마지막으로 우레를 소개하려고 보보가 주위를 둘러보았다.

"이제 우레만 남았는데… 어? 이 녀석이 어디로 갔지?"

그리 넓지 않은 배에 우레의 모습이 보이지 않았다.

"모두들 우레 못 봤어? 혹시 선착장에 놓고 온 거 아냐?"

"아니, 분명히 조금 전에도 옆에 있었는데?"

모두 우레를 찾았고 짐 속에도 뒤져 보았으나 어디에도 없었다.

그때였다.

"꺄앗!"

갑자기 자리코가 벌떡 일어서며 펄쩍펄쩍 뛰었다. 그 바람에 배가 흔들릴 정도였다.

"뭐야? 왜 그래요?"

"엄마~ 치마 밑에 뭐가 들어왔어요! 아앙~ 난 몰라, 난 몰라."

곁에 있던 퍼쿵과 보보, 치요가 당황하여 쫓아왔다. 물론 그녀의 치마 밑에 뭐가 들었을지는 이미 모두가 짐작한 사실이었지만 함부로 처녀의 치마를 들출 수는 없었다. 뱃머리에서는 유코가 화난 표정을 지으며 바라보고 있었다.

피코가 성큼성큼 걸어오더니 그녀의 치마 밑으로 손을 쑥 집어넣었다.

"어머!"

"실례."

자리코가 놀라며 펄쩍 뛰었으나 이내 피코의 손에 우레가 딸려 나왔다. 벌써 그녀의 속옷을 머리에 뒤집어쓴 뒤였다.

"이 녀석!"

"비비빗! 삐비이~"

우레는 피코에게 잡힌 채 공중에서 버둥거리고 있었고 곧 득달같이 달려온 유코와 치요에게 얻어터지는 중이었다.

"깨개액!"

보보가 뺨에 흐르는 땀을 닦으며 말했다.

"저 녀석이 바로 '우레' 예요. 그 공포의 변태 사이코 말이에요. 이것으로 우리 동료의 소개는 끝입니다."

"예에, 다행이네요."

비로소 자리코의 얼굴에 안도의 빛이 비쳤다.

뱃머리에서는 우레를 혼내주는 소동이 계속되고 있었고 그 도중에 피코가 퍼쿵을 불렀다.

"퍼쿵, 잠깐만 와줘."

피코에게 갔던 퍼쿵이 잠시 후 자리코에게 다가오더니 몹시 쑥스러운 듯 주저주저하고 있었다.

"저, 저어……."

"예?"

자리코는 또 무슨 일인가 해서 퍼쿵을 바라보았다. 산만한 덩치의 사나이가 얼굴을 저녁노을처럼 붉힌 채 서서 말을 더듬고 있었으니 좀 우스워 보였다.

그녀가 빙긋이 웃어주었다. 그래도 제일 점잖게 말을 하고 경어를 사용해 주던 퍼쿵에게는 그나마 경계가 덜 되었다.

"저어… 이거… 말입니다."

퍼쿵은 커다란 손 안에 무엇인가를 꼭 쥐고 있었다.

"무슨 일이신데요?"

보보도 궁금해서 물었다.

"퍼쿵 형, 왜 그래요?"

퍼쿵이 시선을 먼 산으로 돌리더니 꼬옥 쥔 손을 내밀었다.

"이, 이것을 갖다 드리라고 해서요……."

자리코가 미소를 지은 채 그의 주먹을 바라보며 물었다.

"이게… 뭐예요?"

퍼쿵의 손이 서서히 펴졌다.

"어머!"

자리코가 비명을 지르며 홱 돌아서더니 얼굴을 감쌌다.

그 소리에 유코가 고개를 팩 돌려 바라보더니 쏜살같이 달려왔다.

"뭐야? 뭔 일이야?"

퍼쿵의 커다란 손바닥 안에는 자리코의 팬티가 꼬깃꼬깃 놓여 있었다. 좀 전에 우레가 머리에 쓰고 있던 것이었다.

유코가 소리를 버럭 질렀다.

"오빠! 오빠가 이걸 왜 가지고 있어요? 뭐야~ 정말? 어휴, 이래서 예쁜 여자가 가까이 있으면 안 된다니까. 남자들은 한결같이 다 속물들이야."

퍼쿵이 머리를 긁적이며 변명을 했다.

"유, 유코, 그, 그런 게 아니야. 피코가 이걸 갖다 주라고 해서… 난 단지…….”

유코는 들으려고도 하지 않고 퍼쿵의 손에서 자리코의 속옷을 휙 잡아채더니 돌아서 있는 자리코의 품 안에 쑥 구겨 넣었다.

"어휴, 난 그래도 퍼쿵 오빠만은 믿었는데… 이젠 정말 실망이에요!"

그러고는 휙 돌아서서 다시 뱃머리로 가버렸다.

퍼쿵은 더욱 얼굴이 빨개져서는 자리코와 유코의 중간쯤에서 오지도 가지도 못하고 중얼거리고 있었다.

"에이, 난 정말 그런 뜻이 아니었는데……. 단지 심부름을 한 것뿐인데…….”

배 위에서는 묘한 풍경이 벌어지고 있었다.

먼저 뱃머리에는 화가 나서 식식거리는 유코가 팔짱을 긴 채 앞을 보고 있었고, 그 옆에는 피코가 우레의 목덜미를 쥐고 서 있었다. 그리고 치요는 우레에게 훈계를 하는 중이었다.

중간쯤에는 퍼쿵이 혼자 서서 고개를 푹 숙이고 중얼거리고 있었다.

후미에서는 자리코가 얼굴을 감싼 채 뒤를 향해 서 있었고, 보보는 털썩 주저앉아서 고개를 설레설레 흔들고 있었다.

보보가 작은 목소리로 얼굴을 감싸고 있는 자리코에게 말하고 있었다.

"누님, 태연하게 행동해야 해요. 절대로 말려들면 안 돼요.”

어쨌든 그런 소동 중에도 인사는 끝났고 배는 유유히 흐르는 강물을 따라 서쪽으로, 서쪽으로 흘러갔다.

어느새 해가 서산에 걸리고 하늘은 붉게 물들고 있었다.

치요가 물속을 들여다보다가 말했다.

"퍼쿵, 배를 뭍에 대야 하지 않을까? 식사도 해야 하고 또 지난번처럼 용을 만날지도 모르니까 좀 살펴보는 것이 좋겠는데……."

피코도 치요의 말에 동의했다

"그래, 앞으로 어디로 갈 건지도 상의해야 하니까 일단은 배를 정박시키는 게 좋겠어."

"좋아, 오늘은 이곳에 정박한다."

그리고는 퍼쿵이 기다란 삿대를 물속에 꽂았다.

한쪽은 험준해 보이는 산이 있었고 반대 편은 좀 낮은 구릉과 평야가 펼쳐져 있었는데 잠시 주위를 살피던 퍼쿵이 일행에게 물었다.

"어느 쪽으로 배를 대었으면 좋겠냐?"

피코가 평지를 살피더니 대답했다.

"일단 먹을 것은 넉넉히 있으니까 평지로 대자. 산에서는 무슨 짐승이 나올지 모르잖아?"

치요도 맞장구를 쳤다.

"그래, 오늘은 평지가 좋겠어. 사냥을 할 것도 아니고 우선은 모두가 목욕을 좀 해야겠으니까 시야가 넓고 안전한 쪽이 좋을 것 같아."

그러면서 치요가 피코를 바라보았다. 피코는 아직도 피로 얼룩진 가죽 옷을 걸치고 있었고 대충 씻기는 했으나 그녀의 머리에는 군데군데 피떡이 져 있었다.

"좋아, 그럼 간다."

퍼쿵의 조종에 따라 배는 물살을 사선으로 가로지르며 평지를 향해

다가갔다.

피쿵은 삿대로 바닥을 더듬어 약간 경사진 곳을 찾아 배를 대었다. 지금 탄 배는 뗏목이 아니라서 얕은 곳으로 갈 수가 없기 때문이었다.

곧 배가 바닥에 닿았다. 그러자 피코가 뱃머리에 매어진 밧줄을 쥐더니 망설임도 없이 물로 뛰어들었다. 물속에 잠겼다가 다시 일어선 피코가 소리쳤다.

"좋아. 여기가 좋겠어. 내 가슴 정도의 깊이니까 위험하지도 않고."

말을 마친 피코는 능숙하게 헤엄쳐서 물 밖으로 나오더니 적당히 굵은 나무에 밧줄을 묶고 배를 잡아당겼다.

배는 피코가 끄는 대로 슬슬 딸려갔다. 자리코가 말했다.

"어머, 당신은 힘이 굉장히 세군요. 이렇게 큰 배를 혼자서 끌어당기다니……."

피코가 픽 웃더니 대답했다.

"그냥 피코라고 불러. 그리고 존댓말 하지 말아. 나까지 부담스러우니까."

자리코는 민망한 표정이 되었다.

"예에……."

보보가 자리코의 어깨를 툭툭 쳤다. 그리고 빙긋이 웃었다.

"그냥 편하게 하세요. 그리고 피코는 말을 좀 퉁명스럽게 해서 그렇지 아주 착해요. 그러니 겁먹지 않아도 돼요."

"알았어요. 근데 반말하는 거 너무 어색해요. 아직 친하지도 않은데……."

"그럼 이렇게 하죠. 나도 누님한테 이제부터 반말을 할 테니까 누님도 모두에게 반말을 하기로……."

"하지만 보보님과 유코도 퍼쿵이란 분에게 존댓말을 하잖아요."

"그건… 우린 나이 차이가 너무 많이 나고 또 저 형은 워낙 점잖아서요. 그래도 누님은 나이가 많아서 괜찮아요."

그러자 자리코가 입을 삐죽 내밀었다.

"뭐예요? 내가 뭐가 나이가 많아요? 그럼 보보님은 날 누나라고밖에 생각하지 않나요? 전 그렇지 않은데… 내 맘 잘 아시면서……."

"아니… 그게 아니라 여기서는 자리코 누님이 두 번째로 나이가 많다는 뜻이에… 엇?"

갑자기 보보가 펄쩍 뛰더니 뒤를 바라보았다. 자리코도 그 서슬에 시선을 돌렸다.

바로 뒤, 언제 다가왔는지 두 사람의 사이에서 유코가 쭈그리고 앉아 빤히 올려다보고 있었다.

"호오~ 그러셨어요? 그럼 언니는 보보를 어떻게 생각하는데요?"

"읍! 그, 그것은……."

두 사람은 아무 말도 할 수가 없었다. 한동안 그대로 시선을 교차하던 보보가 갑자기 고개를 돌리더니 소리쳤다.

"어서 내리자, 자리코! 네가 막내니까 식사를 준비해야 해. 내가 도와줄게. 유코, 너도 어서 도와."

자리코도 유코를 외면하며 태연한 척 말했다.

"알았어, 보보. 어서 내리는 걸 도와줘."

두 사람은 다른 사람의 시선이 집중되는 것을 막으려는지 더욱 오버하며 태연한 척을 해대고 있었다. 물론 그게 더 이상하다는 것을 본인들은 모르는 모양이었다.

다른 모든 사람들이 갑자기 오버를 해대는 보보와 자리코를 신기하다는 표정으로 주목하고 있는데도 말이다.

모두가 멍한 가운데 뭍에 내려선 보보가 자리코를 안아서 내리는 것을 도와주고는 물가로 걸어갔다. 두 사람은 태연한 척에 너무 신경을 쓰느라 피코가 밧줄을 쥐고 서 있는 바로 옆을 지나가면서도 보지 못하고 있었다.

보보가 여전히 큰 소리로 외쳤다.

"우선 땔나무를 준비해야 해. 자리코, 좀 도와주겠니?"

"알았어, 보보. 내게 맡겨."

모두들 그 두 사람이 시끄럽게 떠들며 낮은 관목 숲으로 들어가는 모습을 바라보느라 잠시 말이 없었다.

유코가 고개를 끄덕이며 중얼거렸다.

'쯧쯧, 바보들. 마치 국어책을 읽고 있는 것 같군. 그러는 게 더 표나는 것도 모르고……. 흐흥, 너흰 걸렸어. 재밌겠는데?'

그들의 뒤를 몰래 따라가는 유코의 두 눈이 장난기로 가득 차 새벽별처럼 반짝이고 있었다.

"휴우~ 들키는 줄 알았어."

"하하하, 정말 가슴이 조마조마했다."

관목 숲 속으로 한참을 걸어 들어오고 나서야 두 사람은 한숨을 내쉬며 가슴을 쓸어 내렸다.

"정말 연기 잘하던데? 아무도 눈치 못 챘겠지?"

"그래, 너도 누가 보더라도 태연하게 잘했어."

두 사람은 이제 자연스럽게 반말을 주고받고 있었다. 그걸 깨닫자 잠시 말을 멈추고 서로를 바라보더니 다시 유쾌하게, 그러나 낮은 소리로 웃었다.

"어? 우리 서로 반말하고 있네? 하하하!"

"호호, 정말. 이게 더 자연스럽고 편하다. 진작 이럴걸."

잠시 둘만 남게 되자 갑자기 어떤 생각이 두 사람의 머리 속에 동시에 들었다. 새벽에 있었던 일이 번개처럼 떠오른 것이다.

자리코는 딱 한 번만이라도 보보를 안고 키스하고 싶었다. 보보도 가슴이 두근거렸으나 동료들에게 들킬까 봐 어서 숲 밖으로 나가야겠다는 생각이 우선이었다.

"저… 보보, 우리 한 번만 뽀뽀하자."

"엑? 여기서? 안 돼. 들킨단 말야."

"어때? 여긴 아무도 없잖아?"

그렇게 말하며 자리코가 보보의 팔을 슬쩍 끌었다.

"엇? 아, 안 돼. 절대 안 돼. 약속 벌써 잊었어?"

"그래도……."

자리코는 무척 실망하는 눈치였다. 그러나 보보는 더 이상 자리코의 유혹에 넘어가면 안 된다고 생각하고 있었다. 물론 보보로서도 간밤의 사건은 무척 충격이었고 감미로운 것이었지만 더 이상 향락에 몸을 맡기고 싶지 않았다.

그렇다고 자리코가 자신을 좋아하는 것을 모르는 것은 아니었다. 아니, 잘 알고 있었다.

그녀가 오죽하면 나이도 어린 저를 따라서 고향을 떠나왔을까 싶었고 또 그녀의 오빠를 죽인 것과 그녀가 쫓겨난 것에 대한 책임감도 보보를 강하게 억누르고 있었다.

그렇지만 보보가 그녀를 멀리하는 가장 큰 이유는 더 이상 그녀와 이성(異性)으로써 육체 관계를 맺고 싶지는 않다는 것이었다. 사랑하지도 않으면서 그러는 것은 그녀와 피코, 두 사람 모두에게 커다란 죄악이었다.

"한 번도 안 돼?"

"자리코."

보보가 목소리를 내리깔고 그녀를 불렀다.

"응?"

"나, 자리코를 싫어하는 것도 아니고 또 널 실망시키고 싶지도 않아. 하지만 지금은 이럴 때가 아니야."

"알아, 다 알고 있어. 하지만 언제까지 이렇게 살아야 해?"

보보는 놀라웠다.

'언제까지라니? 영원히지. 그걸 몰라서 묻는 거야? 하긴 당연히 모르겠지. 내가 거짓말을 해놓았으니… 나쁜 보보…….'

보보는 생각에 잠겼다.

자신이 자리코를 사랑하지도 않으면서 육체적으로 안아서는 안 된다는 것, 또 언젠가 자리코가 정말로 사랑하는 사람을 만나서 떠나야 한다는 것도, 그리고 자신이 피코를 버릴 수 없다는 것까지……. 그 외에도 많은 생각들이 보보의 머리를 왔다 갔다 어지럽히고 있었다.

혼란스러웠다. 어떻게 설명을 해야 할지……. 더 이상 거짓말을 하기도 싫었다. 그러나 진실을 밝힐 수도 없는 일이었다.

보보는 할 수 없이 무서운 말을 그녀에게 하고 말았다.

"자리코, 이러면 안 돼. 우리가 떠나온 지 하루도 지나지 않았어. 벌써부터 이러면 난 자리코를 데리고 갈 수 없어."

"보보……."

자리코가 더 이상 말을 하지 못하고 고개를 숙였다. 그리고 잠시 후 눈물이 주르르 그녀의 뺨을 타고 흘러내렸다.

"그럼… 날 버리고 갈 거야?"

"아니… 그런 게 아니야, 자리코. 미안해. 절대 너를 버리지 않아. 하지만 우린 같이 살려면 절대 결혼을 해선 안 돼."

"왜? 어째서? 모두들 이상해. 어째서 결혼을 하면 안 된다는 거지? 남녀가 사랑하면 결혼하는 것은 당연한 거 아냐?"

"……."

"말해 줘, 보보. 나 보보의 진심을 알고 싶어."

"좋아, 진심을 말해 줄게."

보보는 결심했다. 더 이상 그녀를 속여서 상처를 키워줄 수는 없다는 생각이 들었다.

'그래, 차라리 사실을 얘기하자. 자리코가 더 이상 헛된 꿈을 꾸며 점점 힘들게 하지 말고 다 말해 주자.'

결심이 선 보보는 무겁게 입을 열었다.

"실은 나 따로 사랑하는 사람이 있어. 게다가 우린 절대 자유혼을 인정하지 않아. 그래서 그런 거야. 그래서 너와 결혼할 수 없는 거야."

"……."

자리코는 대답이 없었다. 대신 그녀의 어깨가 가볍게 떨려왔다. 보보가 그녀의 어깨를 감싸 쥐자 그녀는 살며시 흔들어 뿌리쳤다.

"흑, 그랬구나……."

"미안해. 사실 난 널 사랑하지 않아. 미워하는 것도 아니지만……."

자리코가 손을 내밀어 그의 입에 갖다 댔다. 그녀의 목소리도 가라앉아 있었다.

"그만, 그만 말해. 사실은 알고 있었어. 네가 날 사랑하지 않는다는 거······. 나 바보 아니야. 그렇지만 널 잡고 싶었어. 내 사람으로 만들고 싶었어."

"미안······."

갑자기 자리코가 고개를 들더니 방긋 웃었다.

"괜찮아. 난 이제 괜찮아졌어. 네 맘 솔직히 말해 줘서 고마워."

그러더니 두 팔을 번쩍 들고 허리를 펴며 기지개를 켰다.

"아아~ 이제 난 다른 사람을 찾아봐야지."

갑자기 그녀가 뒤로 돌아서더니 재빨리 말을 던지고 일행이 있는 곳을 향해 뛰어갔다.

"아무 걱정 하지 마. 너와 있었던 일은 절대로 얘기하지 않을게."

"자리코······."

보보는 멍하니 그녀의 뒷모습이 어둠 속으로 사라지는 것을 바라보고 서 있었다.

"미안해······."

저만치 언덕에서 누군가 고개를 살짝 내밀었다. 그리고 달려가는 여자와 서 있는 남자를 번갈아 바라보고 있었다.

그 고개의 임자는 유코였다.

한참 후 보보도 천천히 생각에 잠긴 채 일행에게 돌아왔다. 벌써 모닥불이 피워진 채 활활 타오르고 있었고 시장에서 사 온 커다란 고깃덩어리가 나무에 꽂힌 채 돌아가며 익어가는 중이었다.

"아차! 땔나무!"

그제야 보보는 자신이 땔나무를 구하러 숲에 들어갔다는 것을 생각해 냈다.

치요가 말했다.

"유코와 피코가 다 해왔어. 걱정 말고 이리 앉아."

"미, 미안. 깜박했어."

퍼쿵이 웃었다.

"보보가 딴생각을 할 때도 다 있었나? 하하하, 정말 별일이군."

자리코는 고기를 돌리는 퍼쿵에게 수줍은 듯 말했다.

"죄송해요. 막내인 제가 음식을 준비했어야 하는데……."

"아닙니다. 오늘은 그냥 손님으로 계세요. 이제 우리랑 살다 보면 할 일이 많으니까요. 원래 첫날은 우리가 대접을 해야 하는 거지요. 그리고 우린 막내가 음식을 도맡아서 준비하고 그러지 않아요."

피코도 말했다.

"맞아. 보보와 유코도 처음 왔을 때 우리가 음식을 해줬어."

그러자 유코가 톡 쏘았다.

"무슨 소리예요? 그래도 우린 땔나무는 해왔어요, 뭐."

자리코가 고개를 푹 숙이며 말했다.

"미안해, 유코. 내일부터는 꼭 내가 할게."

그러자 웬일인지 유코가 다정한 목소리로 자리코에게 말했다.

"아니에요. 괜찮아요. 아무 생각 하지 말고 많이 드세요."

보보가 유코의 그런 모습에 긴장하며 살펴보았다.

'엥? 무슨 꿍꿍이지?'

그러나 유코의 미소에는 별로 장난기가 없어 보였다. 유코는 장난을 하려 할 때 언제나 특유의 미소를 짓는데 지금의 미소는 그게 아니었다.

"자, 다 익었으니 어서 먹읍시다."

피코가 단검을 뽑아 고기를 성둥성둥 잘라냈고 유코는 미리 준비한 뾰족하게 깎은 막대기에 하나씩 꽂아서 모두에게 돌렸다.

모두 유쾌한 기분으로 식사를 했다. 그러면서 간밤의 전투 얘기며 인간족이 얼마나 비겁하게 거짓말을 했는지를 떠들어댔다.

자리코는 죽은 오빠 생각이 나서 자꾸 눈물이 나려 했으나 이들의 분위기를 망치고 싶지 않아 꾹 참았다.

"어휴, 연기가 자꾸만 저한테로 오네요. 아이, 매워."

자리코는 자꾸 연기 탓을 하며 눈물을 훔쳤다.

피코가 웃으며 일어나더니 자리를 바꾸어주었다.

"하하, 자리코는 정말 여자같이 곱게 자랐나 보네. 그 정도에 눈물을 보이고. 이리 앉아. 여긴 연기가 오지 않으니까."

"헤헤, 괜찮아. 참을 수 있어."

유코가 말했다.

"이렇게 보니까 자리코 언니 참 예쁘게 생겼다."

자리코가 눈물을 닦다 말고 조금 놀랐다. 그래서 얼른 정정을 했다.

"아니야. 나 못생겼어."

아무래도 유코가 제일 사이코라는 말이 머리에서 떠나지 않았기 때문에 그녀가 하는 말에는 아직도 경계를 하고 있었다.

"정말이에요. 그렇죠, 피코?"

"그래, 정말 여자같이 생겼다."

"누구누구는 부럽겠네요. 호호."

그러자 피코가 톡 쏘았다.

"너도 만만치 않아. 자신이 무척 이쁜 줄 아는 모양이지? 흥."

그러자 유코가 깔깔 웃었다.

"어머, 왜 나한테 그래요? 내가 피코라고 얘기했어요?"

"어휴, 내가 말을 말아야지. 또 말려들었네."

자리코는 모두의 유쾌한 분위기와 상냥함에 무척 감동하고 있었다.

보보의 얘기와는 달리 이들은 그리 정신 이상자로 보이지 않았다. 시종 유쾌하게 떠들며 웃고 있었고 서로서로 챙겨주며 식사를 하는 모습이 너무 좋았다.

그녀가 옆의 보보에게 슬쩍 물었다.

"보보, 그것도 거짓말이지?"

"응? 뭐?"

"동료들이 정신적으로 좀 그렇다는 거……."

"그, 그거? 응, 우리 얘기를 숨겨야 했기 때문에……."

"걱정 마. 얘기하지 않는다고 했잖아."

"미안해. 다 거짓말이었어."

자리코는 고개를 끄덕였다. 그러자 또 눈물이 났다. 그러나 다른 사람들 몰래 닦아냈다.

식사가 끝나자 달이 떠올랐다.

"자, 이제 목욕과 빨래를 좀 해볼까?"

모두들 며칠 동안 씻지 못한 데다가 간밤의 싸움으로 땀과 먼지와 피에 절어 있어서 목욕이 절실했다.

"자, 남자는 이쪽, 여자는 저쪽으로."

퍼쿵이 배를 사이에 두고 양쪽으로 편을 갈랐다. 이미 가을에 들어선 지 꽤 되어 이젠 저녁 바람이 무척 쌀쌀했고 강물도 매우 차가웠지만 모두 서슴없이 강물로 들어갔다. 피와 먼지에 찌든 상태로 지낼 수는 없기 때문이다.

자리코는 따뜻하게 데운 물이 그리웠다. 그러나 지금은 그런 것을 바랄 수 없다는 것도 잘 알고 있었기 때문에 몸을 떨면서도 옷을 벗었다.

옷을 다 벗은 자리코는 피코가 여자 쪽으로 걸어오자 화들짝 놀라 몸을 가렸다.

"어머? 피코가 여자였어?"

피코는 옷을 벗으며 중얼거렸다.

"휴~ 저 질문 좀 안 받을 수 없나?"

"미, 미안해. 나쁜 뜻은 아니었어."

피코는 별 대수롭지 않다는 듯이 웃어넘겼다. 그리고 자리코의 알몸으로 시선을 옮겼다.

"후후, 괜찮아. 내가 원래 그렇게 생겨먹은 걸, 뭐. 그보다 자리코는 몸매가 근사한데?"

피코가 알몸의 자리코를 번쩍 안아 들었다.

"꺄아! 왜 이래? 내려줘~"

유코도 깔깔거리며 자리코에게 달려들었다.

"깔깔깔, 어디어디? 이 언니 가슴 정말 풍만하다. 피코보다 더 커!"

"꺄악! 아이~ 만지지 마아~"

"하하하, 깔깔깔."

배 건너편 여자들한테서 들려오는 소리에 남자들은 모두 침을 꿀꺽 삼켰다.

퍼쿵이 얼굴을 붉히며 중얼거렸다.

"어험, 무척 재미있나 보네."

"그, 그러게요. 구, 궁금하죠, 뭐 하고 노는지?"

"아니, 뭐 궁금하다기보다는… 자리코가 와서 더 화기애애한 것 같아서……."

"삐비비~ 삐비비~"

우레는 저쪽으로 가겠다고 발버둥 치고 있었고 치요는 그 녀석을 잡고 야단을 치느라 정신이 없었다.

"너 자꾸 이러면 여자로 만들어 버린다."

"삐비비~ 삐비비~"

"뭐래니?"

"이미 그러지 않기로 약속을 했다면서 그 약속을 지키래."

퍼쿵이 단검을 스윽 꺼내 들었다.

"여자로 만들지만 않으면 되는 거지? 그냥 잘라 버리자. 그럼 약속은 어기지 않는 거잖아. 어서 잡아."

"깨객~"

우레는 놀라서 거의 발작 직전이었다.

퍼쿵이 우레에게 말했다.

"자꾸 여자들에게 그러면 고추를 잘라 버릴 거야. 그러니 얌전히 있어."

그제야 우레는 풀이 죽어서 얌전히 앉아 목욕을 했다.

여자들은 여전히 떠들고 깔깔대며 목욕을 하고 있었고 남자들은 그 소리에 모두 좀 상기된 얼굴이었는데 그중 유난히 보보의 얼굴은 벌겋게 달아올라 있었다.

아닌 게 아니라 보보는 간밤에 자리코와 있었던 일이 자꾸만 떠올라 자꾸만 아랫도리로 피가 몰리는 것이 느껴져서 억지로 딴생각을 하려고 했다. 그러나 마음먹은 대로 될 리가 없었다. 귀까지 틀어막았지만 여전히 여자들이 내는 소리는 손바닥을 뚫어 보보의 고막을 울려대고 있었다. 자연의 섭리는 어김없이 보보의 뇌를 자극했고 그것은 다시 척수를 타고 내려와 온몸을 달아오르게 하는 것이었다.

결국 자연의 섭리는 또다시 승리의 깃발을 들어 올렸고 그와 함께 보보의 몸 가운데에 있는 깃대도 위풍당당하게 고개를 들었다.

'윽! 이, 이러면 안 돼. 오오, 제발… 아무도 눈치 채지 말아야 할 텐데……. 그나마 밤이라 다행이야.'

그때였다. 풀이 죽어 얌전히 앉아 있던 우레가 느닷없이 튀어오르며 보보를 향해 소리쳤다.

"삐잇! 비비비비!! 삐빕!"

삿대질까지 해대며 악을 써대는 우레의 돌연한 행동에 보보는 물론 퍼쿵과 치요도 놀란 얼굴로 바라봤다. 게다가 배를 사이에 두고 저 너머에서 떠들며 목욕하던 여자들도 잠잠해졌다. 아마도 이쪽의 소리에 귀를 기울이고 있는 모양이었다.

배 너머에서 피코가 소리쳤다.

"뭐야? 무슨 일 있어? 왜 저 녀석이 난리를 부리지? 치요, 우레에게 이쪽으로 넘어오면 죽여 버린다고 전해줘!"

피코의 외침에 치요가 대답했다.

"걱정 마. 가지 못하게 할 거야."

우레는 여전히 떠들며 소란을 피웠다.

"삐비비빕! 비비비이이잇!"

계속 외쳐 대는 우레의 외침을 가만히 듣던 치요가 풋 웃음을 터뜨렸다.

그와 동시에 저편 너머에서 여자들의 비명과 웃음소리가 터져 나왔다.

"까아~!"

"아하하하! 깔깔깔!"

"오호호호!!"

그 웃음에 퍼쿵도 어리둥절해 있었고 황당해진 보보가 더욱 얼굴이 빨개져서 치요에게 물었다.

"치, 치요? 도대체 우레가 뭐라고 하는 거야? 응?"

치요가 쿡쿡거리며 겨우 웃음을 참더니 말했다.

"알아서 별로 도움될 건 없는데… 쿡쿡."

퍼쿵도 물었다.

"얘기해 줘. 도대체 뭐라고 하길래 여자애들까지 저 난리야?"

그러자 치요가 헛기침을 하더니 말했다.

"험험, 그대로 번역하자면 '보보, 그러는 너는 왜 세우고 있냐? 너도 나와 다를 것 없어' 라고 했어."

"하하하하!"

"헉!"

퍼쿵이 웃음을 터뜨렸고 보보는 얼굴이 빨갛다 못해 새까매져서 고개를 푹 숙이고 아무 말도 못했다.

그런 보보의 머리 위로 유코의 목소리가 들렸다.

"뭐니? 그런 거였어? 보보, 엉큼한 자식! 정말 너도 우레와 다를 것 없어."

배를 사이에 둔 양쪽에서 우레는 분이 풀리지 않은 듯 식식거리며 돌아앉아 있었고 부끄러움에 고개를 숙인 자리코와 보보를 둘러싼 나머지 두 여자와 두 남자가 시끄럽게 웃어대는 소리가 온 강으로 퍼져 나갔다.

잠시 후 목욕을 마친 그들은 옷도 모두 빨아서 배의 난간에 걸어놓았다. 그리고 배 위로 올라와 잠자리를 잡았다.

퍼쿵 일행은 짐을 모두 샤링의 식당에 두고 왔기 때문에 갈아입을 옷이 없었다. 그래서 남자들은 낮에 사온 가죽을 대충 둘러 묶었고 여자들은 자리코의 옷을 빌려 입었다.

피코가 천을 만져 보며 말했다.

"야~ 이거 굉장히 부드러운데? 항상 이런 옷을 입어?"

자리코가 고개를 끄덕였다.

"응. 가죽 옷은 비싸서 부자들이나 입지 보통 사람들은 못 입어. 하지만 난 이런 옷이 더 좋아. 가죽은 무겁고 냄새도 싫어서……."

유코가 자랑하듯이 말했다.

"이제 우리도 곧 이런 옷 생기잖아요. 보보가 만들어줄 거니까."

자리코가 놀라며 물었다.

"어머, 보보가 옷도 만들 줄 알아?"

"그럼요. 우리 옷은 모두 보보가 만들어준 거예요. 신발도요. 다 놓고 왔지만 드레스도 있어요. 가죽 드레스. 얼마나 예쁜데요. 킥킥."

유코가 피코를 흘끔 바라보며 킥킥거리자 왜 그러냐는 듯이 시선이 모아졌다.

"아무것도 아니에요. 그냥……."

"……."

피코가 좀 기분 나쁜 듯이 쏘았다.

"너 또 그 생각 하는 거지? 나 가죽 드레스 입었던 거?"

"아, 아니에요. 그때 피코가 얼마나 예뻤는데요. 정말이에요. 킥킥."

"어이구~"

피코는 더 이상 상대를 못하겠는지 돌아누워 버렸다.

"내가 상종을 말아야지."

다음날 새벽 자리코는 일찍 눈을 떴다. 평소 의원에서 새벽에 일어나 밥을 지었기 때문에 습관이 되어 있는 탓이었다.

'제일 먼저 일어나 식사 준비를 해놓아야지.'

기분이 상당히 좋았다. 그리고 이제 무섭지도 않았다. 지난밤 늦도록 피코, 유코와 잡담을 하고 놀면서 서로 많이 친해져 있었고 모두가 좋은 사람이라는 것을 알게 되었다.

아직 어두컴컴했지만 그리 무섭지는 않았다. 슬쩍 몸을 일으키려다가 보니 무엇인가 묵직한 것이 느껴졌다.

"어?"

몸 위에 얹어져 있는 것은 두툼한 가죽이었다. 나란히 누워 있는 세 여자의 몸 위에 두툼한 가죽이 덮여져 있었던 것이다.

"누가?"

고개를 돌려보니 저만치 젖은 옷을 입은 채 구부리고 잠든 커다란 퍼쿵이 보였다. 아마 여자들이 추울까 봐 제가 둘렀던 가죽을 덮어주고 대신 젖은 옷을 입고 잠이 든 모양이었다.

마음이 따뜻해지는 것이 느껴지면서 그녀의 입가에 미소가 떠올랐다.

'저런… 감기 드시려고……'

그녀가 살며시 빠져나와 누워 있는 두 여자에게 가죽을 잘 덮어준 다음 제 짐 속에서 옷을 한 벌 더 꺼내어 퍼쿵의 배 위에 덮어주었다. 마치 커다란 주먹밥에 김 한 장 붙여놓은 것처럼 보여 우스꽝스러웠으나 그것만으로도 그녀의 마음은 기뻤다.

"벌써 일어났어?"

"어머!"

깜짝 놀라서 돌아보니 뱃머리에 치요가 앉아 있었다. 정체 모를 환한 빛이 아이를 감싸고 있는 것처럼 보였다.

"안 잤니?"

"난 밤에 자지 않아. 대신 낮에 자지."

"왜?"

"그냥······. 원래 그래."

치요는 마족이니 뭐니 설명하기가 좀 그래서 대충 대답했다.

"뭐 하고 있어?"

치요는 하늘을 올려다보았다.

"별을 보고 있어."

"별?"

참 낭만적인 아이라고 생각했다. 그녀로서는 치요가 별을 보고 점친다는 것을 알 턱이 없었다.

치요가 물었다.

"왜 이렇게 일찍 일어났어? 좀 더 자도 되는데."

"식사 준비 하려고."

"있다가 다 일어나면 같이 해."

"나도 뭔가 돕고 싶어서 그래."

그 말에 치요가 빙그레 웃었다.

"그 맘은 알겠는데 지금은 위험해서 안 돼. 혼자 저기 들에 내려가면 무슨 짐승이 달려들지 모르거든."

"짐승?"

그녀는 성 밖에서 야영을 해본 적이 없어서 그런 문제는 생각해 보지 못했었다.

"잘 봐."

치요가 관목 숲을 가리켰다. 그러나 아무것도 보이지 않았다. 고요히 바람만 불어오고 있었다.

"아무것도 없는데?"

치요가 손을 휙 뻗어내자 그의 손에서 갑자기 작은 불덩이가 직선으로 날아갔다.

캬오!

느닷없이 뭔가 시커먼 것이 튀어오르며 비명을 질렀다.

"살쾡이야."

자리코는 깜짝 놀랐다. 설마 그런 것이 숨어 있으리라고는 상상도 못했던 것이다. 온몸에 소름이 쫙 돋았다.

"그리 크지는 않지만 아주 사납고 위험한 동물이야. 그러니까 해 뜨기 전에는 숲에 가면 안 돼."

"모, 몰랐어, 저런 게 있을 줄은."

"넌 숲이 처음이니?"

"응. 넌 아직 어린데 아는 것이 많구나?"

"응, 좀 그래."

"그런데 뭘 던진 거야?"

"그런 게 있어. 같이 살다 보면 알게 돼."

치요는 제 나이가 열다섯이라는 것도 설명하기가 귀찮아서 말아버렸고 마법을 쓰는 것도 생략했다.

"꼭 가고 싶다면 내가 같이 가줄게."

그렇게 말하면서 일어서던 치요가 인상을 좀 찡그리더니 휘청했다.

"왜 그래? 어디 아프니?"

"별것 아냐. 화살에 맞았어."

"어디 봐!"

"괜찮아."

"안 돼. 상처가 곪으면 어쩌려고? 이래 봬도 나는 간호사로 일했단다. 경력이 팔 년이나 돼. 어서 상처를 보여줘."

그녀가 고집을 부리자 치요가 물끄러미 쳐다보더니 물었다.

"왜? 또 침 바르려고?"

"침?"

영문을 모르는 자리코가 되물었다.

"보보의 온몸에 침을 발라놓은 것이 너라면서?"

"핫!"

그녀의 얼굴이 순식간에 새빨갛게 달아올랐다. 치요로서는 치료를 얘기한 것이었지만 보보가 한 거짓말을 모르는 자리코로서는 무척 당황이 되었다.

'그, 그걸 어떻게? 보보와 잠잔 것은 아무에게도 말하지 않았는데… 이런 어린애가 결혼 얘기를?'

순간 자리코는 혼란스러웠다. 자신에게는 아무런 말도 하지 말라고 해놓고서 정작 보보가 모두에게 결혼 얘기를 한 것이 아닌가 싶었다.

"보, 보보에게 무슨 얘기 들었니?"

"네가 침을 발라 보보의 생명을 구해주었다면서?"

"으, 으응, 그랬었나?"

일단은 안심이 되었다. 결혼 얘기를 하는 것 같지는 않았던 것이다. 잠시 마음을 가다듬은 자리코가 치요에게 물었다.

"저… 혹시 뭐 좀 물어봐도 돼?"

"뭐든지."

"여기 이 사람들은 남자랑 여자랑 결혼을 못하게 한다는 것이 사실이야?"

"결혼을? 왜? 좋아하면 하는 거지."

"그래? 하지만……."

하마터면 보보가 한 얘기를 할 뻔했으나 가까스로 약속을 떠올리고는 말을 돌렸다.

"누가 그러던데? 너희들은 절대로 결혼을 하지 않는다고."

"글쎄… 어디서 무슨 얘기를 들었는지 모르지만 결혼을 안 하는 것은 아냐. 다만 너희 인간족처럼 아무나 하고 잠자고 그러지는 않아. 한 남자에 한 여자만 결혼을 하지."

"그럼… 혹시 보보가 결혼을 했니?"

"후후, 너 보보를 좋아하는구나?"

"아, 아니야. 그냥……."

자리코가 서둘러 부인했다. 그러나 치요는 알겠다는 듯이 고개를 끄덕이며 미소를 짓더니 대답했다.

"아직 안 했어. 여긴 결혼한 사람 없어. 아직 모두 어리잖아. 뭐 퍼쿵이나 피코는 결혼을 할 나이가 되었지만 저 둘은 친남매니까……. 왜 그러는데?"

"아무것도 아냐. 그냥 궁금했어."

자리코는 이제 모든 것을 확실하게 알 수 있었다. 보보가 한 얘기는 전부 거짓말이었다는 것을……. 자기 일행이 정신 이상자라고 한 것도, 결혼하면 안 된다는 것도, 물론 어젯밤 보보가 얘기해 준 것이긴 했으나 치요를 통해 들으니 확실한 보보의 마음을 알 수가 있었다.

'그랬구나. 보보는 다만 내가 싫어서 결혼을 할 수 없었던 거구나……'

자리코가 다시 물었다.

"혹시 보보가 사귀는 사람이 여기에 있니? 좋아한다든가……."

치요는 고개를 갸우뚱하더니 말했다.

"모르겠는데? 그런 사람이 있었나? 뭐 피코랑 유난히 잘 붙어 다니기는 하더라만……."

"피코랑?"

그녀가 자고 있는 피코를 물끄러미 바라보았다.

'그랬나? 보보가 좋아하는 것은 피코였나? 하지만 피코는 키도 훨씬 크고 힘도 보보보다 훨씬 더 센데? 설마 아니겠지.'

치요가 덧붙였다.

"하지만 피코가 보보에게 검과 활 쓰는 법을 가르치고 있으니까 같이 있는 시간이 많을 수밖에 없지. 게다가 우린 모두 친형제처럼 지내니까……."

그녀가 잠깐 생각에 잠겼다. 잠시 피코를 바라보던 자리코가 치요를 다시 앉히고는 일어섰다.

"잠깐만 기다려."

그녀는 얼른 제 짐이 있는 곳으로 달려가더니 무엇인가를 꺼내 가지고 돌아왔다.

"상처 이리 보여줘."

그녀가 가져온 것은 붕대였다. 간호사답게 붕대 같은 것도 가지고 다니는 모양이었다.

"괜찮다니까."

"침 바르지 않을 테니 걱정 마."

자리코는 치요의 상처를 붕대로 감아주었다.

"일단은 이렇게 해놓고 날이 밝으면 끓는 물에 소독하고 약초를 좀 구해다가 바르자. 됐지?"

"고마워."

두 사람은 마주 보며 웃었다.

치요가 말했다.

"네가 우리와 합류해서 모두들 기뻐하고 있어. 나도 그렇고. 그러니 마음 편하게 지내. 그리고 어려운 것이 있으면 꼭 얘기하고. 모두가 도와줄 거야."

"정말 고마워, 모두들."

자리코는 정말로 마음이 편했다. 오빠와 함께 살 때만큼 마음이 편해지는 것이 느껴졌다.

날이 밝자 모두 일어나 강물에 세수를 하고 식사 준비를 했다. 자리코는 서둘러 피코와 유코를 잡아끌었다.

"모두 같이 가줘. 땔나무를 해와야지. 혼자는 무섭단 말야."

"언니는… 뭐가 무섭다고 그래요?"

"숲에 맹수가 있을지도 모르잖아."

"호호, 겁도 많아서. 나는 혼자도 잘 다니는데……."

피코가 딴청을 부리며 말했다.

"그야 맹수도 너를 피하니까 그렇지."

그러자 유코가 샐쭉해서 쏘아붙였다.

"왜요? 왜 맹수가 날 피해요?"

"낸들 아니? 설마 무서워서 피하겠냐? 다른 이유가 있겠지."

"뭐, 뭐라구요? 그럼 더러워서 피한다는 거예요?"

아무래도 피코가 간밤에 당한 복수를 하는 모양이었다. 그녀는 어물 쩡 대답을 피하며 숲으로 들어가 마른 나무를 줍기 시작했다.

"글쎄… 나는 잘 모르겠다. 왜 피하는지. 킥킥."

식식거리는 유코를 모른 척하며 콧노래까지 흥얼거렸다.

"정글 숲을 헤쳐 나가자~♩♪ 엉금엉금 기어서 가자~ ♬"

유코가 자리코의 손을 덥석 잡으며 말했다.

"이… 씨, 자리코 언니, 우리 저쪽으로 가요. 피코는 맹수보다 더 무서우니까 혼자 놔둬도 돼요."

자리코는 두 여자가 티격태격 싸우는 통에 괜히 제가 미안해서 어쩔 줄 모르다가 유코에게 반대 방향으로 끌려갔다.

자리코가 물었다.

"왜 자꾸 피코와 싸우니?"

유코는 시치미를 뚝 떼었다.

"누가요? 언제 피코랑 내가 싸웠다고 그래요?"

"어젯밤부터 내내 말다툼을 하는 것 같던데?"

"아아, 그거요? 우리는 이게 대화예요. 처음 만날 때부터 그랬어요."

"왜?"

"몰라요. 피코가 자꾸만 시비를 걸잖아요. 아마 내가 예뻐서 질투하나 봐요."

"호호, 정말?"

"그런가 보죠. 좀 있으면 언니한테도 시비 걸지 몰라요."

"설마? 난 예쁘지도 않고 싸울 생각도 없는데?"

"킥킥, 곧 그럴 것 같은데요? 아무래도 언니와 피코는 연적이니까."

"연적?"

"아, 아니에요. 킥킥."

자리코는 몹시 궁금했다.

'이 아이가 무슨 얘기를 하는 걸까? 설마 내가 보보 좋아하는 것을 알고 있는 건가? 그렇다면 피코도? 역시 보보와 피코가?'

"무슨 얘기야? 해줘, 응?"

"아무것도 아니라니까요. 킥킥."

유코는 계속 시치미를 떼면서도 킥킥거리는 것을 멈추지 않았다.

"혹시 피코가 여기 남자들 중 누굴 좋아해?"

"흐흥, 누굴 것 같아요? 퍼쿵은 친오빠고, 치요는 어린아인데. 그러면 누굴까요? 우레일까요?"

"보보?"

"깔깔깔, 딩동댕! 둘은 시치미를 떼고 있지만 난 벌써 알고 있거든요. 호호호!"

유코는 계속 혼자 깔깔거리며 나무를 주웠다. 자리코도 나무를 주우며 생각했다.

'그랬구나. 보보가 좋아하는 사람은 피코였구나. 유코일 거라고 생각했었는데……'

그랬다. 자리코는 보보가 유코를 좋아한다고 생각했었다. 왜냐하면 피코는 잘생기긴 했지만 여자인 줄도 몰라볼 정도로 근육질에 키도 보보보다 한 뼘은 더 컸으니까. 하지만 유코는 보보의 귀에 못 미치는 키에 무척 귀엽게 생겼다. 자리코는 처음 이 무리를 만났을 적에 여자가 유코밖에 없는 줄 알았을 정도였다.

고개를 끄덕이던 자리코가 다시 물었다.

"그런데 왜 피코가 나와 연적이야?"

그녀는 이미 보보를 포기했다. 아니, 포기하려고 마음먹고 있었다. 마음이 아팠지만 싫다는 남자를 붙잡고 싶진 않았다. 그러면 너무 비참해서 싫었다.

유코가 멀뚱히 자리코를 올려다보았다.

"그럼 언니는 보보가 싫어요?"

"아니, 싫은 건 아니지만……."

"싫지 않으면 연적이 될 가능성이 있는 거예요. 깔깔."

유코는 어제 저녁에 둘의 뒤를 밟았던 얘기는 하지 않았다. 거기 언덕에 숨어서 두 사람의 얘기를 다 들었던 것이다. 보보와 자리코에게 장난을 하려다 그만둔 것은 그런 이유였다.

그러나 그 얘기를 하면 자리코가 너무 속상하고 창피해할 것만 같았다. 그녀가 보보에게 거절당한 것을 알고 있다고는 도저히 말할 수 없었다. 그녀의 자존심을 뭉개 버릴 수는 없었으니까.

그런 이유로 그녀가 너무 측은해서 장난 치는 것은 포기했지만 넘치는 장난기마저 완전히 죽일 수 없는 유코인지라 슬슬 말을 돌려가면서 자리코를 놀리는 중이었다.

물론 유코가 악의가 있는 것은 아니었다. 단지 천성이 그래서 자기도 어쩔 수가 없는 것이었다.

자리코는 좀 슬픈 생각이 들었다.

'그래, 연적이라도 될 수 있으면 좋겠다. 하지만 보보는 이미 피코를 택한걸.'

그녀는 억지로 마음을 다잡으며 빙그레 웃었다.

"하지만 유코, 만약 내가 다른 사람을 좋아하면 그런 일이 없겠지?"

"다른 사람? 다른 사람 누구요?"

자리코는 깜짝 놀랐다. 그녀가 장난 삼아 한 말에 유코가 너무 격렬한 반응을 보였던 것이다.

"언니, 설마 퍼쿵 오빠를 말하는 것은 아니겠지요?"

유코는 눈이 동그래져서 자리코의 얼굴을 똑바로 쳐다보고 있었다.

"유코, 왜 그래? 난 그냥 장난으로……."

"어머, 안 돼! 그건 안 돼요! 퍼쿵 오빠는 내 거란 말이에요! 좋아요. 이제 언니는 나와 연적이에요. 당장 가요. 가서 물어보자구요. 퍼쿵 오빠가 언니랑 유코 중에서 누굴 선택할지……. 물론 물어보나마나겠지만! 엉엉, 이럴 수가… 엉엉."

갑자기 유코가 엉엉 울음을 터뜨리더니 안고 있던 나무를 내던지고 배를 향해 달려가 버렸다.

"……."

자리코는 아무 말도 못하고 멍하니 유코의 뒷모습만 바라보고 있었다.

"걱정하지 마. 쟤는 곧 괜찮아져."

멍하던 자리코는 갑자기 들려오는 목소리에 흠칫 놀라며 뒤를 보았다. 뒤에는 피코가 나무를 한아름 안고 서 있었다.

"저 애는 항상 저렇게 떠들고 뛰어다니고 놀고, 장난치고 화내고, 울고 웃고 그래. 곧 익숙해질 거야."

그래도 자리코는 걱정이 사라지지 않았다.

"하지만 나 때문에 화가 난걸? 왜 갑자기 퍼쿵 오빠의 얘기를 하면서 화를 낸 거지? 유코가 퍼쿵을 좋아하는 거야?"

"후후, 유코 말로는 자기가 곧 퍼쿵이랑 결혼을 할 거라는데… 모르지 언제 또 바뀔지. 저런 증상도 얼마 되지 않은 거야. 어느 날 갑자기 저런 말을 하더군."

"그럼 피코는 보보 때문에 유코랑 싸우는 거야?"

피코가 좀 당황하는 듯했다.

"무, 무슨 말이야? 보보 때문에 싸우다니……. 저 애가 뭐라고 했는지 모르지만 다 믿지는 마. 원래 혼자서 소설을 쓰는 애니까."

피코는 황망히 유코가 떨어뜨린 나무까지 챙겨 들고는 유코가 달려간 길로 걸음을 옮겼다.

"가, 같이 가."

아침 식사를 하는 분위기는 영 썰렁했다. 제일 말이 많던 유코가 입을 내민 채 침묵하고 있기 때문이었다.

덕분에 다른 사람들도 그 영향을 받아서 말수가 줄었다. 특히 그녀가 흘끔흘끔 쳐다보는 퍼쿵은 눈치를 보느라 음식을 잘 먹지도 못했다.

내막을 알고 있는 피코와 자리코도 가만히 입을 다물고 있었다. 피코는 속으로 피식피식 웃음이 났으나 뭐라고 건드리면 유코가 어떤 헛소리를 할지 몰라서 비어져 나오는 웃음을 억지로 참고 있었다.

반대로 자리코는 저 때문에 생긴 일이라 바늘방석에 앉아 있는 것 같았다. 자리코 역시 아주 쾌활하고 명랑한 성격이었으나 아직 이 일행에 익숙하지 않아서 눈치를 많이 보고 있었다. 그러나 워낙에 상냥하던 성격만은 원래대로 보이는 중이었다.

치요가 슬쩍 물었다.

"유코, 어디 아프니? 왜 얼굴이 좋지 않아?"

"……."

대답이 없자 이번에는 보보가 물었다.

"유코야, 뭐 안 좋은 일 있어?"

"……."

유코는 말없이 음식을 먹으며 가끔 퍼쿵의 얼굴만 힐끔거리고 쳐다봤다.

"윽!"

유코와 눈이 마주칠 때마다 퍼쿵은 흠칫흠칫 놀랐다. 원래 퍼쿵은 모두에게 공평하고, 점잖고, 상냥하면서도 엄할 때는 은근히 엄한 성격이었지만 어제 있었던 유코의 가슴 사건 이후로는 상당히 유코를 의식하면서 조심하게 되었다.

'뭐냐? 저 눈초리는……. 설마 또 무슨 말을 하려고? 이제 더 이상 가슴 얘기는 안 했으면 좋겠는데. 아참, 자리코의 팬티 사건도 있었지?'

어색함이 최고조에 다다르자 퍼쿵이 슬쩍 말을 꺼냈다. 분위기를 좀 살려보려는 의도였다.

"아아, 맛있다. 오늘 아침은 누가 요리했어?"

피코가 대답했다.

"자리코가 했어."

"어, 어쩐지 낯선 맛이다 생각했는데… 요, 요리를 아주 잘하는군요? 헤……."

퍼쿵이 자리코를 향해 어정쩡한 웃음을 보였다.

자리코는 유코의 시선을 엄청 의식하면서 가볍게 고개를 끄덕였다.

"벼, 별말씀을요. 어, 어제 저녁이 더 맛있었는걸요?"

피코는 두 사람의 대화에 끼어드는 유코의 날카로운 시선이 느껴지자 자꾸만 웃음이 나오려고 했다.

"킥킥."

퍼쿵이 또 말했다.

"아, 아닙니다. 자, 자리코 씨는 참 여성스러운 것 같군요."

"고, 고맙습니다."

몹시 불편한 자리코는 퍼쿵이 말을 시키지 말았으면 좋겠다는 생각이 들었다. 퍼쿵과 얘기를 할수록 유코의 입이 점점 더 나오고 있기 때문이었다.

그러나 영문을 모르는 퍼쿵은 제일 만만한 자리코와 얘기하면서 분위기를 풀려고 자꾸만 말을 시키고 있었다.

"하하, 우리 일행도 자리코 씨가 와서 더 화기애애해진 것 같아요. 그렇죠?"

"에… 예에. 그렇게 생각해 주시니 감사합니다."

우레는 아무 생각이 없이 음식을 입에 집어넣는 중이었고 보보와 치요는 말을 하는 사람에게 시선을 옮겨가면서 두 사람의 책 읽는 것 같은 대화를 듣고 있었다.

게다가 피코는 고개를 돌리고 웃음을 참느라 몸을 뒤트는 중이고 유코는 퍼쿵과 자리코의 중간쯤에 시선을 고정시킨 채 입을 오리만큼이나 내밀고 있었으니 그 광경이 가관이었다.

"푸하하하!"

결국 피코가 참지 못하고 웃음을 터뜨리고 말았다. 그녀는 이 사단의 원인을 모두 알고 있기 때문이었다. 그러자 그녀의 입에서 씹던 음식이 마구 튀어나왔다.

"엑!"

"뭐야, 피코? 음식 튀어나오잖아?"

보보가 황급히 피코의 입을 손으로 가렸고 치요는 음식 앞에 손을 내밀어 튀는 음식을 막았다.

퍼쿵과 자리코가 깜짝 놀라 피코를 쳐다보았다. 퍼쿵은 황당한 표정이었고 자리코는 매우 창피한 기색이 역력했다.

퍼쿵이 자리코에게 수건을 건네주며 말했다.

"저, 저 애가 왜 저럴까? 원래 잘 웃지 않는 아인데……. 놀라셨죠? 이걸로 좀 닦으시죠."

"괘, 괜찮아요. 퍼쿵 오빠나 좀 닦으세요."

내미는 수건을 도로 밀다 보니 자연히 퍼쿵과 자리코의 손이 닿게 되었는데 서로 몸을 반쯤 일으킨 상태로 손을 마주 잡은 꼴이 되어버렸다.

그때였다. 유코가 벌떡 일어나며 고함을 질렀다.

"그만 해요! 지금 선 봐요? 시끄러워서 밥을 못 먹겠네!"

갑자기 벌어진 그 사태에 모두가, 심지어 우레마저 깜짝 놀라며 유코를 주목했다. 피코만이 뒤로 돌아앉아 배를 잡고 웃느라 뒤집어지고 있었다.

"와하하하!"

자리코가 고개를 푹 숙였다. 올 것이 온 것 같았다.

'아유, 창피해. 유코가 뭐라고 할까? 제발 아무 얘기도 하지 않았으면…….'

퍼쿵이 영문을 모르겠다는 듯이 바라보더니 약간 화난 표정을 지었다. 아무래도 좀 꾸짖어줘야겠다는 생각이 들었다.

"유코, 이게 무슨 짓이냐? 예의없이. 모두 놀랐잖아?"

평소 같으면 퍼쿵이 정색을 하고 말하면 유코도 곧 수그러들었었는데 오늘은 그렇지 않았다.

유코가 퍼쿵을 똑바로 쳐다보며 소리쳤다.

"더 이상 이렇게 지낼 수는 없어요! 확실히 하고 넘어가야 되겠어요!"

유코가 잘못을 인정하긴커녕 자신을 똑바로 바라보며 말하자 퍼쿵이 오히려 당황했다.

"뭐… 뭘 말이냐?"

유코가 자리코에게 시선을 휙 돌리더니 손가락으로 그녀와 자신을 번갈아가며 가리켰다.

"오빠, 자리코 언니와 저 중에서 선택해요. 누구와 결혼할 건지! 이 자리에서 확실하게 말을 해요!"

"뭐, 뭐라고?"

퍼쿵은 입을 쩍 벌리며 굳어버렸다. 자리코는 고개를 푹 숙인 채 앉아 있었고 보보는 뭔 소리냐는 듯 자리코를 바라보았다.

'뭔 소리야? 자리코가 그새 퍼쿵 형에게 마음을 돌렸나? 아무리 인간족이 자유혼이라지만 단 하룻밤 새에?'

아무리 자기가 거절했다고는 해도 서운한 마음이 드는 것은 어쩔 수가 없는 모양이었다. 보보의 표정은 '이럴 수가' 라고 말하는 빛이 역력했다.

자리코는 그런 보보의 시선을 도저히 마주칠 수가 없었다. 물론 자신이 퍼쿵을 좋아하게 된 것도 아니었으나 현재 상황에서는 모두 그렇게 생각할 수밖에 없으니… 바로 어제 보보에게 사랑 고백을 하던 여자로서 얼굴을 들 수가 없었던 것이다.

치요는 고개를 설레설레 흔들었다. 평소에 하도 황당한 짓을 잘 하던 유코인지라 이번에도 분명히 무슨 헛소리를 하고 있지 싶었다.

피코는 더 이상 견딜 수가 없어서 아예 자리를 떠나 버렸다. 너무 웃어서 속이 뒤집히는지 물가에 엎드려 헛구역질을 하는 중이었다.

퍼쿵이 말을 더듬었다.

"무슨… 소리냐? 난 도무지 영문을 모르겠구나. 선택을 하라니?"

"자리코 언니가 오빠를 노리고 있단 말이에요! 그러니 약혼녀인 저와 새로 온 언니 중에 선택을 하란 말이에요! 구질구질하게 두 여자 양다리 걸치지 말고요!"

퍼쿵이 얼굴이 벌게져서 자리코를 바라보았다. 무슨 소리냐는 얼굴로. 그러나 자리코는 좀체 얼굴을 들지 않았다. 고개를 숙인 그대로 굳어버린 것 같았다.

퍼쿵이 좀 정신을 가다듬더니 목소리를 깔았다.

"어흠, 유코야. 뭔가 오해가 있는 모양인데… 오빠는 아직 결혼할 생각이 없어. 자리코 씨와도 그렇고 너와도 그래. 게다가 약혼녀라니? 넌 아직 어리잖아? 자꾸 그런 소리 하면 못쓴다. 오빠 화낼 거예요."

그러자 유코가 눈을 동그랗게 뜨더니 눈물을 글썽였다.

"어머, 오빠? 무슨 말을 그렇게……? 그럼 어제 일은 뭐였어요? 어제 분명히 제 가슴을 만졌잖아요. 혹, 제 가슴을 만져 놓고 책임지지 않을 생각이에요? 정말 그런 거예요?"

"헉! 그, 그것은 네가 억지로……!!"

그러나 퍼쿵은 변명할 틈도 없었다. 이윽고 소리친 유코 때문이었다.

"몰라요, 몰라! 미워요! 오빠, 미워요! 실망이에요! 흐흑."

유코는 얼굴을 감싸더니 엉엉 울어댔다.

"비빕? 삐비비?"

갑자기 우레가 유코 옆으로 다가오더니 그녀의 어깨에 팔(날개)을 두르며 뭐라고 중얼거렸다. 그러자 돌연 유코가 고개를 확 들었다.

"시끄러워! 넌 좀 저리 가 있어!"

"깨액!"

우레가 깜짝 놀라며 뒤로 벌렁 넘어지더니 그대로 움직이지 않았다. 우레의 입에서 거품이 부걱부걱 나오는 걸로 봐서는 아마 기절한 모양이었다.

보보가 귓속말로 치요에게 물었다.

"기절했나 봐."

"그런 것 같지?"

"우레가 뭐라고 했는데?"

"자기가 대신 책임지면 안 되냐고 했어."

"풋, 맞아 죽지 않은 게 다행이군."

두 소년은 귓속말을 주고받으며 고개를 끄덕였다.

"크아앗, 칵칵칵!"

물가에서 토하던 피코는 기절한 우레를 보더니 아예 쓰러져 울고 있었다. 얼굴은 웃고 있으나 그녀의 눈에서는 눈물이 줄줄 흘러내리는 중이었다.

이제 아무도 말을 하지 않았다. 한참 그 상태로 시간이 지났다. 이윽고 입을 연 것은 자리코였다.

그녀가 천천히 고개를 들었다. 아주 새빨개진 얼굴로. 그러나 표정은 매우 침착했다.

"유코, 난 퍼쿵 오빠를 남자로 생각하지 않아. 앞으로도 그럴 거고. 그러니 걱정하지 마. 앞으로 퍼쿵 오빠는 내 친오빠처럼 생각하고 보보는 내 친동생처럼 생각하고 싶어. 치요도 그렇고 유코, 피코도 그래. 그러니 더 이상 그런 얘기는 하지 않았으면 좋겠어. 그리고 모두들 나를 친동생이나 친누나로 생각해 줄 거라고 믿어. 안 그러면 나 여기서 같이 지낼 수 없을 것 같아. 오해가 있었다면 미안해. 이제 풀었으면 좋겠다."

말을 마친 자리코는 조용히 일어서더니 혼자서 배로 걸어갔다.

황망해진 것은 이제 유코였다. 유코는 물론이고 퍼쿵, 치요, 보보를 비롯해 뒤집어져 있던 피코까지 모두 숙연해졌다.

잠시 후 모두의 시선은 유코에게 향해졌다. 책망하는 것이 분명한 모두의 시선을 한번 죽 둘러본 유코는 얼굴이 새빨개지더니 얼굴을 감싸고 주저앉았다.

피코가 걸어오며 책망하는 투로 말했다.

"뭐냐, 너? 혼자서 북 치고 장구 치고. 하여튼 사람 황당하게 하는 데는 뭐 있어."

치요는 속이 깊어서인지 유코를 달래듯이 말했다.

"유코, 어서 자리코에게 사과하지 그래? 많이 상처받았을 거야."

보보도 눈치를 보며 한마디 했다.

"그래, 이번 일은 유코가 잘못한 것 같아. 처음 와서 아직 익숙하지도 않을 텐데……."

그러자 유코가 어깨를 떨며 흐느끼기 시작했다.

"미안해요, 모두들. 정말 난 왜 이렇지? 내가 잘못했어요. 용서해 주세요."

그러자 가만히 고개를 숙이고 있던 퍼쿵이 조용히 일어서며 유코를 불렀다.

"됐어. 그만들 해. 유코도 지금 미안해서 가슴이 아플 거야. 유코야, 오빠랑 잠깐 얘기 좀 할까?"

"예……."

유코가 얌전히 퍼쿵의 뒤를 따라갔다. 배 위에서는 자리코가 혼자 앉아서 강물을 바라보고 있었다.

퍼쿵이 유코를 데리고 숲으로 들어가자 다른 아이들은 자리코를 바라보았다. 그러나 딱히 뭐라고 할 말이 없었다. 지금 자리코는 몹시 상심해 있을 것 같아서 섣불리 위로할 자신들이 없었다.

치요가 일어서더니 말했다.

"내가 배로 가볼게. 아무래도 피코는 이 사단을 미리 알고 있었던 것 같고 보보는 좀 입장이 난처할 것 같으니까 둘 다 말하기 곤란할 거야. 그렇지?"

피코는 민망한 듯 고개를 숙였고, 보보는 얼굴이 확 달아올랐다. 미리 알면서도 말리지 않고 그 상황을 즐기던 피코로서는 아무 할 말이 없었고, 또한 보보는 자리코와 그런 관계라는 것을 치요가 눈치 챈 것 같아서 당황하는 중이었다.

치요는 천천히 물가로 걸어갔다. 물에서 배까지는 퍼쿵이 나무들을 엮어 만들어놓은 간이 다리가 놓여 있었다. 치요는 그 다리를 건너 배로 올라갔다.

자리코는 치요가 다가오는데도 돌아보지 않았다.

"자리코, 나랑 얘기 좀 해."

그제서야 돌아보는 자리코의 뺨에는 두 줄기 눈물이 흘러내리고 있었다.

"많이 놀랐지? 내가 대신 사과할게."

"…치요……."

"뭐라고 말을 해야 할지 모르겠어. 너무 황당하고 갑작스런 일이라. 물론 이 중에서 가장 충격을 받은 것은 자리코라는 걸 잘 알아. 하지만 이해해 줘. 유코가 말은 저렇게 해도 나쁜 애는 아니거든."

"……."

자리코는 말없이 눈물만 흘리고 있었다.

"나쁜 애는 아닌데 아직 철이 좀 없어서 뭐든지 제 맘대로 해석하고 말하는 버릇이 있어. 그렇지만 악의는 없어."

자리코가 말없이 고개를 끄덕였다.

"고마워. 받아들여 줘서. 한 가지 분명한 것을 얘기해 줄게. 그건 우리 모두가 자리코를 좋아한다는 거야. 넌 우리가 여태 겪어보지 못한 상냥함과 따스함을 가지고 있어. 마치 여자 퍼쿵을 보는 것 같아. 우리에게 퍼쿵은 형이자 엄마 같은 존재야. 피코도 그렇고 나도 그렇고 그다지 상냥한 편은 못 되지. 유코와 우레는 천방지축 장난꾸러기고 보보는 예의 바르고 똑똑하지만 아직 겁 많은 어린아이고. 앞으로 네가 그런 우리를 잘 보듬어주는 누나가 되어주었으면 해. 부탁이야."

자리코가 치요의 말에 비로소 미소를 지었다.

"그래, 그럴게."

치요가 미소를 지으며 자리코의 손을 잡았다.

"네가 와주어서 고마워. 진심이야. 유코도 널 좋아하고 있을 거야. 확실해. 그 애 남을 미워하지 못하거든. 앞으로도 가끔 황당한 일을 저지르겠지만 그냥 철없는 동생이 어리광 부린다고 생각해 줬으면 좋겠어."

자리코는 또다시 고개를 끄덕였고 치요의 말은 계속 이어졌다.

"나 너에게 누나라고 부르지는 않아도 정말 친누나처럼 생각하고 있어. 우린 원래 누나나 형이라는 호칭을 사용하지 않기로 했거든. 보보나 유코는 멋대로 그 말을 쓰지만 뭐 그건 그 애들 맘이지. 그 애들은 우리와 함께 산 지 석 달도 안 되었거든."

"그랬어?"

"응. 석 달 전쯤에 산에서 길을 잃은 것을 발견해서 데려온 거야. 그런데 벌써 우리와 한가족이 다 되었잖아? 너도 곧 익숙해질 거야."

"고마워, 치요."

자리코가 제 손을 잡고 있는 치요를 끌어당기더니 품 안에 꼭 안았다.

"나 좋은 누나가 되어줄게."

"후후, 고마워, 누나."

치요가 예외적으로 자리코에게 누나라는 호칭을 사용해 주었다.

모닥불가에 앉아서 배를 바라보는 피코와 보보는 자리코가 치요를 꼭 안고 미소 짓는 것을 보자 비로소 안심이 되었다.

보보가 피코에게 물었다.

"피코, 이런 일이 일어날 줄 미리 알고 있었어?"

"으, 응… 그래."

피코가 좀 머쓱해하며 머리를 긁적였다.

"그런데 왜 미리 말해 주지 않았어?"

"그냥… 좀 재미있을 것 같아서……. 휴~ 모두에게 미안하네. 막을 수도 있었던 일인데……."

보보가 미소 지었다.

"괜찮아. 오히려 잘된 건지도 몰라. 자리코가 이제 우리 일행에서 자기 위치를 확실히 가지게 되었잖아? 모두의 입장도 알았을 거고."

"그래… 결과적으로는……."

피코가 갑자기 생각난 듯이 보보에게 물었다.

"참, 너 자리코와 말하는데 입장이 난처할 거라는 것은 무슨 뜻이야?

아까 치요가 한 얘기 말이야."

보보의 얼굴이 확 달아올랐다. 뭐라고 변명할 말이 없었다.

"어? 그, 그건… 나, 나도 무슨 말인지 잘 모르겠어."

"뭐야? 왜 당황하고 그래? 너, 무슨 일 있었어, 자리코하고?"

보보가 손을 내저으며 부정했다.

"아, 아냐. 무슨 일은……. 아무 일 없었어. 그냥 치료를 좀 받고… 우리 때문에 자리코가 마을에서 쫓겨나고… 아, 그렇지. 자리코의 오빠가 너희와 싸우다가 죽었어. 그래서… 그래서 그런가 봐."

"그랬… 어? 저런……."

피코는 약간 의심이 나려고 하는 것 같았으나 자리코의 오빠가 죽었다는 말에 바로 관심을 그쪽으로 돌렸다.

"어떻게 죽었는데?"

보보는 어서 피코의 관심을 돌리려고 서둘러 말해 주었다. 자세하게…….

"으응, 내가 의원에 있을 때 너희들 소식을 알아봐 달라고 자리코에게 부탁을 했었거든. 그래서 그녀가 오빠에게 물어다 소식을 전해주었어. 너희가 탈출을 했다고. 그때 그녀의 오빠는 왕궁의 정문을 지키고 있었다나 봐. 그런데 폭탄이 터졌을 때 죽었대. 자리코는 오빠랑 단둘뿐인 고아였어. 그런데 오빠가 그렇게 죽자 연고자가 하나도 없게 된데다가 마을에서 배신자로 낙인까지 찍혀서 우릴 따라오게 된 거야. 거기 있으면 죽임을 당할지도 모르니까."

피코가 안됐다는 표정으로 말했다.

"불쌍한 애구나, 자리코는. 그런 줄도 모르고……. 앞으로는 정말 잘해주어야겠다."

보보는 속으로 가슴을 쓸어 내렸다.

'휴우~ 들키는 줄 알았네. 그나저나 치요는 어떻게 우리 관계를 눈치 챈 거야?'

피코가 다시 물었다.

"자리코는 왜 그 얘기를 해주지 않았을까? 너도 그렇고."

"그야 그 사실을 알게 되면 우리 모두가 부담을 가질 것 같아서 그랬겠지. 나 역시 그런 이유였고……."

"쯧쯧, 자리코는 아주 속이 깊구나."

바로 뒤 숲의 입구에는 퍼쿵과 유코가 앉아 있었다. 모두에게 보이지 않는 풀 숲 안이었지만 바로 지척이라 보보와 피코의 얘기를 모두 들을 수 있었다.

말없이 앉아 있던 퍼쿵이 살며시 일어나 유코의 손을 잡고 걷기 시작했다.

"들었니? 방금 보보의 얘기 말이야."

"예……."

유코의 목소리는 다 죽어가고 있었다.

"아까, 너 너무 심했던 거 알고 있지?"

"죄송해요."

"죄송하단 말을 들으려는 거 아니야. 네가 미안하게 생각하고 있는 거 알고 있으니까."

"……."

퍼쿵의 손을 잡은 채 약간 뒤따라 걷는 유코는 고개를 푹 숙이고 있었다. 그녀의 눈에서 눈물이 줄줄 흐르는 중이었다. 보보의 얘기를 들자 유코는 가슴이 미어지는 것 같았다.

'흑흑, 그런 불쌍한 언니를 내가……. 어쩌지? 이제 그 언니 우리랑 살고 싶지 않을 텐데… 갈 곳도 없을 테고…….'

"유코, 오빠랑 약속하자."

"예?"

유코는 고개를 푹 숙인 채 대답했다.

퍼쿵이 무릎을 구부리더니 유코의 뺨을 살며시 쥐고 고개를 들었다.

"고개 좀 들어봐. 오빠 눈을 봐야지."

"…흐흐흑!"

퍼쿵의 커다란 두 손에 싸여 고개가 들려지자 유코는 흐느끼기 시작했다.

"울지 말고. 우리 유코 이렇게 착한데 아까는 왜 그랬는지 모르겠네. 오빠 이해가 안 간다."

"잘못했어요. 얼른 가서 언니한테 사과할 거예요. 그리고 앞으로는 잘할 거예요. 어어엉~"

결국 유코가 울음을 터뜨렸다. 그 모습에 퍼쿵이 미소 짓더니 제 앞에 유코를 앉혔다.

"유코야, 오빠랑 약속해. 앞으로 무슨 말이든지 함부로 하지 않겠다고. 유코도 이제 곧 어른이 될 텐데 아직도 그렇게 어린애같이 말해서야 되겠어? 그러면 시집도 못 갈걸? 누가 데려가려고 하겠어?"

"엉엉, 오빠, 저 다른 데 시집 안 가요. 여기서 오빠랑 살 거예요."

"그래? 한 가지 더. 이제 오빠랑 결혼한다거나 약혼했다거나 그런 말 하지 말기야."

"엉엉, 왜요?"

"네가 그런 말을 하면 다른 사람들이 불편해하잖아? 그리고 오빠는 모두의 보호자야. 모두의 형이고 오빠지 유코만의 오빠는 아니잖아? 그런 말 또 하면 이제 오빠 유코를 보지 않을 거야. 그리고 이 담에 유코가 어른이 되어도 결혼해 주지 않을 거야."

"정말요? 정말 유코가 어른이 되면 결혼해 줄 거예요?"

"그래, 유코가 어른이 되면……. 그때 가서도 이 오빠를 좋아해 줄는지 모르겠지만. 하하하."

퍼쿵이 유쾌하게 웃자 유코도 울음을 멈추고 따라 웃었다.

"두고 보세요. 전 오빠랑 꼭 결혼할 거예요. 훌쩍."

퍼쿵이 재차 다짐을 했다.

"오빠랑 한 약속 다 지킬 거지?"

"꼭 지킬게요."

"그럼 이제 자리코에게 사과하러 가자."

"예. 헤헤."

유코는 퍼쿵의 손을 잡은 채 배시시 웃으며 숲을 빠져나가기 시작했다.

유코와 퍼쿵이 모닥불로 돌아오니 이미 자리코가 와서 앉아 있었다. 피코, 보보, 치요가 조심스럽게 자리코를 위로하는 중이었고, 자리코는 얼굴을 붉게 물들인 채 민망한 듯 고개를 숙이고 있었다. 우레도 깨어나 음식을 마서 먹고 있었다.

유코가 머뭇거리다가 살며시 다가갔다.

"저… 언니… 저어……."

자리코가 살짝 눈을 들어서 유코를 바라봤다.

역시 서로 민망해서 얘기를 잘 하지 못하는 것 같았다.

한동안 두 여자가 서로 말을 못하고 있자 치요가 나섰다.

"왜, 유코? 사과하러 온 거지? 어려워 말고 말해. 자리 비켜줄까?"

그러자 유코가 고개를 푹 숙이며 말했다.

"아, 아니야. 그러지 않아도 돼. 저어기……."

유코가 계속 머뭇거리자 자리코가 먼저 유코에게 말을 걸었다.

"유코, 괜찮아. 난 이제 아무렇지도 않아."

그 말에 유코가 다시 홀쩍거리기 시작했다. 미안한 감정이 복받쳐 눈물이 나는 모양이었다.

"홀쩍, 언니, 미안해요. 다신 안 그럴게요. 용서해 줘요."

자리코의 눈에도 눈물이 핑 돌았다. 그녀는 미소 지으며 유코의 손을 살며시 잡았다.

"괜찮아, 유코. 나 아무렇지도 않다니까."

유코가 자신보다 조금 더 큰 자리코의 품으로 고개를 박으며 울음을 터뜨렸다.

"아앙, 미안해요. 내가 나빴어요. 엉엉!"

"아냐, 유코 잘못 없어. 울지 마. 앞으로 우리 잘 지내자."

"그래요. 잘할게요. 이제 정말 잘할게요."

두 여자가 껴안고 울면서 서로를 위로하고 있었다. 그 모습을 바라보는 일행의 얼굴에도 미소가 떠올랐다.

피코가 말했다.

"자, 그만 울고 밥이나 계속 먹자. 아까는 제대로 먹지도 못했잖아?"

퍼쿵도 말했다.

"그래, 어서 먹자. 배고파 죽겠다."

모두가 유쾌하게 웃고 있었고 아침 식사가 다시 시작됐다. 고기는 이미 다 익어서 딱딱하게 굳어가고 있었다.

"이런, 고기가 타고 있잖아?"

"삐비비~"

이미 혼자서 먹을 만큼 다 먹은 우레가 유코를 흘겨보며 뭐라고 중얼거렸다. 물론 모닥불을 사이에 두고 반대 편으로 멀찌감치 떨어져서였다.

유코가 아무 말도 못하고 우레를 바라보자 우레는 다시 뭐라고 중얼거렸다.

"삐비비. 비비비비……."

유코는 기가 죽어서는 우레에게 사과를 했다.

"미안해, 우레. 이리 와. 내가 잘못했어."

유코가 우레에게 사과를 한 것은 처음 있는 일이었다.

"비?"

생각지도 못한 사과를 받자 우레가 충격을 받은 듯 멍하니 유코를 바라봤다. 우레뿐 아니라 다른 일행도 모두 놀란 듯 유코를 바라봤다.

유코가 손을 벌리며 우레를 불렀다.

"이리 와, 우레. 누나가 사과하는 의미로 안아줄게."

"비……?"

우레는 치요의 뒤로 몸을 숨기며 의심스런 눈으로 유코를 바라봤다. 평소 같으면 호들갑을 떨면서 달려가 품 안으로 뛰어들었을 것이지만 지금은 생전 처음 당하는 일이라 의심이 되어 몸을 사리는 중이었다.

"정말이야, 우레. 안아줄게."

"비비비."

우레는 유코가 재차 권하자 그제야 살며시 조심조심 다가가고 있었다.

가까이 가서 살짝 날개를 뻗어 유코의 손가락을 톡 건드리자 유코가 우레의 날개를 확 끌어당기며 품에 안았다.

"꺄액!"

"미안하다니까 왜 그렇게 사람을 못 믿어?"

잠시 비명을 지르던 우레가 좋아서 유코의 가슴에 얼굴을 부벼댔다.

그러자 유코가 소리를 버럭 지르며 우레를 휙 던져 버렸다.

"어디다가 입을 대! 좀 잘해주려고 하면 이 모양이라니까 하여튼……."

"삐비비… 비이……."

우레가 서글픈 듯이 기어와 유코에게 팔을 벌렸고 유코는 휙 돌아섰다.

그 모습에 모든 아이들이 크게 웃었다.

그렇게 웃으며 늦은 아침을 먹는 가운데 어느새 해는 중천으로 떠오르고 있었다.

제6장 터치

바다와 만나는 드넓은 강 하구에 소슬한 가을바람이 불어오고 있었다. 하얀 구름이 군데군데 하늘을 차지한 채 바람이 부는 대로 흘러가며 평화스러운 해변 분위기를 한껏 자아냈다.

길게 펼쳐진 갈대 밭 또한 바람이 만만치 않게 불고 있다는 것을 알려주며 흔들렸다.

그 해안에 면해 있는 들개족의 마을은 전에 없이 술렁대고 있었다. 소란스럽지는 않았으나 뭔지 모를 흉흉한 분위기가 느껴지는 것만은 사실이었다.

비상이 걸렸다. 터치 장군은 왕의 소환 명령을 받고 무거운 발걸음을 옮겼다.

왕궁의 회의실에는 들개족의 왕인 푸치가 침통한 표정으로 앉아 있었고 이미 모든 군 간부와 신하들이 빙 둘러앉아 있었다.

그가 도착하자 회의실 입구를 지키던 병사가 왕에게 고했다.

"제1군 사령관 터치 장군님 오셨습니다."

터치는 왕의 대답을 기다리지도 않고 회의실로 들어섰다.

"어서 와라, 터치. 기다리고 있었다."

"폐하, 소신 돌아왔습니다."

왕은 다급한 어조로 물었다.

"그래, 어떻게 된 거냐? 정황을 설명해 봐라."

"……."

터치는 잠시 침묵하고 있더니 무표정한 얼굴로 대답했다.

"미리 전령을 통해 전해드린 대로입니다."

둘러앉아 있던 모든 중신들의 표정이 일순간 구겨졌고 왕도 소리를 질렀다.

"뭐라고? 그럼 그게 사실이란 말이냐? 모두가 전멸했다고?"

"예, 유감스럽지만 사실입니다. 천 명의 원정군에서 살아 돌아온 것은 오십여 명뿐입니다."

"우우, 이럴 수가. 너를 믿고 군사의 절반을 내주었는데 모두 잃고 돌아왔다고? 그래놓고 뻔뻔스럽게 성한 몸으로 돌아와 보고를 하는 거냐, 지금?"

푸치는 크게 분노하고 있었다.

"……."

왕의 고함에 터치의 눈썹이 약간 일그러졌다. 그는 왕의 발치에 시선을 고정시키고 있었다.

보름 전 그는 왕에게 군사를 조달해 줄 것을 청했고, 반대하는 왕의 의견을 기어코 꺾었다. 칠십 세가 넘은 왕은 이미 터치의 뜻을 꺾기에는 역부족이었다.

부족의 주력군인 제1군 사령관인 터치는 전체 군권의 육할 이상을 장악한 실질적인 들개족의 실권자였고 아무리 부자간이라고 해도 터치의 야욕은 능히 쿠데타를 일으키고도 남을 만큼 위협적이었다. 그래서 왕은 자신의 셋째 아들인 터치의 반강제적인 청을 받아들일 수밖에 없었던 것이다.

푸치에게는 세 아들과 세 딸이 있었다. 모두 혼혈종이 아닌 토종이었다. 첫째와 둘째 아들은 터치보다 각각 여섯 살, 열 살이 위였다. 터치가 아직 소년이었던 시절 이미 군에 들어가 어느 정도 지위를 가지고 있었으나 터치가 장성한 후 차례로 죽거나 쫓겨났다.

첫째 아들 '기무치'는 강한 카리스마를 가지고 있는 군인이었으나 터치처럼 포악하지는 않았다. 그는 지식과 기술을 존중했고 평화적인 정책을 병행했다. 그러다가 어느 정도 세력을 형성한 터치와 왕위 계승을 둘러싼 전투에서 패하고 살해되었다. 그의 군대와 처자식까지 비참하게 몰살당한 것은 당연한 결과였다.

그리고 둘째 아들 '꼬치'는 제 형이 동생에게 죽음을 당한 지 얼마 되지 않아 가족을 이끌고 부족을 떠나 버렸다. 그러나 모두 둘째 아들이 스스로 떠난 것이 아니라 터치의 위협에 굴해 쫓겨났다는 것을 알고 있었다.

그만큼 터치는 정권에 대한 야욕이 강했다. 그는 어릴 적부터 자신이 원하는 것을 얻지 못하면 참지 못했고 마침내 손에 넣거나 그렇지 못할 경우 아예 부숴 버리는 성격이었다. 그렇게 그는 자신이 원하는 것을 남의 손에 넘겨주는 그런 짓은 절대로 하지 않았다.

게다가 들개족은 남아 중심 사상으로 똘똘 뭉쳐진 사회로 애초에 여자들은 아무런 권력도 쥘 수 없었으니 지금의 권력은 모두 터치에게 집중되어 있었다.

왕은 분노로 몸을 떨었으나 별다른 조치는 하지 못했다. 아직도 터치에게는 자신의 정예 부대가 고스란히 남아 있었고 그 세력을 결코 무시하지 못했다.

또한 터치는 원정을 떠나며 자신의 휘하 부대는 물론 다른 장군들의 휘하에 있는 각 부대에서 각각 같은 숫자의 군사를 징발해 갔고 전투에 투입한 것도 다른 부대의 병사를 중심으로 했기 때문에 실제로 피해를 입은 것은 터치보다 다른 장군들의 부대여서 힘의 불균형은 완화되기는커녕 오히려 터치 쪽으로 더욱 기울어져 있었다.

모든 것이 만일을 대비한 터치의 계략이었다. 원정에 성공할 경우 모든 실권을 잡을 수 있겠지만 만일 실패하면 자신도 죽음을 면치 못할 것이라는 계산에 입각한 것이었다.

모두가 침묵하는 가운데 터치가 생각했다.

'정말 위험할 뻔했군. 내 부대가 전멸했다면 나도 살아남을 수 없었을 테니까. 후후, 그래서 나는 내 휘하 부대는 남겨두었다가 이렇게 살아 돌아온 것이다.'

마침내 왕이 입을 열었다.

"좋아. 너라고 해서 책임을 면할 거라고는 생각하지 마라. 너의 처벌에 대해서는 중신들과 의논한 후 통보하겠다. 처소로 돌아가서 근신하고 있거라."

"예, 폐하. 그럼 이만……."

돌아서서 나가는 터치는 전혀 겁먹은 얼굴이 아니었다. 오히려 남아 있는 중신들을 한번 둘러보는 그의 눈에는 살벌한 매서움이 담겨 있었다. 그와 눈을 마주친 중신들은 찔끔해서는 고개를 돌려 버렸다.

그가 나가자 푸치가 한숨을 쉬었다.

"휴우~ 뭐라고 얘기 좀 해보라. 앞으로 저 녀석을 어찌 처벌하면 좋겠는가?"

"……."

모여 앉은 중신들은 좀처럼 입을 열지 않았다. 터치 장군의 성격을 잘 알고 있는 까닭에 함부로 그를 탄핵하는 말을 했다가는 무슨 보복이 있을지 두려웠기 때문이다.

모두 입을 열지 않자 왕이 다시 한 번 한숨을 내쉬었다.

"휴~ 다 내가 잘못 가르친 탓이다. 그러니 그대들을 탓할 수는 없겠지."

왕은 자신의 젊었던 시절을 돌이켜 보았다. 그 역시 공공연히 선왕인 자신의 아버지 커우를 위협했었다. 그리고 커우가 죽었을 때 군권을 장악하고 쿠데타를 일으켜 경쟁자인 동생 하커를 제거하고 왕이 되었다. 당시 제일선에서 직접 하커를 제거한 사람이 바로 지금 자신을 위협하는 터치 장군이었던 것이다.

그 사건이 있을 때 터치는 스물다섯의 젊은 장교였다. 그는 앞장서서 그 작전에 지원했고 탁월한 기동력과 과감성으로 하커의 친위대를 몰살하고 작은아버지인 하커를 살해했다. 그리고 그 공을 인정받아 단번에 계급이 상승되어 형들과 마찬가지인 장군 대열에 들어가게 되었다.

푸치는 생각에 잠겼다. 그는 칠십이 넘은 지금에 와서야 예전 커우가 그랬듯이 평화의 필요성을 느끼고 있었다. 아버지인 커우도 지금 자신의 나이 정도가 되어서 서서히 정책 노선에 변화를 주기 시작했었다. 그 평화 노선에 길잡이가 되었던 것은 동생 하커였고 커우는 푸치

자신보다 하커를 신임했었다.

　결국 커우는 임종하면서 차기 왕으로 하커를 지목했고 푸치는 그를 제거했던 것이다. 이미 병권의 칠할 이상을 장악했던 푸치로서는 당연한 일이었다.

　그런데 이제 와서 과거의 일들이 주마등같이 스쳐 가며 푸치를 회한에 젖게 만들고 있었다. 동생에게 쫓겨난 둘째 아들 '꼬치' 의 생각이 간절하게 났다. 그는 들개 토종이면서도 평화를 지향하는 주의였다. 어릴 적부터 아홉 살 위인 작은아버지 하커를 형처럼 잘 따랐고 그의 영향을 받아 전쟁보다는 협상을, 군정보다는 민정을 주장하던 지식인이었다.

　그러나 제 형과 그 가족이 동생의 손에 무참히 살해되는 것을 목도하고는 더 이상 맞서지 못하고 부족을 떠나 버렸다.

　'하긴 그때 떠나지 않았다면 그놈도 죽고 말았을 게야. 제 형과 그 가족들처럼……. 휴～'

　푸치는 고개를 들었다. 중신들은 아무 말도 하지 않은 채 왕의 명령만 기다리고 있었다.

　그만큼 현재 들개족의 정치 사정은 열악했다. 모여 앉아 있는 수십 명의 신하들은 거의 왕과 터치 사이에서 눈치만 보고 있을 뿐 별로 쓸모가 없었다. 지난 십여 년간 계속되었던 정권 싸움의 틈바구니에서 잔뜩 겁을 집어먹고 있을 뿐이었다.

　무슨 정책이나 의견을 내는 신하들은 이미 사라져 버렸다. 몇 년 전 둘째 꼬치가 떠날 때 대부분 함께 떠났고 개중에 남아서 푸치를 보좌하던 자들도 터치의 의견에 맞서다가 거의 죽었거나 이제는 입을 다물고 있었다.

푸치가 손을 들어서 모두에게 물러가라고 지시했다.

"더 이상 할 얘기도 없으니 다들 물러가게. 무슨 의견이든지 생각해 두었다가 내일 아침에 다시 모여 제시하도록 하라."

중신들은 조용히 회의실을 나갔다. 아무도 입을 열지 않았다.

모두가 나가고 근위병만 남게 되자 왕은 근위병도 물리고 혼자 남았다.

잠시 후 누군가 회의실 옆에 있는 작은 문을 열고 고개를 내밀었다. 그 문은 평소에는 쓰지 않는 모양으로 문 앞에 여러 가지 잡동사니가 쌓여 있었고 그 위에 커다란 커튼까지 덮여 있어서 곁에서는 보이지도 않았다. 게다가 문의 크기도 사람의 허리 정도밖에 되지 않았다.

그런 작은 문을 소리없이 열고 고개를 내민 것은 젊은 혼혈 들개족 이었다. 뭔가 비밀스런 전갈을 가지고 왔는지 주위를 조심스레 살피며 문에서 채 나오지도 않고 몸을 숨기고 있었다.

왕이 나지막한 음성으로 말했다.

"그래, 알아보았느냐?"

그 젊은이 역시 들릴 듯 말 듯한 작은 목소리로 대답하고 있었다. 왕의 앞에서 그런 작은 목소리를 내는 것을 보니 여간 비밀스런 일이 아닌 모양이었다.

"백방으로 알아본 결과 아직 확실한 정보는 아니지만 그분의 행적의 꼬리를 잡았습니다."

"그래? 좋아. 서둘러서 더 확실한 정보를 구해오도록. 그리고 각별히 주의해서 절대 터치나 그 세력이 눈치 채지 못하도록 해야 한다."

"알겠습니다. 그럼……."

젊은이는 약간 고개 숙여 인사를 하고는 들어올 때처럼 소리없이 회의실을 빠져나갔다.

문이 닫히자 그곳은 언제 누가 드나들었을 거라고 생각지 못할 정도로 다시 커튼에 가려 보이지 않았다.

터치 장군은 자신의 처소에서 부관들과 함께 앉아 있었다.

한 부관이 물었다.

"장군님, 몸은 어떠십니까?"

"건강하다. 내 걱정은 할 필요 없어. 난 천하무적이니까."

그러자 그 부관은 즉시 미소로 표정을 바꾸었다.

"역시 장군님이십니다. 이 부족을 강력하게 이끌어주실 분은 장군님밖에 없습니다."

터치는 주위를 한번 둘러보더니 뭐가 마음에 안 드는지 눈살을 찌푸렸다.

"내가 없는 동안 무슨 일 있었나?"

부관들은 두 패로 갈려 있었다. 한 편은 원정에 따라나섰던 쪽이고, 다른 한 편은 남아서 그의 자리를 지키고 있던 심복들이었다.

"예? 무슨 일이라뇨?"

"오늘 회의실에서 보니 공기가 좋지 않더란 말이야. 나 없는 새에 다른 놈들이 무슨 흉계라도 꾸미지 않았느냐 말이다."

"그런 일은 없습니다. 이미 근위병과 왕의 시녀들도 우리 세력으로 모두 채워놓았기 때문에 왕에게 가는 모든 정보는 바로 저희들에게 들어옵니다. 안심하십시오."

"하긴 그렇겠지."

터치는 이제 인간족과 있었던 전투로 생각을 돌렸다.

'단 한 번에 천 명에 가까운 우리 군을 전멸시켰다. 있을 수 있는 일

인가? 더군다나 약해 빠진 인간족이?'

그는 고개를 저었다. 직접 전투에서 진두 지휘를 하지는 않았으나 멀지 않은 주둔지에서 그들과의 전투 장면을 다 보았던 터치로서는 도저히 믿을 수가 없었다.

'순식간에 천지를 뒤덮었던 그 불기둥과 벼락 소리, 그리고 하늘을 날아다니던 바위와 불덩이들……'

태어나서 한 번도 본 적이 없던 그런 장면들이었고 터치로서는 투석기와 화약의 존재를 알 수가 없었기 때문에 갑자기 벼락이 떨어졌다고밖에 생각할 수가 없었다.

'그러나 벼락은 우리 병사들에게만 떨어졌고 뒤이어 쫓아 나온 인간족의 군대에게 채 죽지 않고 남은 병사들마저 모조리 목이 베어져 버렸다.'

터치와 함께 원정을 다녀온 부관과 병사들은 모두 그 장면을 똑똑히 기억하고 있었다.

"어떻게 생각하나?"

"예?"

"인간의 성에서 보았던 그 불기둥과 벼락 말이야."

"글쎄요, 단순한 불화살이나 화공은 아니었던 것 같은데……."

"누구 그런 공격에 대해 들어본 사람 없어?"

"처음 당한 일이라서……."

한동안 영양가없는 토론이 계속되다가 터치가 손을 들어 말을 끊었다.

"그만! 더 이상 얘기해 봐야 소용이 없겠군. 아무도 아는 놈이 없으니……."

터치의 말에 부관들은 고개를 떨구었다.

"죄송합니다."

"아니, 그럴 거 없어. 나도 처음 본 일이니까. 너희나 나나 무식하긴 마찬가지 아니냐? 하하."

터치가 별로 신경 쓰지 않는다는 듯이 말하자 부관들의 표정이 다시 밝아졌다. 그는 대수롭지 않다는 표정으로 부관들에게 말했다.

"좋아. 다행히 우리에겐 인간 포로가 아홉 명이나 있으니까…… . 포로들은 잘 치료하고 있겠지? 한 놈도 죽지 않도록 잘 돌봐라. 곧 심문을 해야 하니까."

"옛!"

터치는 그 말을 끝으로 자리를 털고 일어섰다.

"치료가 끝나는 대로 한 놈씩 심문에 들어간다. 이상."

터치의 거처는 일종의 작은 왕궁과 같았다. 개인 처소임에도 불구하고 회의실과 병사들의 숙소, 그리고 감옥과 고문실까지 따로 만들어져 있었다. 그리고 왕궁과 마찬가지로 많은 병사가 보초를 서고 있었고 다른 종족은 물론 들개족들도 함부로 드나들지 못했다. 그곳에서 터치는 왕궁과는 별도로 하나의 정치를 시행하고 있었던 것이다.

한때 일각에서는 터치의 행각을 반역이라고 하는 목소리도 있었으나 그중 일부가 암살당하고 또 일부가 되려 터치의 함정에 빠져 역모로 고발되어 사형당한 사건이 있은 후로는 모두 쉬쉬하는 형편이었다.

들개족의 정치가 그렇게 돌아가는 바람에 실제적으로 문화의 발달은 없었다. 모든 것이 군대를 위주로 발달했고 산업도 무기를 생산하는 쪽 이외에는 별다른 것이 없었다. 상업은 간단한 물물교환 수준에 불과했고 부족민의 생활이래 봐야 백 년 전과 별 다름없는 수렵과 어로 생활이 전부였다.

물론 그것은 들개족이 주로 신선한 날고기만을 먹는 육식성을 지닌 것에도 기인했다. 그들은 저장을 싫어했고 그날그날 사냥을 해서 신선한 고기를 섭취하길 좋아했다. 채식을 별로 하지 않아서 농사는 짓지 않았다.

그나마 밭이 조금 있는 것은 포로가 된 인간 여자들이 텃밭을 만들어 야채나 간단한 곡식을 조금 심어 먹는 정도가 다였고 들개족이 고기를 익혀 먹게 된 것도 최근 이십 년 안쯤의 일이었다. 이십 년 전, 전쟁이 끝나고 많은 인간 여자들이 포로가 된 후로 그들에 의해서 불과 익힌 음식이 전해졌던 것이다.

당시의 들개족은 성을 만들어 모여 사는 것이 아니라 그 지역에 넓게 분포하여 거의 자유로운 생활을 했다.

반면에 인간들은 한 지역에 성을 쌓고 그 안에 모두 모여서 살았는데 인간족은 인구 수가 커우의 들개족의 세 배 가까이 되는 데다가 대량으로 생산하고 저장하는 습성이 있었다.

인간들은 꼭 먹을 것만 사냥하는 것이 아니라 가죽과 훈제 고기를 만들어 저장해 놓고 장사도 해왔기 때문에 엄청난 양의 짐승을 잡았다. 따라서 일대의 짐승이 씨가 말랐고 같은 지역에서 사냥을 하는 들개족에게는 당연히 생존에 위협이 되었다.

게다가 인간족의 성에서 한꺼번에 배출되는 쓰레기는 능히 그 지역을 오염시킬 정도였다. 그런 문제에 대해서 들개족은 매우 큰 반감을 가지고 있었다.

들개족은 인간의 성에서 배출되는 엄청난 찌꺼기가 강과 바다를 오염시키는 것을 보고 불만이 대단했다.

그래서 인간을 자신들이 살고 있는 지역에서 몰아내려는 감정이 팽배해 있었고 더군다나 한 지역을 공유하면서 생겨왔던 잦은 충돌을 호

전적인 들개족이 참아낼 수는 없었다.

그래서 수십 년간 크고 작은 싸움이 계속되어 왔고 결국 들개족은 인간족을 몰아내는 데 성공했다.

그 뒤로 커우의 들개족은 다시 예전의 생활로 돌아가려 했으나 이미 인간의 문화가 크게 유입되어 있었고 군사력은 커질 대로 커져 있어서 부족의 모습은 이미 국가의 형태를 갖추고 있었다. 강력한 정치 세력이 등장한 것이었다.

그 뒤 무자비한 군정이 시작되었고 민생보다는 군사력에 치중하게 되었음은 말할 것도 없었다. 커우의 들개족은 이제 주변의 약소 종족을 정벌하기 시작했고 강력한 철기 문화를 바탕으로 다른 미개한 들개족까지 정벌하기에 이르렀다.

어쨌든 그러한 여러 가지 정황으로 들개족은 인간의 문화가 크게 유입되었음에도 불구하고 군대를 제외한 실생활에서는 아직도 옛날과 그리 다르지 않은 모습과 생활 방식을 고수하고 있었다.

심문이 시작된 첫째 날 아침이었다. 의자에는 한 인간 병사가 초췌한 얼굴로 앉아 있었고 탁자를 사이에 둔 반대 편 의자에는 터치와 다른 들개 장교가 앉아 있었다. 그 장교는 터치의 오른팔인 참모로서 두뇌 역할을 하는 지략가였다.

심문하는 장교가 입을 열었다.

"자, 이제 너희들이 사용하는 불, 그 뭐랄까… 벼락에 대해서 얘기를 좀 해볼까?"

"……?"

포로로 잡혀온 인간 병사는 아무 대답도 없이 앞에 앉아 있는 두 들개를 바라보았다. 그의 표정에는 두려움과 함께 의문이 가득 담겨져 있었다.

"너도 보았지? 네가 우리 진영에 잡혀온 그날 밤 돌덩이와 불덩어리가 너희 족속의 성에서 마구 날아와 우리 진영을 부수고 어지럽히지 않았나? 도대체 그 멀리에서 어떻게 그 큰 돌덩이를 던질 수 있었던 거지?"

"⋯⋯?"

포로는 역시 묵묵부답이었다. 그러자 터치가 다짜고짜 포로의 얼굴에 주먹을 날렸다.

뻑!

쿠당탕!

터치의 주먹에 맞은 포로는 그대로 의자와 함께 뒤로 넘어지며 벽까지 밀려갔다.

"대답해! 사실대로 말하지 않으면 네놈의 사지를 절단해 버리겠다!"

"모, 모른다. 나도 그것에 대해서는 아는 바가 없다."

뻑!

"윽!"

이번에는 장교의 발길질이 날아왔다.

"똑바로 말해! 그리고 반말은 하지 마라. 반말할 때마다 손가락을 하나씩 잘라 버리겠다."

"흣!"

그 말에 포로가 흠칫 놀라며 손을 움츠렸다. 그의 오른손에는 붕대가 둘둘 말려 있었다. 이미 그의 손에는 손가락이 세 개나 모자랐다. 보름 전 전투 당시 들개족이 성의 침투로를 알아내려고 고문하면서 잘라 버린 탓이었다.

"다시 한 번 묻겠다. 너희 인간족이 사용하는 그 무기에 대해서 설명해라. 천지를 뒤덮던 그 벼락 소리와 불기둥 말인데.… 그게 뭐지?"

"모릅니다. 정말입니다. 저희도 그런 광경은 난생처음 보았습니다."

포로는 이제 존댓말을 하고 있었다. 그러나 그가 모른다는 말을 하자 들개 장교는 허리에서 단검을 뽑아 들었다.

"안 되겠군. 보초!"

장교의 외침에 문이 열리며 두 명의 병사가 들어왔다. 장교는 단검을 내어주며 명령했다.

"저놈의 손가락을 잘라라."

"옛!"

두 명의 들개족 병사는 포로에게 달려들어 그의 손에 감겨진 붕대를 풀고 손을 잡아 뽑았다.

"안 돼! 정말, 정말입니다. 정말 우리는 모르는 일입니다."

"어서 잘라."

"안 돼! 아아악!"

포로는 한 팔을 앞으로 죽 내민 채 비명을 질렀다. 그의 손에서는 또 하나의 손가락이 제자리를 벗어나 버렸다. 그곳에서 붉은 선혈이 줄줄 흘러나왔다.

"다시 묻겠다. 그 무기에 대해서 말해!"

"으으… 정말 모릅니다. 처음 보는 것이었습니다. 우리 인간족은 그런 무기를 가지고 있지 않습니다."

"하나 더 잘라."

"아아악!"

심문은 계속되었고 포로는 결국 모든 손가락이 다 잘려 나갔다. 그래도 모르는 것을 설명할 수는 없는 법, 그는 거의 실신할 지경이 되어서야 그 방을 나갔다.

장교가 터치에게 말했다.

"지독하군요. 저 정도로 고문했는데 입을 다물다니······."

"분명히 알고 있을 거야. 다음 놈을 들여보내."

"예. 보초, 다음!"

장교의 명령에 따라 다음 포로가 겁에 질린 채 끌려 들어왔다.

이런 식으로 아홉 명의 포로가 전부 돌아가며 심문을 받았다. 그래도 터치는 그 공포의 무기에 대해서 알아내지 못했다.

아침에 시작한 심문이 끝난 시간은 저녁이 다 되어서였다. 터치와 장교도 지쳐 버렸다.

터치는 장교와 함께 처소로 돌아와 소파에 기대앉으며 말했다.

"도저히 안 되겠군. 도대체 저놈들은 왜 입을 열지 않지? 몇 놈 죽는 것을 봐야 입을 열려나?"

그러자 장교가 의문이 가득한 목소리로 대답했다.

"제 생각인데··· 어째 저들도 그 무기에 대해서는 모르는 것 같군요. 그렇지 않고서야······."

"그럴 리가 없잖아? 저들이 잡혀온 그 다음날 그 무기가 사용되었어. 성에서 빠져나가는 길목은 모두 우리 군사들이 막고 있었고. 그러니 다른 곳에서 들여왔을 리는 없어. 그 무기는 성안에 있었다는 거야. 그게 아니면 무슨 도술이라도 부렸다는 거냐?"

장교는 여전히 고개를 저었다.

"하지만 그들의 눈을 보면 거짓말하는 것 같지는 않았습니다. 제가 포로들의 심문을 시작한 지 벌써 십 년이 넘었습니다. 웬만한 자들은 눈빛만 봐도 거짓인지 아닌지 알 수 있죠. 그런데 오늘 그들의 눈빛에는 공포와 의문만이 가득했습니다. 게다가 각각 따로 가두어두었었는데 모두 같은 대답을 하고 있으니… 언제 입을 맞출 시간도 없었는데 말입니다."

터치는 고개를 저었다.

"아니야. 내일은 모두 한 번에 모아서 심문을 하지. 대답을 하지 않으면 한 놈씩 죽인다."

"예? 놈들을 죽이면 앞으로 정보는 어디에서 얻을 작정이십니까?"

"어차피 정보를 모른다면 데리고 있을 필요가 없지. 말을 하지 않는 것도 마찬가지! 내일 당장 시행하도록!"

"예, 알겠습니다."

장교는 길게 반론을 하지 않았다. 오랜 세월 그를 보좌하면서 그의 성격을 잘 알고 있기 때문이었다.

그는 자신이 틀렸다고 해도 절대로 인정하지 않는 성격이었다. 반면에 자신이 결정한 일에 대해서는 부하에게 책임을 묻지 않는 깔끔함도 있었다. 그래서 그의 부하들은 그가 내린 명령에는 이런저런 생각할 필요 없이 행동으로 옮길 수 있었고 그에게 충성을 맹세하게 되기도 했다.

바로 그런 과감성이 오늘의 터치를 만들어놓은 것이었다.

다음날 다시 심문이 시작되었다.

터치의 지시에 따라 양손을 붕대로 칭칭 감은 아홉 명의 인간 포로들이 한꺼번에 모여 앉았다. 포로로 잡힌 이후 처음 있는 일이었다.

터치가 참관한 가운데 몇 명의 들개 병사들과 장교가 심문을 시작했다.

"자, 무엇을 말해야 하는지는 다들 알고 있겠지? 지금부터 한 명씩 질문을 하는데 대답을 않거나 모르는 자는 죽인다."

말을 마친 장교는 한 사람씩 지명하기 시작했다.

첫 번째 포로는 당연히 대답을 못했다. 그러자 옆에 섰던 들개족 병사가 들고 있던 철퇴로 가차없이 포로의 머리를 내려쳤다.

철퍼덕.

박이 터지는 소리와 함께 첫 번째 포로가 비명도 지르지 못하고 주저앉았다.

"엇!"

"악!"

비명을 지른 것은 옆에 앉아 있던 다른 포로들이었다.

들개 장교는 눈썹 하나 까딱하지 않고 말했다.

"다음. 아직도 할 말이 생각나지 않았나?"

"그, 그게… 저… 저……."

철퍽.

또 한 사람의 포로가 머리가 터져 죽었다.

그렇게 포로들은 하나씩 차례로 그 방에서 죽음을 맞고 있었다.

일곱 명의 포로가 죽어나가도록 포로들은 한마디의 대답도 못하고 있었다.

터치가 한숨을 쉬었다.

"어떻게 된 거지? 전부 다 죽이도록 대답을 하는 놈이 없으니……."

장교가 말했다.

"어제 말씀드린 대로입니다. 저들은 그 무기에 대해서 전혀 모르고 있는 게 틀림없습니다."

그제야 터치도 고개를 끄덕였다.

"그럴지도 모르겠군. 그렇다면 할 수 없지. 데리고 있어봐야 쓸모가 없다면… 다 죽여!"

"옛!"

터치의 말이 떨어지기가 무섭게 또 철퇴가 날아왔고 여덟 번째 포로의 머리가 터졌다.

"잠깐! 잠깐만요!"

마지막 포로가 파랗게 질린 얼굴로 소리쳤다. 터치와 들개 장교의 고개가 돌려지자 다시 들려진 병사의 철퇴는 공중에서 멎었다.

"새, 생각이 났습니다. 지금 막 생각이 떠올랐어요!"

들개족의 얼굴에 미소가 떠올랐다.

"그으래? 좋아. 네 대답이 쓸모가 있으면 살려주지."

마지막 포로는 벌벌 떨며 눈앞의 철퇴에서 시선을 떼지 못하고 있었다. 그러자 터치가 병사에게 말했다.

"철퇴를 거두어라."

들개 병사가 뒤로 물러나자 비로소 포로는 입을 열었다.

"저… 인간족의 전설 중에 고, 고대의 도시 '메카닉스'라는 것이 있습니다. 아마 그, 그것을 찾은 것이 아닐까 하는 생각이 듭니다."

터치와 장교는 흥미를 느꼈는지 고개를 바싹 들이대며 다시 물었다.

"메… 뭐라고?"

"메카닉스입니다."

"그게 뭐지?"

그제야 살아날 방도를 찾은 듯 포로는 바싹 긴장한 채 고대 도시에 대해서 아는 대로 설명하기 시작했다.

"그, 그것은 고대의 도시로써 가공할 만한 무기와 파괴력을 지닌 요새라고 합니다."

"그래? 그런 게 실제로 있다고 말하는 건가? 그럼 지난 전투에서 사용한 무기는 그 고대 도시로부터 가져온 거란 말이냐?"

"워낙 비밀리에 왕과 고관들만 거론하는 문제라서 저희들 같은 일개 병졸은 잘 알 수 없으나 틀림없이 그 불벼락 무기는 그 도시에서 가져온 것이라고 생각합니다!"

터치와 장교는 생각에 잠겼다.

"흐음……."

포로의 말에서 신빙성이 있는지 살피는 중이었다.

"어떻게 생각하나? 저자의 말이 있을 수 있는 일인가?"

장교는 낮은 음성으로 대답했다.

"어쩌면… 사실일지도 모르지요. 실은 저 고대 도시에 관한 말은 전부터 떠도는 얘기입니다. 전에 이곳에 살고 있는 인간 여자가 그런 말 하는 것을 들은 적이 있거든요."

"그래? 하지만 전설은 전설일 뿐이지 않나? 그게 사실이라고는 생각할 수 없겠는데?"

터치가 믿지 않는 듯이 말하자 듣고 있던 포로가 재빨리 끼어들었다.

"사실입니다. 우리 종족은 십여 년 전부터 그 고대 도시를 찾기 위해 일 년에 한 번씩 탐사대를 조직해서 내보내 왔습니다. 어쩌면 이번 전쟁이 있기 직전에 그 일부를 찾아서 돌아왔는지도 모릅니다."

장교가 고개를 끄덕이며 긍정했다.

"사실일지도 모릅니다. 그렇지 않고서야 그런 불벼락이 갑자기 어디에서 생겨났겠습니까? 두 달 전, 원정대에서 살아 돌아온 녀석 말입니다. 그 녀석의 얘기에도 그런 무기 얘기는 없었지 않습니까? 두 달 전에 고작 칼과 활을 쓰던 인간족들이 갑자기 불벼락을 사용했다면 충분히 고대 도시의 얘기는 신빙성이 있습니다."

터치가 고개를 끄덕였다. 그리고 곧 인상을 구겼다.

"만일 그렇다면… 그 고대 도시의 무기가 그렇게 엄청난 것이라면 앞으로 우리가 인간족에게 멸망할 수도 있겠구먼."

그러자 장교가 고개를 저었다.

"쉽게 우릴 공격하지는 못할 겁니다. 우리 들개족은 한곳에 모여 사는 것이 아니라 넓은 지역에 걸쳐서 퍼져 사는 데다가 포로들에게서 들은 바로는 현재 인간족의 총수가 천 명이 겨우 넘는다고 했습니다. 그리고 전투 가능한 병력은 고작 오백 명이 조금 넘는다고 하니 아무리 무기가 좋아도 그 인원으로 총 오만이 넘는 전체 들개족을 일일이 죽이고 다닐 수는 없을 겁니다."

"하지만 그들이 고대 도시를 찾았다면 이제 우리가 그들을 공격하는 것도 무리겠군."

장교는 씨익 웃었다.

"아닙니다. 그들이 통째로 고대 도시로 이주하지 않는 한은 아직 별 문제 없다고 생각합니다. 반대로 도시를 지금 인간의 성으로 들고 올 수도 없는 일이니까요."

"그렇다면?"

"그 무기를 들여왔다고 해도 일부에 지나지 않을 것이란 말입니다. 아직 고대 도시는 고스란히 어딘가에 남아 있을 것입니다."

"그러면 우리가 먼저 그곳을 점령할 수도 있다는 말인가?"

"그렇죠. 인간족이 추가로 그곳을 방문하기 전에 우리가 먼저 갈 수만 있다면요."

터치는 다시 고개를 끄덕였다.

"좋아. 그럼 일단 인간족의 성을 감시해야 되겠군. 이동하는 기미가 보이면 즉각 조치를 취할 수 있도록 말이야. 참, 그리고 이 포로를 데려다가 잘 치료해. 먹을 것도 충분히 주고. 앞으로 할 일이 많은 놈이니까."

"옛!"

포로는 들개 병사들에게 끌려가면서 심문하던 방에 널브러져 있는 동료 여덟 명의 시체를 바라보았다. 모두 끔찍한 모습으로 머리가 터져 죽어 있었다.

터치와 장교는 천천히 걸어서 응접실로 향했다.

"그럼 우리 병사 중에서 날랜 놈으로 징발해서 인간족 주위를 감시하도록 해주게. 그리고 정보가 나오는 대로 우리 쪽에서도 고대 도시를 찾아서 출발할 수 있도록 하고."

"예. 지난 원정 때 우리에게 굴복한 소수 부족들이 그 주변에 몇 군데 있어서 별로 어려운 일은 아닙니다. 안심하고 기다리십시오."

"좋아. 모든 일은 자네가 알아서 진행하게."

"예, 맡겨만 주십시오."

그들이 사라지고 나자 들개 병사들이 시체를 치웠다. 그중 한 사람은 좀 전에 포로들의 머리를 철퇴로 내려치던 자였다.

여러 병사들에 의해서 시체가 다 치워지고 깨끗이 물을 뿌리며 청소까지 끝나고 나자 정오가 다 되었다. 그리고 잠시 후 식사를 알리는 북소리가 울리자 병사들은 보초만을 남기고 밖으로 나갔다.

가을이 깊어 구름 한 점 없는 파란 하늘이 드높았다. 그 하늘 아래한 귀퉁이에서 병사들이 오밀조밀 모여 앉아 점심 식사를 하고 있었고 그 옆으로 아직 배급을 못 받은 병사들이 길게 줄을 서 있었다. 긴 줄의 맨 앞에는 커다란 쇠솥이 몇 개 걸려 있었고 그 앞에 몇 명의 들개족 여자들이 국자로 배식을 하고 있었다.

포로의 머리를 치던 병사는 배가 아프다며 급히 변소로 달려갔다. 그러자 다른 병사가 외쳤다.

"또 배가 아파? 자넨 속이 좋지 않은 모양이야. 자주 배가 아픈 걸 보니. 어서 다녀와. 먹을 것 다 떨어지기 전에."

각 병사마다 머리에 쓰고도 남을 만큼 커다란 대접이 하나씩 주어졌고 그 안에 고깃덩이가 진한 국물과 함께 부어졌다. 병사들은 서로의 고깃덩이의 크기를 비교해 가면서 투덜대기도 하고 웃기도 했다.

잠시 후 변소에 갔던 병사가 달려와 줄의 맨 끝에 섰다. 줄은 계속 줄어들더니 이윽고 그 병사의 차례가 되었다. 그는 배식을 하는 한 여자 들개와 눈짓을 교환하더니 말했다.

"오늘은 일을 많이 했으니 많이 줘요."

"어머, 쭈쭈. 일 많이 했어요?"

"그래요. 그러니 많이 줘요."

그들은 그런 의미 없어 보이는 말을 주고받으며 다시 한 번 눈짓을 교환했다.

그녀가 솥의 바닥을 휘저었다. 그리고는 국자에 고깃덩이를 푸짐하게 퍼올리더니 '쭈쭈'라 불린 병사의 대접에 부어주었다.

"고마워요."

"많이 먹어요."

쭈쭈는 건더기가 그득한 대접을 들고 구석에 가 앉았다. 옆에서 식사하던 병사가 말했다.

"야, 넌 왜 그렇게 건더기가 많으냐? 너 저 여자랑 무슨 관계냐?"

"웃기지 마. 너도 젤 마지막에 서봐. 그럼 바닥에 깔린 고기를 다 얻어먹을 수 있을 테니……."

"정말? 마지막에 서면 그걸 먹을 수 있어?"

"한번 해봐. 그것도 재수가 좋아야 하긴 하지만……."

쭈쭈라는 병사는 서둘러 음식을 입에 넣었다. 매우 맛있게 먹는 소리가 들렸다.

"후루룩, 쩝쩝, 쩝쩝, 와드득, 와드득, 쩝쩝."

병사들은 순식간에 식사를 마치고 빈 그릇을 반납했다. 개중에는 배식을 하는 여자들에게 더 달라고 조르는 병사도 있었다. 쭈쭈도 서둘러 그릇을 가지고 설거지 통으로 다가갔다.

그곳에는 아까 배식해 주던 아가씨가 있었다. 그녀는 일일이 빈 그릇을 받아서 차곡차곡 통 안에 쌓았다. 쭈쭈는 잠시 서서 그녀가 빈 그릇을 쌓는 것을 보고 있었다. 그러다가 사람이 뜸해지자 그녀에게 다가가 그릇을 내밀었다.

"맛있게 먹었어요? 모자라지는 않았나요?"

"충분히 먹었습니다."

"음식 맛은 어땠어요?"

"아주 좋았어요. 항상 좋지요, 뭐."

그들은 또 별 의미 없어 보이는 대화를 길게 나누고 있었다.

"그럼 내일 봐요."

쭈쭈는 그녀에게 그릇을 넘겨주고는 뒤로 돌아섰다. 그녀는 쭈쭈의 그릇을 두 손으로 받아 쥐고는 다른 그릇들 위에 얹으며 바닥을 살며시 훑었다. 살짝 거머쥔 그녀의 손바닥에는 작은 종이 쪽지가 보이지 않게 쥐어져 있었다.

그녀는 자연스럽게 주위를 둘러보며 그 종이 쪽지를 품속으로 넣었다.

이윽고 다시 그릇을 받는 그녀의 표정은 전혀 변함이 없었고 쭈쭈 역시 뒤도 돌아보지 않고 천천히 배를 두드리며 병사 안으로 들어갔다.

푸치는 침소의 의자에 혼자 앉아 있었다. 왕의 침소 밖에는 두 명의 근위병이 지키고 서 있었다. 아무도 접근할 수 없도록 철통같이 지키고 있었다.

잠시 후 한 시녀가 왕이 먹을 음료수를 쟁반에 받쳐 들고 걸어왔다. 근위병은 그녀를 정지시킨 후 은 젓가락을 음료수에 넣고 휘저어 젓가락의 변색 여부를 확인했다. 그리고 잔에 조금 따라서 맛도 보았다. 아무 이상이 없자 이어서 시녀의 몸을 수색한 다음 무기가 없는 것을 확인하고 나서야 들여보냈다.

방에는 왕과 시녀 둘만 남아 있었다. 시녀가 쟁반을 들고 걸어오며 말했다.

"따끈한 차를 대령했습니다. 식기 전에 드시지요."

"거기 놓고 나가거라."

"예."

시녀가 나가자 왕은 음료수가 든 주전자를 살폈다. 평소에 가져오던 푸른색의 주전자가 아니라 붉은빛이 도는 주전자였다. 주전자의 뚜껑 손잡이가 좀 크게 보였다.

왕은 천천히 주전자를 기울여 차를 한 잔 따라 마셨다. 그리고 주위를 둘러보고는 아무도 없다는 것을 확인하고 나더니 주전자 뚜껑을 열었다. 왕이 뚜껑의 손잡이를 비틀자 아무런 장치도 없을 것처럼 보이는 뚜껑의 윗부분이 열리며 손잡이가 떨어져 나갔다. 그리고 그 손잡이의 안쪽에 작게 돌돌 말린 종이가 들어 있는 것이 보였다.

"음……"

낮게 신음한 왕이 조심스레 종이 쪽지를 꺼내 들더니 다시 뚜껑을 조립해서 닫았다.

"어디……"

종이를 펼쳐 든 왕은 손바닥 안에 쪽지를 감추고 그 안의 내용을 읽었다.

'고대 도시 메카닉스라고?'

왕은 주위를 살피며 나머지 내용도 천천히 읽기 시작했다.

'음, 터치 녀석이 포로를 아홉 명이나 데리고 왔었군. 보고 내용에는 하나도 없던 일인데… 역시 녀석은 무엇인가 다른 생각을 품고 원정대를 보냈던 것이군. 나쁜 녀석……. 형을 죽인 것으로도 모자라 이제는 아버지까지 죽이려 하다니……'

푸치의 표정이 굳어지고 있었다. 두 달 전, 일개 소대를 원정 보낼 적에 그 목적에 대해 의심을 품었던 푸치는 그 이후 조심스레 터치의 병사 중에 자신의 밀정을 심었다. 현재 대여섯 명 정도의 남녀 밀정이 터치의 수하로 일하고 있었다.

그가 터치를 의심하기 시작한 것은 한 형은 죽이고 한 형은 몰아낸 다음부터였다. 터치는 사사건건 푸치의 권위에 도전하기 시작했고 급기야 군권의 6할 이상을 장악했다. 그리고 그 다음부터는 공공연히 자신의 의지를 국정에 반영하기 시작했다.

현재 왕과 다른 신하들은 빈 껍데기에 불과하다고 해도 과언이 아니었다.

게다가 왕궁에서 비밀리에 거론된 얘기가 모두 터치의 귀로 들어가는 것으로 보아서 이미 자신의 수하 중에는 터치의 밀정이 다수 있는 것으로 보였다.

그래서 푸치는 자신의 주위 측근을 아무도 믿지 못하게 되었고 급기야 자신도 믿을 만한 자들로 밀정을 심기 시작한 것이었다. 다행히 모든 신하들은 터치를 두려워하여 아직 자신의 편에 서 있는 것 같았고 비록 겉으로는 아무 말도 못했지만 비밀리에 터치를 죽여야 한다는 의견이 팽배해 있었다.

"음, 이건 반역이야. 하지만 놈의 힘이 워낙 막강하니……."

푸치는 육십이 넘어서 왕이 되었다. 그러나 채 오 년도 되지 않아 껍데기뿐인 왕이 되었고 이제는 목숨마저 제 아들의 손에 의해 위태로운 지경에 놓여 있었다.

'이럴 때 기무치와 꼬치가 곁에 있었더라면……. 어쩌다 일이 이렇게 되었을까.'

푸치는 다시 한 번 쪽지를 자세히 읽었다. 그리고는 촛불에 그 쪽지를 태워 버렸다.

푸치는 새삼 죽은 첫째와 떠난 둘째 아들이 생각났다. 그들은 터치와는 달랐다. 용맹한 군인이었던 첫째도 그리 욕심이 많은 성격이 아니었고 둘째는 특히 민정에 더 관심이 많았다.

푸치로서는 둘째 꼬치도 그리 마음에 들지는 않았었지만 그래도 포악하고 욕심 많은 터치에게 종족을 맡길 수는 없다는 생각이 들고 있었다.

그래서 왕은 믿을 만한 측근을 따로 만들어 떠나간 둘째 아들의 행적을 조사하기 시작했다. 이대로 두면 이곳 들개족은 여태까지 커우가 쌓아왔던 명성과 위용을 다 잃고 다른 들개족과의 유대도 끊길 위기에 처해 있었다.

게다가 자신과 모든 신하들의 목숨마저 위태로운 지금은 달리 생각할 방도가 없었다.

'터치를 죽여야 해. 그리고 좀 더 현명한 자가 내 뒤를 이어야 한다. 그 적임자로는 지금으로썬 꼬치밖에 없어.'

밤이 깊어가고 있었다. 푸치는 어두운 등불 아래서 작은 종이에 무엇인가 적고 있었다. 그리고 곧 침소의 불이 꺼졌다. 그렇게 몇 시간이 지나자 푸치의 침대 밑에서 두드리는 소리가 들렸다.

똑똑.

단 두 번이었다. 그리고 다시 적막이 흘렀다. 푸치는 조용히 침대에서 빠져나와 침대 밑의 작은 뚜껑을 열었다. 그러자 누군가 고개를 내밀었다.

"그래, 어찌 되었나?"

말을 한 자신도 듣기 어려울 만큼 작은 목소리였다.

"예, 찾았습니다. 꼬치님과 그 일행이 살고 있는 곳을 알아냈습니다."

"그래? 수고했다. 아직 접촉하지는 않았겠지?"

"그저 위치만 파악하고 있습니다. 다음 할 일을 말씀해 주십시오."

"이 쪽지를 가지고 가서 꼬치를 만나보거라."

"예, 그럼……."

어둠 속의 사내는 그 쪽지가 무엇인지도 묻지 않고 그대로 소리없이 사라졌다.

왕은 조심스레 일어나 주위를 살폈다. 문에 나 있는 열쇠 구멍은 이미 막아두었고 창문에도 짙은 커튼이 쳐져 있어서 아무도 들여다볼 수는 없었으나 그의 행동은 무척 조심스러웠다.

다시 침대로 든 왕이 생각했다.

'휴~ 어쩌다 이런 일이… 왕인 내가 마치 도둑고양이처럼 행동하고 있으니……'

그러나 어쩔 수 없었다. 터치는 자신의 생명이 위태롭다고 생각되면 아버지인 자신이라도 능히 죽이고도 남을 성격이기 때문이었다. 이미 그는 왕이 된 것처럼 모든 정사를 제 마음대로 주무르고 있었고 저에게 반대하는 신하들을 죽이고 있었던 것이다.

'이제 운명에 맡기는 수밖에……'

푸치 역시 젊었던 시절 야심에 차 있었고 용맹하고 포악하기로 이름이 나 있었던 군인이었으나 세월은 그 모든 것을 앗아가고 말았다. 이제는 제 목숨과 부족의 현 세태를 걱정하는 늙은이에 불과했다.

'내 쪽에서 먼저 그 고대 도시라는 곳을 찾아야 해……'

그렇게 상념에 잠긴 가운데 밤이 깊어갔다. 매섭게 창을 두드려 대는 찬바람은 깊고 혹독한 겨울을 예고하고 있었다.

〈3권 끝〉